FISH BONE

フィッシュボーン

生馬直樹
NAOKI IKUMA

集英社

フィッシュボーン

プロローグ

いままで銃を向けられたことはあっただろうか。

恐怖よりも先にきたのは、ちょっとした疑問だった。

強烈なパンチやキックをくらったことなら、もちろんある。木刀なんかで殴られたこともあったな。ナイフで切りつけられた経験も、そう多くはないが、数回ある。

しかし銃で撃たれたことはない。

その逆もまた、ない。

あの小さな銃口の奥がばちっと白く閃《ひらめ》いた瞬間、ほぼ同時に自分の命も消えるのだと思うと、いま周囲にある些細《ささい》な物音にさえ体はびくつき、内臓は冷える。

いや即死かどうかは、相手がどこを狙うかによって変わってくる。頭を狙われたなら一瞬で暗転するだろうが、胸を撃たれたら、こと切れるまでにわずかな間があるかもしれない。

走馬灯というやつを信じたことは一度もないが、本当にあるなら、ぜひ体験してみたいと思った。ほんの一瞬、いや刹那よりも短くていい。

あの日々に戻れたら。

死ぬ前にもう一度、あの日々を生きることができたなら。

第一章

玉山陸人《たまやまりくと》は四歳のころ、黄色や水色の制服に身を包んで幼稚園に通う子供たちの集団を眺めながら、なぜ自分は幼稚園に入れないのだろう、と不思議に思っていた。

父や母に尋ねてもはっきりとした回答は得られず、「恥ずかしいことじゃねえから堂々としていろ」とか「幼稚園なんていく意味ないわ」などといった乱暴な言葉が返ってくるだけだった。なので、その時期は近所の子供たちとも遊べず、暇を持て余し、母や祖母などと一緒によく外を散歩して過ごした。

小学生になって、ようやくみんなと同じ土俵に上がれたと喜んでいたら、一人の女子児童にこう言われた。

「りくとくんって、散歩の子だよね」

「なにが」

「パパが怖い人だから幼稚園にいけなくて散歩ばかりしてる子だって、みちこのママが言ってたよ」

うわっ。陸人は口をぽかんと開けた。親がはっきりと教えてくれない事実を、まさかこんなかたちで知るなんて。うそだ、でたらめをいうな、とその女の子を突き飛ばしたい衝動に駆られるが、相手のにこにこした表情から悪意は感じられず、陸人はただただ落ち込んだ。

当時、父親の職業のことは知っていたが、その良《よ》し悪《あ》しについては、まだよくわかっていなかった。ただ、「怖い」ことはたしかで、だから陸人は物心ついたときから父親が苦手だった。

クラスメートたちが陸人を差別することは、まだなかった。みな世間知らずの無邪気な子供。毎朝教室で声をかけ、昼休みのドッジボールにも誘ってくれる。が、学校の外となると話が変わった。誰かの家に遊びにいくとその家族に困ったような顔をされるし、授業参観のあとの親をまじえた夕食会などには当然ながら加われない。

子供同士の露骨な仲間外れはないが、腫れ物に触れまいとする大人たちの意思は微妙に伝わってくる。その気持ち悪さに、陸人は早々と参ってしまった。

いつしかクラスメートの集団からも外れ、一人で帰るようになった。まだ明るい午後の時間帯、グラウンドから響きわたるはしゃぎ声を背にして、自分だけまっすぐ帰るのがためらわれた。陸人はひっそりと寺泊《てらどまり》港へ向かう。近くには「魚のアメ横」があって、あいかわらずにぎわっている。太陽の光をぱらぱらと浮かべたまぶしい海が広がっていて、陸人はテトラポッドのところで、ぼんやりと絵本を読んで過ごした。退屈すぎて泣きたくなった。

そんなある日、一人の児童と遭遇した。同学年で、隣のクラスの男の子だった。彼はテトラポッドの上で大股を広げて立ち、手拍子をつけて森のくまさんを歌っていた。いつもと違う場面に遭遇し、陸人の胸は高鳴った。

「歌のれんしゅう?」と、声をかけた。「へたっぴ」

「うまくなるんだ、またスズといっしょに歌うんだ」

「スズってだれ」

「妹。いなくなっちゃったけど」

「海におちたの?」

「ちがうよお。里子になった」

何か思い出したのか、彼はううっ、と不細工に顔を歪《ゆが》めて涙ぐんだ。

話を聞くと、どうやら彼は児童養護施設で暮らしているらしかった。一歳年下の妹とずっと一緒だったけれど、少し前に里親が見つかって、引き取られていったそうだ。が、まだ小一の陸人にそれを理解する頭はなく、とにかく彼は親がいない、ということだけがかろうじてわかった。

「ふうん。親いないんだ」

「うん」

「名前は」

「航《わたる》」

彼は胸についた名札をつまんで見せた。日高《ひだか》航。

「妹、さがすの？　おれもいっしょにやるよ」

「ほんとう？」

「おれ陸人。よろしくね」

しかし航は目を伏せた。「ぼく、めんどうくさい子なんだって。近所のおばさんたちがたまに話してる。それでもいいの」

自分と似ている、と陸人は思い、なんだか嬉しくなった。

「いいよ。きみの近所のおばさんなんて顔も知らないし」

陸人が言うと、航の表情はぱっと明るくなった。

それから陸人は平たい石を探し、拾うと、しゅっと海に向かって投げた。石は水面で何度か跳ねて、鮮やかなステップを決めた。それを見た航ははしゃぎ、同じように石を拾って投げた。そうして遊んでいると、時間はあっというまに過ぎ、やがて水平線は夕陽を食べて真っ赤に染まった。陸人の胸は久々に満ち足りていた。二人は明日もたくさんしゃべろうと約束した。

沖匡海《おきまさうみ》との出会いは、小学四年生の初夏だった。

陸人と航はいつものように寺泊港付近の公園で遊んでいた。ジャングルジムのほうでは数人の子供がきゃっきゃと騒いでいて、楽しそうだ。二人があの輪の中に加わることはない。一年生のころと違い、同級生のあいだでもよそよそしさが漂うようになった。それらを無理に取り払おうとは陸人は思わない。航という親友を一人得て、それで充分だった。

「ねえ、なんかヘンな雰囲気だよ」

航がふいに、ジャングルジムで遊ぶ子供たちを指さした。陸人も目を向ける。子供たちは何やら中学生っぽい連中に絡まれているようだった。

「おれらには関係ないよ。しらなーい」と、陸人は言った。

中学生たちの大きな声が公園に響きわたった。

――なあ、みんな、こいつと仲良くしてやってくれ。

――こいつの親父は人殺しでムショにいるんだけどさ、たいしたことじゃねえし。

――そうそう。こいつ自身は何も悪くないし罪もないから。

――いいだろ、仲良くしてやれよ、かわいそうだろ。

――なんだよその顔は。きみたちは人殺しのガキが嫌いなのか?

――ほらマサウミ。てめえも頭を下げろ。なんなら土下座して頼め。

すると子供たちの集団は小鳥が飛び立つようにいっせいに散った。中学生たちもしらけたようにぶつぶつ言いながら去っていった。そして一人だけその場に取り残された少年がいて、彼は近くのゴミ箱を蹴飛ばし、ぶちまけた中身を荒々しく踏んづけた。

「あいつの父ちゃん人殺しだってさ。ほんとかな」航は首をひねる。「みんな怖がって帰っちゃったよ」

「あれは年上のやつらにびびったんだよ。でかい声で脅かすから」

あーだこーだと話しているうちに興味がわき、その少年に近づいてみる。そして問いかけた。「さっきの話、本当か？」

彼はにらみつけてくる。こちらを警戒しているようだった。

「べつに」

「父ちゃん、やばいやつなの？」陸人は訊《き》く。「正直に話せよ。それくらいじゃ驚かないからさ。おれらのとこも似たようなもんだし。なあ、航」

「ぼくはちがうよ」航は苦笑した。

「いきなり話しかけて、なんだよ。おまえたちなんか、知らねえ。消えろって」

彼は最初、吠えるように怒鳴ったけれど、その十分後、ほぼすべての事情を陸人と航に打ち明けていた。沖匡海。彼はそう名乗った。

「……父ちゃん、おれが生まれる前に愛人ってのを殺してさ、逮捕されたんだ。いま刑務所にいる。地元の人たちはみんな知ってる。だから、こそこそ何か言われるし、からかわれるし、母ちゃんともケンカしちゃうし。あっち、なんか居心地悪くて……」

隣の地区までやってきて、それを内緒にしたまま友達をつくろうとしていたら、運悪く地元の中学生に見つかって邪魔された、というわけらしい。

匡海の話を聞き終えた陸人は、にやにやしながら、航に向かって頷いた。彼も同じ予感に胸を躍らせているようだ。また一人、仲間ができそうだと思った。

中学校。ほかの地区の子供たちも加わって、人数が格段に増えた。匡海とも一緒だ。小学生時代、三人揃うのは学校の外だけで歯痒《はがゆ》かったが、今度は違う。陸人は中学校生活のはじまりにわくわくしていた。生徒の人数も増えたので、あまり目立つこともなく、そのぶん些細な差別や疎外される回数も減るだろう。

と、思っていたが、その期待は大きく外れた。

あいかわらず、ちょっとしたことで浮いてしまい、向けられた白い目はこの背中にべっとりとはりついて拭えない。どこにいても胸のむかつきを覚えてしまう。

たとえば地元の町を歩いていても、自分に話しかけてくる大人たちの種類は異質だ。みな昼間から酒臭く、だらしない格好をし、しかし高価そうな金品を自慢げに身につけている。彼らは陸人を見つけると大抵、

「玉さんとこの子だね。いつも世話になってるんだわ」

と親しげに話しかけ、しつこく煙草《たばこ》をすすめてくる。断ると、千円札を無理やり陸人のポケットにねじこんでくる。そんな場面を同級生に見られ、翌日、オヤジ狩りだとか妙な噂を立てられたこともあった。

どいつもこいつもうっとうしいな、俺にかまうなよ、と思うが、そういう態度がよけいに周囲の好奇心をくすぐるのか、些細なちょっかいは絶えなかった。

とくに校内はトラブルの宝庫だった。

校内で隠れてシンナーを吸っていた優等生の集団を注意したら、逆にその罪の濡れ衣を自分が着せ

られた。教師たちは誰一人として陸人の言い分を信じず、こちらに重い処分を下した。狡賢《ずる》いクラスメートは先輩と揉め事を起こしたとき、その仲裁役として陸人を利用した。助かったよ、感謝してる、と最初こそ友好的に言うが、時間が経つと、「あいつが勝手に割り込んできただけ。だって、そういうやつだし」と態度を変え、あっさりと陸人を突き放した。

航は児童養護施設での生活に対し偏見を持たれたことをきっかけに、いっときクラスメートによる集団いじめの被害を受けていた。ある日、彼は我慢できず相手のリーダーを一対一の決闘でぶちのめしたのだが、敗北のあと相手がみっともなくわめいたせいで、「度が過ぎた危険な暴行」と校内で大きく問題視された。さらに保護者が学校に乗り込んできて航をじかに問いつめるという、吊るし上げをくらう場面もあって、結局はクラス内での孤立に拍車をかけた。

匡海も父親のことで、よく周囲から中傷を受けた。近所で窃盗や放火などの事件が起こると、きまって意地悪な同級生がへらへらと近づいてきて、「犯人っておまえの親父？　それともおまえ？」と言い、匡海をからかった。一度、学校の近辺で殺人事件が起きたことがあって、警察が聞き込み捜査と注意喚起のため学校を訪ねたのだが、そのとき教師の一人が、なぜか匡海を職員室に呼びつけ、警察の前で父親について説明させた。ちょうど彼の父親は刑務所から出たばかりのころだったので、内心疑っていたのだろう。警察も念のためにと話を聞きたがったが、それは匡海を辱める行為でしかなかった。

理不尽だと思うのは、たとえば百人いて、九十人と普通に接していても、あとの十人としつこく揉めたなら、その印象がすべてになってしまうことだった。どうしたって足を引っ張る連中がいて、そいつらをどうにかしたいけれど、揉めるほどに自分たちの肩身が狭くなっていく。

――絶対におかしい。生徒同士の対立ならわかる。教師のえこひいきもしかたない。だけど集団でそいつの印象を勝手に決定付けて、のけ者にするっていうのは、ちょっと違うんじゃないのかよ。

こんな怒りのマグマをいつも腹の底にためこんでいたように思う。ただ、同時に強い反骨精神が陸人の中で養われていったこともたしかだ。

そして、はじめて将来のことを考えるような出来事もあった。

中二の春休み。道路脇の雪もすっかり姿を消し、生温《なまぬる》い風がゆるやかに流れはじめたころ、三人は連休を使って上越のほうまで自転車で旅する計画を立てた。一泊二日。一応十八歳だと偽って、安い民宿に泊まる予定だった。毎年の夏、地域のお祭りイベントの裏方の手伝いに通って日々受け取った二千円の積み重ねがようやくいかせる、と陸人は鼻をこすった。

「風つええ。車も多いな。おまえら気をつけろよ」先頭を走る陸人は声を張る。

「ほんとにこの道であってんのかよ」匡海は不安そうだ。

「ねえ、やばい。チェーンから変な音がする」航はあたふたした。

「こんな道路のど真ん中で自転車修理なんか無理だぞ」匡海は苦笑する。

「壊れたら……二ケツだな。俺と匡海で、交代しながら航を運ぶしか」

「勘弁してくれ」

「え、じゃあ、おれのチャリはどうすんの」

「捨てろ」陸人は笑う。「とにかく壊れないように願え」

「げー」

自転車での長旅は過酷だと覚悟していたが、実際はそうでもなかった。いや過酷だったけれど、それ以上に楽しかったのだ。思えば三人での長旅も外泊も、はじめての経験だ。休憩がてらに立ち寄る小さな道の駅にさえ、陸人は胸を弾ませた。彼らと一緒なら、どこにいたって笑いが絶えなかった。

日が暮れる前に目的の民宿に到着した。やはり十八歳の設定は無理があったのか、民宿のおかみさんに眉をひそめられたが、なんとかごまかせた。

それから近くにある有名な温泉に浸《つ》かって、長旅の疲れを癒そうとしたが、結局そこでも無駄にはしゃいでしまい、よけいに疲れてしまった。温泉を出ると、今度は繁華街のほうを歩いた。といっても、怪しい遊びをしようというわけではない。たんにその華やいだ雰囲気を味わいたかった。しかし意気揚々と繁華街に出向いたはいいが、三人ともすれ違う色っぽい女の子に興奮しすぎて、逆に無口になった。

「だめだな、ここ」陸人は言う。「刺激が強すぎる。宿に戻ってトランプでもやるか」

「賛成」航もそわそわしている。

「でも酒はちょっと飲んでみてえなあ、オレ」匡海は言いながら目を輝かせた。

こっそりとお酒に初挑戦。それもこの旅のひそかな楽しみだった。

「どっちにしろ居酒屋は入れないよ」陸人はあたりを見渡した。「かといって、コンビニじゃ買えないだろうし……」

ふと、一軒の居酒屋の裏手に停まっている軽トラを発見した。酒屋だろうか。荷台に瓶ビールの箱がいくつか載っている。いまのところ運転手の姿は見えないが、いつあらわれるとも知れない。

「悪いこと思いついちゃったけど」陸人は腕を組んだ。「迷ってる」

「わかるよ」匡海は察したように苦笑する。「でもさ、たまにはいいんじゃねえの?」

「ハメを外す、ていうやつ?」航はぼそぼそ言った。

陸人は腹を決めて、「よし、やろう」と手を打った。

三人はそうっと軽トラに近づくと、荷台の瓶ビールを素早く手にとって、駆け出した。すぐさま背後から怒鳴り声が聞こえてきたが、振り返らない。その声が聞こえなくなるまで走ると、倒れるように地面に転がった。

「知らない土地で盗みなんてやると思わなかった。いや知らない土地だからこそ、か」

陸人はぜえぜえと息を切らしながら、目尻を拭う。その場のノリとはいえ、やってしまった……。

「ま、今日だけ細かいことは脇に置いてさ」匡海は空気を重くしないよう陽気な口調で言い、瓶ビールを掲げた。「宿に戻ってオールでポーカーしようぜ。負けたら罰ゲームな」

「何をさせる気だよっ」航は小さく拳を振る。

三人は宿に向かって歩き出した。漂う夜雲が白い三日月と重なって灰色に変わる。途中、カラスが鳴き、猫や犬があわてたように目の前を横切った。通りの角を曲がったところで、突然、乱暴な濁声《だみごえ》が耳に飛び込んだ。

「謝れって！　あんたのせいで俺はな――」

「逆恨みはやめなさい。警察を呼ぶぞ」

電柱のそばだ。だらしない服装の太った親爺が、痩せた男の胸倉をつかんでいた。後者は三十代くらいだろうか。銀縁のメガネがずれている。

「なんか揉めてるな」

陸人は言いながら近づいた。すると電柱の陰で小さな女の子が一人、うずくまって泣いているのが目についた。大声は上げていない。「帰りたいよお、お父さん」と途切れがちにつぶやいている。

「あの子、どっちの娘だろう？」航は首をひねった。

「さあね」陸人は肩をすくめた。「面倒だから目を合わせるなよ。シカトしていこう」

「大丈夫かな」

「たしか途中に駐在があったろ。一声かければいい」

こっちも盗んだ瓶ビールを抱えているだけに、あまり警察とはかかわりたくない。

三人は揉めている男たちの背後を黙って通り過ぎようとした。太った親爺はさらに激昂《げきこう》した様子をみせ、今度は痩せた男の首を両手で絞めはじめた。「俺に謝れよ、いますぐ解雇を取り消せ、会社に戻せ」と太った親爺はわめいている。

「……あんな不正めいたマネをしておいて、会社に戻れると思うな。うじ虫以下の……くずめ」

痩せた男が顔を歪めながらも言い返すと、瞬間、太った親爺は切れたように吠えた。

「殺してやる。娘の前で無様に死んでみせろ」

おいおい、と陸人は焦った。まじで大丈夫かよ、と。

そのとき、ふいに匡海が立ち止まった。

「匡海？」航は首をかしげた。

「おい、おっさん」

匡海は太った親爺に、背後から声をかけた。だが相手は振り向かない。血走ったその目には痩せた男しか映っていないようだった。

「マサ、かまうなって。いくぞ」

陸人は言ったが、匡海はそれを無視し、瓶ビールを両手で持つと、やや上に向かってフルスイングした。陸人と航は同時に短く声を上げ、そのあと言葉を失った。

突然、瓶ビールでゴツンと背中を殴られた太った親爺は小さくうめくと、へなへなとくずおれた。同時に匡海は瓶ビールを手放して地面に落とす。瓶は割れて中身をぶちまけ、消えゆく泡とともにつんとしたにおいを漂わせた。解放された痩せた男は背中を丸め、げほげほ咳き込んだ。やがて彼はよろめきながらも娘に声をかけ、逃げるように立ち去った。

「なあ、おっさん、殺すってなんだよ」

匡海は、地面に転がる太った親爺の上に跨《また》がると、その顔をドスドスと殴りつけた。相手は背中の痛みのほうが気になるようで、顔はほとんど防御しない。

「お、おい陸人、ど、どうする。匡海が……」

航が動揺しながら陸人の肩を叩く。啞然としていた陸人はようやくわれに返った。すぐさま匡海に飛びついて、太った親爺から引き剝がした。

「止めんなって！」匡海は陸人を振り払おうとした。「こいつ、あの人を殺そうとしたんだぞ、首を絞めて、娘の目の前で！」

「わかってる」

陸人は静かに言うと、けっして押さえつけるわけではなく、匡海をぐっと抱きしめた。

「殺すだなんて簡単に言うんじゃねえ」匡海は声を震わせた。「それが、一体どれだけの人を不幸にすると思ってんだ……」

「そうだな。わかってる。おまえの気持ちは、よくわかってる」

怯えた子犬みたいだ、と陸人は思った。

――人殺しの父親か。

陸人は連鎖的に自身の父を思い起こし、歯ぎしりした。

太った親爺は背中を押さえながら、まだ地面でごろごろしている。口まわりを鼻血で汚し、いってえ、と顔をしかめていた。そして「この、くそがき……」と鋭い目を向けてくる。やばいな、と思った。

同時に、遠くのほうでパトカーのサイレンの音が鳴り響いた。

「え、まさかこのサイレンって」航は恐々と自分を指さす。「おれたち?」

陸人は言う。「さっきの逃げた男が通報したのかも」

「どうしよ、オレ……」匡海は正気に戻ったようで、眉を下げた。

「おまえは何も悪くないよ。気にすんな。いいから逃げるぞ」

陸人の言葉を合図にして、三人は走り出した。残りの瓶ビールは途中で捨てた。宿に戻ると即座に荷物をまとめる。

「ちょっと急用ができたんで宿泊キャンセルで!」おかみさんに向かって一方的にそう言い放ち、あわてて金を払うと宿を飛び出した。自転車に跨って、全力でその町から遠ざかる。

二時間ほど休まずに走りつづけ、へろへろになったところで、殺風景な道端にぽつんとたたずむ自動販売機を見つけた。三人はその頼りない明かりに誘われるように自転車を停め、缶ジュースを買ってごくごくと飲んだ。

匡海がわっと声を上げる。瞳から光るものがいくつもこぼれ落ちた。

「すまん、オレのせいで、せっかくの旅が台無しだ……」

航がいやいや、とかぶりを振りながら匡海の背中をなでた。「おれこそ、さっきは何もできなくてごめん。びびっちゃった」

「素直だなあ、航は」陸人は笑った。

「さっきのおやじ、大丈夫かな」匡海は頭を抱えた。「もしも死んだら……」

「背中を殴っただけじゃ死なないって」陸人は言う。「まあ、腰痛の持病でもあったのか思いのほか痛がってたけどな」

「顔も殴った」匡海は目を伏せる。

「鼻血しか出てないよ」

「警察にチクられたら」

「ないよ。あいつだって悪いことしてたんだから警察沙汰は困るだろ。心配しすぎ」

陸人は匡海を小突いた。

普段は表に出さない匡海の激情に、はじめて触れた。人殺しは絶対に許せない——。知らないほうがお互い気楽でいい、と思うような面倒なことなのかもしれないが、陸人はむしろ嬉しかった。友の秘めた一面を知るたび、自分のやるべきことも明確になっていく気がするからだ。

——俺が守らなきゃな、こいつらの心を。

三人は地元に戻ると、しばらく反省会と称した話し合いをくりかえした。いま自分たちを取り巻く環境。旅先での出来事。そして将来のこと。

やがて閃光《せんこう》が胸を走り、陸人はひとつの答えを出す。

「俺は将来、教える人か正す人になろうと思う。たとえば教師とか警察官とか、あと政治家は……ちょっと違うか」

「政治家は正されるほうだな」匡海は言った。

「そこで提案なんだけど、じつは二人にも、俺と同じ夢を持ってほしいんだよ」

「教師や警察官を目指せってこと？」航は眉をひそめた。「おれは絶対に無理。頭、悪いし」

「それは知ってる」陸人は頷いた。「俺はべつに、選択を限定させるつもりはないんだ。ただ、おまえらと一緒に真逆の世界を実現させたいっていうか」

「真逆の世界？」匡海は首をひねった。

「そう。たとえば、いま狭い場所にいるなら、明日は広い場所を見つける。いま差別とか意地悪な連中に囲まれているなら、明日は平等とか親切を重んじる人に会いにいく。いまの暮らしが辛いなら、明日は笑って暮らせるようにする。まあ、そんなイメージ」

将来、教える人か正す人になって、いま自分たちをがんじがらめにしている悪しき風習を、正しいものに塗りかえたい。陸人は熱っぽく語った。

「うーん」匡海はうなってから、にやっとした。「いいな、それ。教師くらいなら、オレはなれるかも。口は悪いけど成績はまあまあいいし」

「ああ、匡海ならいけそうだ」陸人は言った。「問題は航だけど……」

まじで、と航はひたいの汗を手で拭う。

「まあ方向性の話だから、深く考える必要はない。それに航の優先順位のトップは妹の鈴音《すずね》だろ」

「そだね」航は肩をすくめた。

「俺たち三人のうち誰か一人でいいから、この夢を実現できたらいいな。三人揃ってというのは、ちょっと贅沢《ぜいたく》な願いかも」

陸人のその言葉をかき消すように、匡海が甲高い声を上げた。

「現実主義なんて捨てちまえよ。贅沢でいいじゃん。そこ目指そうぜ。オレたちにとっての、真逆の世界」

三人は力強いハイタッチの音を響かせた。

「警察官は無理だ。やめとけ」と、父の藤雄《ふじお》は鼻で笑った。

最初、父になど話すつもりはなかったのだが、夕食のあと進路のことで些細な口論になり、陸人はつい夢のことを口走ってしまった。父は坊主に近い頭を引っ掻《か》き、愉快そうに口を広げていた。ぎらついた瞳と、目尻の深い皺《しわ》と、いつも不敵にたたえている笑みが父の特徴だ。耳のピアスにはこだわりがあるようで、男らしからぬ真っ赤なダイヤが鮮やかな光を放っている。

「決めつけんな」

「少し調べればわかる。ヤクザの子供は警察官にはなれねえよ」

陸人は口ごもった。そういう現実があることは、なんとなく知っていた。

「目指すなら警察官以外にしろ、と言いたいところだが、たぶん、おまえにはヤクザもん以外の道はないだろうな」

「だから決めつけんなって。俺は成績だってそんなに悪くない。努力すれば……」

「やるだけやってみろ。そのうち現実の壁にぶちあたる」

やっぱりこいつが大嫌いだ、と陸人は思った。父の肩書きのせいで、これまで自分がどれほどの不利を強いられ、苦汁を飲まされてきたか。

かならず見返して、証明してやる。陸人はそう決意した。

以来、勉強はもちろん、体力的なトレーニングも欠かさなかった。やっぱり警察官は強くなくちゃ、と思って毎日筋トレした。朝晩に五キロ走った。学校の授業中だって、隙あらば私事に費やした。分厚い法律の本にも挑戦したし、刑事小説もいくつか読んだ。

しかし中学を卒業し、環境が変わると、なかなかうまくいかないことも増える。

高校生になってからの生活は、いままで以上に苦しかった。陸人は近くの高校に入ったが、航は進学せず、施設を出ると住み込みで働ける工場を見つけた。匡海は通信制の高校を選んだ。三人は一日の半分を別々の空間で過ごすことになり、集う時間帯はいつも夕方から夜あるいは朝方まで、といった感じだった。ゲームセンターの裏、コンビニの前、駅の駐輪場、公園、廃墟など、近隣住民や警察に追い払われるたびに場所を移るのは面倒だったが、それでも三人で過ごす時間は楽しかった。

ただ、そういう不良少年が活性化する時間帯に集中的に遊んでいたため、やはり知り合う連中には偏りができてしまう。喧嘩腰で絡んでくる連中はまだかわいいほうで、たちが悪いのはクスリや詐欺の話を持ちかけてくる輩《やから》だ。陸人は父を介してそれらの醜悪さを熟知していたので、そのつど遠ざけた。

次に厄介だったのが、女だ。繁華街にいかなくても、思春期の三人からすれば誘惑はそこらじゅうに転がっていて、そのへんで出くわした女全員とどうにかなりたいという欲求は、まあまあ手強《てごわ》い相手だった。とくに航は日中むさ苦しい男だらけの職場にいて、女と接する機会がほとんどない。ストレスもたまる。相手が悪い女だとわかっていても、誘惑に抗《あらが》えない場面も多々あった。

案の定、航はそういう女に騙《だま》され、町の不良少年たちとトラブルを起こした。そもそも航は無駄に美形なのがよくない。黙っていても女は寄ってくるし、男の嫉妬も買う。陸人と匡海は彼を救うため、意を決してその連中のたまり場へ突撃し、殴る蹴るの乱闘をくりひろげた。そして、三人とも人生初の逮捕をくらった。

「警察官になりたい少年の奮闘劇か」父はからかうように言った。「たしかに、みずから逮捕されりゃあ間近で警察官の仕事っぷりをのぞける。なかなかいい見学方法だ」

うちでは、警察に逮捕されたことに対し、怒ったり嘆いたりする者は一人もいない。母でさえ何も責めない。陸人はなさけなくてたまらなかった。

そんな出来事を経て、陸人はさらに勉強に励むようになった。夜遊びもやめて、航と匡海にも厳しく接するようになった。二人は、「最近の陸人はスパルタ教官みてえだな」と口をそろえて言うが、かまわない。自分たちがこの蟻《あり》地獄のような環境から抜け出すためには、いまがもっとも大事な時期だと感じていたからだ。

高校三年生の秋、陸人は警察学校に入るための試験を受けた。担任の先生はかなり遠回しに、おそらく無理だからやめたほうがいい、と言った。父は好きにしろ、としか言わなかった。受験の申し込みはインターネットで、みずからやった。一次の筆記試験はクリアしたが、つづく面接の試験で落とされた。

「隠してもすぐにばれることだから、正直に話します。私の父は暴力団の会長です。しかし私は父を憎み、父とは異なる道を……」


大学は受験すらさせてもらえなかった。父の意向だ。高校生活の中で起こしたいくつかの問題行動を引き合いに出され、その資格なしと断じられた。

陸人は高校卒業と同時に家を飛び出して、安いアパートを借りた。教える人か正す人になる、という夢のため、「とりあえずの就職」は避けた。そうしてアルバイト生活に突入したのだが、しかしそれは想像を絶するほど貧相な暮らしだった。昼間は強い紫外線をじりじりと受けながら肌を真っ黒に焦がして交通誘導をやり、夜は手をふやけさせながら居酒屋の厨房で皿を洗いまくった。深夜、アパートに帰ってから勉強しようと参考書を開くが、疲労のため何ひとつ頭に入らず、毎日死んだように眠りについた。月収はほぼ生活費に溶けた。

航と匡海も似たような感じだった。それぞれ問題を抱えていて、悶々《もんもん》とした日々を送っていた。三人で集まっても、酒や煙草がすすむだけで、笑って夢を語る回数はあきらかに減った。

――このままじゃ俺たちはだめになる……。

陸人はそう思った。焦っていた。どうにかしてこの淀《よど》んだ現実から抜け出したかった。だから、あんな話に耳をかたむけてしまったのだ。

「襲撃に参加してほしいんだ。人数が足りなくてよ」

高校生のころ、夜遊びをしていたときに知り合った二十代後半の男が、あるときそんな話を持ちかけてきた。アパレルショップの経営者という肩書きの男だが、自称だ。実際はよくわからない。ただ、彼が秘密裏に所属しているグループは、この界隈《かいわい》ではかなり有名で、規模もそこそこ大きい。陸人たちも過去に何度かグループに入るように誘われたが、どうせろくなことにならないと思い、うまく断っていた。ようするに、詐欺グループなのだ。

「この三年間での収益は約二億円だ。その大部分を、あいつは自分の会社の運営費や妙な投資に使いこんで、結果、泡にしている」

あいつ、というのは彼らのボスのことだ。

「たぶん、実業家としての地位を確立させたいんだろうな。あいつのエゴのせいで、俺たち末端の構成員に回ってくるはずの金が、ほぼない。で、もうわかったろ？　その金を奪うための襲撃計画さ。社員が社長に給料の支払いを求めるみたいなもんだ。正当だろ」

話を聞いた陸人は、うなった。襲撃とはまた物騒な話だ。前に一度、暴力沙汰で警察に捕まって痛い目をみているため、すぐに断ろうとした。

「俺は人殺しには加担しないよ」

「なんだ、ヤクザの息子のくせにびびってんのか」

「べつに。ただ仲間がそれを嫌っててね。俺も同じってだけ」

「安心しろ。殺しは計画にない。それに襲撃といっても、暴行にかんしてはすべてこっちでやる。おまえら人数合わせの連中は見張り役に徹してくれたら、それでいい。一億円以上は回収するつもりだから、すべてうまくいったときは、成功報酬として、一人百万だ」

この提示された金額に、つい心が揺らいでしまった。

つまり航や匡海と一緒に加われば、計三百万円が手に入るわけだ。暴行への参戦はなし、近くで見張っていればいいだけ——。その金は、いまの重苦しい生活から抜け出すための足がかりとしては充分だろう。

とはいえ、実際のところ彼が本当にそれだけの報酬をよこす気があるのかどうかは疑わしい。後々になって、適当な理由をつけて大幅に減額してくるかもしれない。そういう懸念もあったが、やはり現状に対する不満と焦燥が大きく勝り、襲撃への参加を承諾した。航と匡海は、なかば無理やり納得させた。

「ちょっと不安だけどさ、まあ陸人が決めたことなら、おれたちもやるよ。いつだってそうしてきたし、これからだって、な」

二人は笑いながら、そう言ってくれた。こんな仲間には二度と出会えないだろう、と陸人は思った。

結論からいうと、この襲撃計画は失敗した。裏切り者がいたため、こっちの計画はすべて相手に筒抜けになっていて、逆にカウンターの襲撃をくらったのだ。

捕まったのは見張り役も含め、およそ二十名の構成員だ。それらは三つに分けられ、それぞれ異なる場所へ連れていかれた。陸人たちは高架下のプレハブ小屋のような事務所に押し込まれると、弁解の余地もなく、数人の男たちから強烈なパンチやキックを雷雨のように見舞われた。こっちの両手両足は結束バンドで縛られていて、自由がきかない。背中や脇腹、顔面などに打撃が加えられるたび、床の上で芋虫のように体をくねらせた。

すえたにおいのする室内。陸人は血の味のする唾を飲み込みながら、顔をかたむけた。窓がある。夜空に浮かぶ月はとても綺麗で、それを囲むように色のついた雲が鮮やかに広がっていた。

「どうすっかな」敵の一人が言った。「こいつら全員、ここで殺してもいいんだが、さすがに死体、五つとなると後始末が……」

「待て、待ってください。殺すだなんて、そんな」

誰かがあわてて命乞いをする。その誰かの顔面に即座に拳が打ち込まれた。彼は倒れ、歪んだ鼻筋をこちらに向けた。陸人は顔をしかめ、ついで、航と匡海の様子を見た。

二人とも同じくひどい暴行を受け、壁際でぐったりとしている。航にかんしては、やはり美形なのが相手の鼻についたのか、より多く顔を殴られ、すでに朱色の風船のようにあちこち腫れ上がっていた。陸人は強い怒りがわき、ぐっと拳を握った。

「おい。なに勝手に寝てるんだよ。まだ終わってねえぞ」

敵の一人が、匡海の腹に蹴りを入れた。匡海はうめきながら、もうやめてくれ、とつぶやいた。敵は嘲笑した。

「やめろ」

陸人は言った。相手の気がすむまで黙って殴られていれば、そのうち終わると思っていたが、どうやらそうでもないらしい。我慢の限界だった。この事態を招いた自分への憤りもさることながら、これ以上、目の前で友達が傷つく姿を見てはいられなかった。

「その二人は俺の仲間だ。これ以上やったら……」

すると敵全員が、いっせいにこちらを向く。みな面白いほど真顔だ。

「この状況で口ごたえか。おまえ、度胸あるな」

「よせ。陸人」

航がぶんぶん首を振った。しかし陸人はつづけた。

「てめえら全員……かならず後悔させてやる。どんな手を使っても」

悔しくて、うっすらと目に涙がにじむ。二人を傷つけるやつは絶対に許さない、と陸人は思った。航と匡海は、いつだって俺の心のど真ん中にいる。彼らと出会い、ともに人生を変えようと約束した日、はじめてこの胸に命が宿った気がした。だから——。

「自分たちのしでかしたことの重大さが、まだよくわかってないようだ」敵の一人がいらだちをあらわにした。「一人死ねば、わかるかな」

そして、懐からすっとナイフを取り出した。

「やめとけ」別の男が言う。「ナイフだと血がドバッと出ちまうだろうが。あとで拭くのが面倒だ。やるなら絞めろ」

「そうだな」相手は頷くとナイフをしまい、陸人のそばに寄った。そしてうしろからギロチンチョークを仕掛ける。首まわりが強い力で圧迫される。手足は縛られているため、抵抗できない。舌が痺《しび》れ、視界が紅色に染まっていく。航と匡海の泣き叫ぶ声が、かすかに聞こえる。頼むからやめてくれ、と叫んでいる。

俺は死ぬのか……。

陸人はそれを覚悟した。が、次の瞬間、事務所のドアが外側から派手に蹴破られた。慌ただしく五、六人の男たちが突入してきたのだ。同時にギロチンチョークの男も驚いて、ぱっと手を離した。陸人は悶《もだ》えるように咳き込みながら、突入してきた男たちを見やった。まさか警察か、と最初は思ったが、よく見るとまったく違った。父がいた。

「玉山会だ」と、父は言った。「この中に俺の息子がいる。知りませんでしたじゃすまねえことくらい、わかるよな?」

後日、父の事務所に呼び出された。三人ともだ。

父は呆《あき》れたような顔で陸人たちを見やる。航や匡海の緊張感が伝わる。彼らはあきらかに怯えていた。すると父は、ふいにコンビニの袋を取り出して、中身をガラステーブルの上にぶちまけた。小さな粒が、ころころと散らばる。それはおびただしい数の、歯だった。

「おまえらに暴行を加えた連中の歯だ。一本残らず抜いた。にしても虫歯が多いな。歯磨きもろくにできねえ、アホな詐欺っ子どもだよ」

これが落とし前というやつだ。父はそう言って、陸人をにらみつけた。

「陸人、甘えるなよ。てめえが首を突っ込んだ世界がどういうものか、よく考えろ」

父の用件はそれだけだった。

部屋を出て出入口のほうへいく。喫煙所となっている一角で、幹部とその舎弟たちが数人いて、煙草を吹かしながら雑談していた。ふてくされた表情で通り過ぎようとする陸人を、幹部の男が小声で呼びとめ、「なあ陸ちゃん、あんまり無茶すんな。たまには会長さんの気持ちも考えてやれ。あんな感じだけど、いつもきみを心配してんだぜ」と言った。

「そうそう」舎弟の一人が言い足す。「何より監視の仕事もラクじゃないっすからね。早く解放されたい」

オイよけいなこと言うな、といった目つきで、幹部は舎弟をにらむ。

まさか、と陸人ははっとした。ずっと見ていたのか?

三人は事務所を出ると、近くの河川敷《かせんじき》を黙って歩いた。濁った川がゆるやかに流れている。陸人は心底打ちのめされていた。例の詐欺グループから暴行を受けているさなか、父の暴力団が乗り込んできて、危機を救ってくれた。

不思議だった。父は一体、いつから息子の行動を把握していたのか。誰かに調べさせたのか。先ほどの幹部と舎弟のやりとりを思い返す。なるほど、と思った。父は最初から、息子の行動をすべて監視していたのだろう。会の人間を使って、陸人が何かをするたび、誰かと知り合うたび、逐一報告させていたに違いない。たぶん子供のときからずっと。

父に反発し、粋がって家を飛び出した。けっして父と同じ道はたどらないと意気込んでいた。しかしその裏で、自分はずっと父に首輪をつけられていたのだ。

――俺の馬鹿息子。どうせいつか派手に問題を起こす。そのときは、また俺が現実を教えてやらねばな。

父の思惑を想像し、陸人は狂おしいほどの悔しさに襲われた。たまらずアーッ、アーッと川に向かって吠えた。前を歩いていた航と匡海が、驚いた顔で振り向く。

「甘かった。現実は厳しいな」陸人はつぶやいた。「何が教える人、正す人になる、だ。ばかばかしい。結局、俺は……」

「陸人」匡海がそばに寄って、声をかける。「たしかに今回、オレたちはまぬけだった。けどさ、あきらめるのは違うだろ。なさけねえ顔すんなよ」

「あきらめはしないよ。絶対に」陸人は顔を上げた。「自分の程度を思い知った。だからもう、一発逆転は狙わない。ただ、手段も選ばない。長期的な計画にシフトする」

「長期的な計画って？」航は首をかしげた。

「この現状を、地道に変えていく。百回の敗戦を覚悟したうえで、最後にたった一回、勝てればいい。だけどその一回の勝利は、一番強い者からもぎとる」

そんなイメージだ、と陸人は言った。

「だから、あらためて、おまえらにお願いするよ。俺についてきてほしい」

二人ともこちらの意図を理解してくれ、腹をくくったように強いまなざしを向けた。

「ちょっとくさいセリフだけど」と、匡海は言った。「オレたちは三人でひとつだ。そのひとつを、全力で生かしきろうぜ」

陸人は胸が熱くなる。三人とも人生の出発点は最悪だった。でも、だからこそ出会えた。そして深まった。それはまぎれもなく、俺たちの強みだと思った。

*

「それは堅気に戻りたいってことか?」

陸人は冷淡な口調で訊いた。

目の前にはひざまずいた男がいる。土下座をしたばかりなのだ。名前は三吉《みよし》という。むさ苦しい髭《ひげ》面《づら》のおやじだが、いまは怯えた子供のようだ。

「いや、そうじゃねえんだ。ただ、もう潜ることはできねえ……。体が悲鳴を上げてるんだよ。わかってくれ。これからは別の仕事で稼ぐ。金はちゃんと返す」

陸人はため息をついた。事務所の部屋は冷房がよくきいていて、真夏の炎天を感じさせない。雑居ビルの三階で、窓の外には長岡《ながおか》の街が広がっている。去年は、ここから花火を眺めたっけ。

俺ももう二十八歳か。陸人は革張りのソファに身を沈め、ひざまずいたまま うなだれている自分より年上の男を見やって、うっすらと笑みを浮かべた。

「別の仕事?　たとえばなんだ」

「……営業。それが無理なら、肉体労働でもなんでもやる」

陸人は声を出して笑った。「だから、それは堅気に戻るってことだろ。だいたい十年以上もヤクザの世界で生きてきたおまえに、今更何ができるんだ」

三吉は視線をそらした。彼が、陸人の斡旋《あっせん》した密漁の仕事から足を洗いたいと言い出した理由も充分に理解できる。いまの密漁は命懸けだ。少なくとも、「こっち」の海ではそうだ。乱獲する密漁団に荒らされ、浅い海のアワビやナマコは激減した。いまは三、四十メートルほどの深さまで潜らないとそれらは獲れない。その深さは素潜りの限界を大きくこえている。

と、まるで他人事《ひとごと》のように思うが、その密漁団のほとんどは陸人がつくったチームであるため、やめたいと言う者に一定の理解を示すのは当然の義務だろう。

「潜るたびに怖くなる」三吉は言った。「タンクがどこかに絡まったりしないか、無事に浮かんでこられるか、浮かんだあとも無事でいられるか。実際、海面に出たあとに耳や目から血を流したことは何度もあるし、最近は頭痛や関節痛がおさまらねえ。もう限界なんだ。頼むよ、リーダー」

チーム・ランズ。陸人たちの組の名称だ。単純に自分の名前を英語にして、さらに複数人で立ち上げたので、ランズにした。組や会はヤクザを連想するためなるべく使いたくなかったが、やっていることはヤクザと変わりない。組長や会長と呼ばれるのも、やはり父を思い浮かべてしまうので、下の者たちには極力、リーダー、ボス、陸人さんなど、そのへんで呼んでくれと頼んでいる。

「三吉、いま付き合ってる女はいるか」

「え、いや……」

「いるみたいだな。なら、その女に売春させろ。店なら俺が紹介してやる」

「ちょっと待った」三吉はあわてて立ち上がり、言った。「どうしてそういう話になる。女は関係ねえ。金なら俺が稼いで返すって言ってるじゃねえか。俺はただ、密漁をやめさせてほしいだけだと……」

「ランズをつくったときルールを決めたろ。裏切りと離脱は絶対に許さないと。裏切りは論外だが、離脱するなら相応の理由が必要だ。三吉、おまえの理由はそれに値しない」

三吉は、陸人に数百万円の借金がある。彼は二年前、単独で矢塚《やづか》組の構成員と揉め事を起こした。矢塚組とは、同じく長岡市内に事務所をかまえる暴力団で、端的にいうと縄張り争いのライバルである。揉め事の非はほぼ三吉のほうにあり、それはランズにとって非常に具合の悪い事態だったが、陸人がみずから矢塚組へ出向き、手打ちを申し出て、多額の和解金を支払うことで問題をおさめた。三吉にかんしては破門にすることも考えたが、きっちりと落とし前をつけさせるのがこの世界のルールなので、和解金相当の働きをさせるため、密漁チームにほうり込んだ。

「ヤクザの世界でつくった負債だ。ヤクザのやり方で返せ。そもそも堅気に戻ったおまえのバイトの稼ぎじゃ、返すどころか逆に借金が増える」

陸人が言うと、三吉は不満そうに口を曲げた。次に舌打ちでもしたら蹴り飛ばしてやろうと思ったが、それはなかった。

ヤクザ同士の争いは正直面倒臭くて、陸人はあまり好まない。

父の玉山藤雄が会長をつとめる玉山会は、日本最大規模の指定暴力団の系列組織で、その二次団体である。子供のころはわからなかったが、いまならその恐ろしさが身に染みている。ちなみにランズも一応この系列に属している。五次団体だ。本音をいうと「属す」ことに抵抗はあったが、ヤクザの世界もしがらみが多く、勝手にヤクザを名乗って好き放題に違法なマネができるほど甘くはない。

ようするに三吉のやらかしたことは、本人が考える以上におおごとだったのだ。

「とにかく、金を返すまで抜けることは許さない。密漁をつづけるか女に売春させるか、おまえの選択肢は二つにひとつだ」

「陸人」隣にいる航が、ふいに口を開いた。「シノギなら密漁以外にもある。無理にやらせて、万が一、海で死なれたりしたら面倒だ。あと三吉の女は関係ないから、巻き込むのはかわいそうだよ」

「だめだ。こういうことを一度でも許すと、のちにチーム内にほころびが生じる。前例はつくらない。ルールは徹底する。もしも海で死んだときは、それがこいつの寿命だ。もちろん密漁の証拠は残さないし、表向きは、馬鹿が夜中にダイブしたら溺死した、ですませる。こいつが死んだあとは、こいつの女に稼がせる」

「いくらなんでも、それは……」

航はあいかわらずだな、と陸人は思う。チームのため、三人の夢の実現のため、陸人が手段を選ばず冷酷に徹しようとする場面で、いつも口を挟んでくる。ひかえめで、こちらの機嫌をうかがう感じではあるが、大抵は陸人と逆の意見をぶつけてくる。

航は鈍感で単純だ。だが、それは彼のやさしすぎる性根からくるもので、けっして悪いことではない。妹の鈴音への気持ちも影響しているのだろう。ただ、その善良さはヤクザの世界で生きるにおいて、いらぬ荷物でしかないことに、そろそろ気づいてほしいと陸人は思うのだった。

「匡海はどう思う？」

陸人は、窓際で腕を組んだまま黙りこくっている匡海のほうを向き、訊いた。

「オレに決定権はねえだろ」と、匡海は言った。「陸人に従う。いつもどおりだ」

「よし」陸人は三吉に向き直る。「というわけだ。さっそく今夜、潜ってもらう。いまのうちに帰って仮眠しとけ。それが嫌なら女を説得しろ」

青白い顔で事務所を出ていく三吉を見送ってから、陸人は棚からピーナッツの袋を取り出して、ひとつつまんで食べた。けわしい顔でうつむいている航に、おまえも食えよとすすめたが、彼は断った。

「まだ何か言いたそうだな、航。三吉のことなら……」

「あいつのことはもういいよ」航は声を低くした。「なあ陸人。そろそろいいんじゃないかな?」

「何が」

「おれたちももうすぐ三十になる。密漁ビジネスのおかげで金も充分に稼げた。そろそろ本来の目的のために動き出すときじゃないか。まさか忘れてないよな、おれたちの本当の夢を」

「もちろんだ。真逆の世界の実現だろ。ちゃんと覚えてるよ。教える人か正す人になる。その夢だって、俺はまだ捨てちゃいない」

「だったら……」

「もっと現実的に考えろ」陸人は諭すような口調だ。「たとえば堅気に戻ってまともな仕事をするとして、それが成功しようと失敗しようと、とにかく金が必要になる。どのくらい必要かっていうと、この先、一生遊んで暮らせるほどの金だ。しかも、近い将来できるかもしれない嫁とガキのぶんも含めてだ。子供のころに受けたクソみたいな差別を思い返せ、航。俺たちが味わった社会的不利は、生半可なことじゃ覆せない」

「嫁とガキか」航は鼻を鳴らした。「家族なんて、いまはつくる気もないね」

「付き合ってる女くらいいるだろ。その子の将来も考えてやれ。とにかく、金はまだまだ足りない。

中途半端でやめたら、結局すべてが水の泡になる」

「女なら一年前にふられて以来、ずっといないよ。彼氏が海水を吸ってぶくぶくに膨らんだ水死体で発見されたらトラウマになる、って別れ際に言われたんだ」

航はそう言うと足早に事務所を出ていった。陸人はため息をついた。

「青臭いな、航は。それがいいところでもあるんだけど、ときどきうっとうしくなる」

「大目にみてやれよ」匡海は言った。「前におまえに仲間の指詰めをさせられたことが、けっこう効いてるみてえだから」

「何年前の話だよ。まだ根に持ってるのか、あいつ」

過去にチームを裏切った者がいて、落とし前として、破門と同時にそいつの指詰めをしたのだが、その役目を無理やり航にやらせたのだ。落とす指の根元をビニール糸で縛り、ノミの先端を関節にあてがい、木槌《きづち》でおもいきり叩いていっきに飛ばす。やる側にためらいがあると、やられる側は骨を断つ痛みに耐えられず絶叫し、悶え苦しむことになる。つまり航にはためらいがあったため、相手の指は飛ばず、ノミの刃は骨の途中で止まった。結局、もう一度叩いて雑に切り落とすかたちになり、相手は失神した。が、しょせんは裏切り者であり、陸人としてはその程度の痛みでは生温いくらいだと思った。

「あれは一応、教育だ。こっちの世界の過酷さを航にも学んでほしかった」

「わかってる。昔と比べてヤクザの形態もずいぶん変わったとはいえ、こっちじゃまだまだ殺伐としてるからな」

暴排条例が制定され、暴力団の締め出しが社会的に本格化してから数年、ヤクザは収入源を多く失い、数も減少した。とりわけ都会のほうではそれが顕著で、消滅寸前などと囁《ささや》かれたりもしている。

幸か不幸か、この地方ではまだ昔ながらのヤクザの風習や気質が根強く残っているため、それに合わせるのは必須だった。

「ただ、そのうち田舎でもヤクザはやりにくくなる」陸人は言った。「実際にシノギの数は減りつつあるんだ」

そう、だからこそ、いま密漁という金のなる木を手放すわけにはいかない。


夕方六時半、といっても外はまだ明るい。陸人は長岡市内の居酒屋のカウンター席に腰掛け、日本酒を飲んでいた。〈飛魚《とびうお》〉という店だ。陸人が経営している店だが、べつにトビウオの専門店というわけではない。名前の響きが好きで、そうつけた。海鮮が安くてうまいと評判である。

客が続々と入ってくる様子を背中に感じながら、陸人は満足げに微笑《ほほえ》み、おちょこを口につけた。俺の大事な店だ、と思う。密漁ビジネスの成功を象徴するもののひとつなのだから。

密漁ビジネスをはじめたのは、およそ五年前、二十三歳のときだ。北海道からやってきたという同じ系列のヤクザの男と、寺泊のラーメン屋で知り合った。彼はプライベートの旅行でたまたま立ち寄ったらしいが、その町の海を眺めてこう言った。

――こっちにもいい海あるじゃん。やりなよ、密漁。まじで儲かるから。海で金を拾ってるようなもん。

そのひと言がきっかけだった。当時、現実を大きく変えるためには「金」と「力」が必要だと悟り、まずは「力」を得るためにヤクザの世界で奮闘していた。父と同じ道をたどるつもりはないし、それはいまでも自分の信念として変わりようがない。しかしそれは最終的な話であって、まだ先のことだ。いまは目的を達成するために手段は選ばないし、利用できるものはなんでも利用してやる、と思っている。

――アワビだけでも数十億円の市場規模になるんだ。ウニ、カニ、ナマコ、大アサリなんかも含めりゃあ、百億いくだろ。都会のヤーさん連中が「しょせん田舎のシノギ」って見下していたのも、もう遠い昔の話よ。

北海道の男から密漁の話をくわしく聞かせてもらった。やり方、必要な道具など。後日さらなる情報を集め、準備を整えてから実行に移した。最初は陸人、航、匡海の三人と、ほか四人の仲間を加え、計七人でおこなった。夜中、ゴムボートで海に出て、真っ暗闇のなか潜水器を使ってダイブした。いわゆる初心者お試し期間のうちはまったくうまくいかず、ろくに獲れなかったが、しだいに慣れた。一ヵ月後には、アワビやナマコなど面白いほどよく獲れ、市場に流してあっというまに利益を得た。

闇ルートで近隣の料理屋や寿司屋などに卸されるが、それだけでは莫大な利益は見込めないので、表の業者の販路に乗せ、ほかの消費地にも流す。陸人たちは予想以上の儲けの多さに驚き、皆しばらくのあいだ、にやにやがおさまらなかった。

とはいえ、すべて順調にいったというわけでもない。一時期、あまりの無秩序な乱獲ぶりに地元漁師たちが激怒し、ひと悶着あった。彼らをなだめるため、いろいろと策を弄したが、なかなか騒動は収束しなかった。困り果てた陸人は単独、最終手段に打って出た。否応《いやおう》なく手を汚す場面もあったが――ほぼ滞りなくすませることができた。この話は自分以外の人間は誰も知らない。航や匡海でさえも。その暗躍の甲斐《かい》あって漁師たちとの問題は解決した。もはや海保や警察の捜査網への警戒さえおこたらなければ、あの海に怖いものはない。

現在、密漁にかんしては、航を指揮官に置く独立したチームにほとんど任せているが、ときどき陸人自身が潜ることもある。やはり初期のメンバーは「潜る」や「獲る」の作業が格段にうまいため、新人教育の際は率先して参加するようにしていた。

もちろん獲ったものは〈飛魚〉にも卸される。そうして刺身や海鮮丼に姿を変え、格安の値段で提供されるのだ。年間の売り上げは二千万前後である。

「もう少し店を広くしようと思うんだ。そしたら、いまより確実に忙しくなるだろうが、この人数で回せるか？」

陸人はカウンター越しに料理長である窪川《くぼかわ》に話しかけた。四十代前半、小太りで坊主頭のいかつい風貌だが、実際は穏和だ。しかし彼もグルだ。すべて知ったうえでこの店の料理長をつとめている。

「雑用のバイトだけ増やしてもらえたら」窪川は言った。「厨房の料理人なら、たぶん、いまの数で充分すね。現状、分担が少なくてラクしてるやつもいるんで」

「オーケー。それじゃ近々、隣の空家の持ち主に交渉してみるか」

いま、この〈飛魚〉に隣接した格好で、ぼろくて小さい空家が一軒ある。何年も放置されているもので、今後も使う予定はなさそうだ。つまり、その土地ごと買いとることができれば、解体して店の拡張に使えるというわけだ。出費は大きいが、将来のためだ。このまま長岡市の人気居酒屋の地位を確立し、ゆくゆくは店舗を増やすための先行投資だと思えば、安いものである。

陸人は口許《くちもと》をゆるめ、思う。親父、着々と近づく俺の足音が聞こえるかい。もし聞こえたなら、それはあんたの敗北へのカウントダウンの音だよ――。

ヤクザのやり方で父の稼ぎを超えたら、あらためて父とは違う道をいき、失望と屈辱を同時に味わわせてやる。

しかしこの三日後、思わぬ問題が起きた。

「状況を説明してくれ」

匡海は事務所に飛び込んでくるなり、鼻息荒く尋ねた。背後には航もいて、彼は先ほど陸人が叩きつけるようにして壊した金色の壺の残骸を見やり、「げっ」と声を上げた。

「二階はぜんぶ燃えた」陸人は言う。「一階も厨房は丸焼け。あと、焼け落ちた瓦礫《がれき》のせいで結局、一階の客間もほぼ全滅。で、ふざけんなって思うくらい灰にまみれてる」

匡海は天を仰いだ。航も舌打ちをくりかえす。

昨夜から今朝にかけて〈飛魚〉が火事の被害に遭った。隣接しているぼろい空家が何者かによって放火され、その「もらい火」をくらったのだ。土地ごと買いとることを検討していた矢先だけに、陸人のショックといらだちは大きい。損保に入っていない理由を訊かれたりしたら面倒なので、警察への対応はすべて窪川に任せた。陸人は店の被害状況だけを確認して、素早く現場から立ち去った。

長岡市内にかぎらず、最近は県全体としても空家を狙った放火が増えていたので、若干の懸念はあった。とはいえ、確率としては何百分の一だろう。まさかうちの店の隣が燃やされるなんて……。

「放火やろうめ、かならず見つけ出して落とし前を――」

と、航が目に怒りを宿して言ったけれど、陸人は冷静にかぶりを振った。

「いや。そいつは後回しでいい。いまは、この損害をどうやって取り戻すかのほうが先決だ」

事業や投資の失敗による損失なら自己責任として受け入れることができる。が、こういう自身の手の及ばない領域、いわゆる不運による損失は到底、許容できない。イレギュラーな出来事による不必要なマイナス。年間二千万前後の売り上げのある店が一晩でがらくたとなり、その改修費にさらに金がかかるという。もちろん密漁は継続するが、市場に流すだけのビジネスだと、パワーダウンは否めない。

――くそ。とらえかけていた親父の背中が、また遠のいていく。いや、まだだ。絶対に逃がさない。すぐに挽回《ばんかい》してみせる。

「チームのメンバーを集めろ」と、陸人は二人に命じた。「焼けちまったもんはしようがない。損失も受け入れる。だが足踏みはしない。早急になんとかしよう」

店の修繕にかかる日数はどれくらいだろうか。できれば明日にでも大工に頼みたいところだが、さすがにむずかしい。アワビの収獲期は夏だからもうあきらめるしかないが、ナマコは冬だ。なんとか間に合わせたい。これからは時間との勝負になるが、しかし必要なのは金だ。それこそ、いますぐ自由に使えるような……。

こうして、その日からランズのメンバーによる殺伐とした会議がはじまった。議題は、どうやって火事の損失を取り戻すか、というものだが、みなヤクザの世界にどっぷりと浸かった連中であるため、飛びかう案は大抵、「詐欺」か「クスリ」だった。

「だめだ」陸人は声を張る。「詐欺もクスリも長期にわたるビジネスだから価値がある。一、二回じゃたいした利益にならない。いま欲しいのは一発で挽回できる妙案だ」

「競馬は？　大穴を狙えば……」ふいに航が言った。

「おまえは少し黙ってろ、航」陸人は眉をつり上げる。

しょぼくれた航。その肩に手を置いた匡海が、意味深な笑みを浮かべた。

「なんだ、匡海。何を笑ってる」陸人は訊く。

「いや。おまえが、一発逆転は狙わないと言っていたころが懐かしいなと思ってよ」

そういや、そんなことを言った覚えもあるな、と陸人は鼻を鳴らした。

「今回ばかりは例外さ。親父に頼るわけにはいかないし、俺たちの夢のためだ」

「そうだな」匡海は頷いた。「オレに考えがある。少し時間をくれ。まとめたらプレゼンする」

五日後、匡海は「三人だけで話し合いたい」と言い、陸人と航を事務所に呼び出した。集まると、彼は四枚の写真をテーブルの上に並べた。若い女が写っている。一枚に一人、それぞれ異なる女のようだ。が、みな隠し撮りしたような感じであるのが、少し気になった。

「なんだこれ」陸人は首をかしげた。「まさか風俗経営のプレゼンか？」

「ちげえよ」匡海は苦笑した。「誘拐だ」

誘拐――。陸人は思わず息を呑んだ。

「この前たまたま、海外で横行してるらしい誘拐ビジネスの記事を目にしたんだ。そのとき、はっと思いついた。といっても、オレが提案してるのは、よくある身代金《みのしろきん》目的の誘拐なんだが」

陸人はうなった。航は口を半開きにして、写真の女を眺めている。

「たしかに身代金でいっきに二千万くらい奪えたら、火事の損失は帳消しになる。しかしなあ、リスクはでかいぞ。この手の事件の成功例は相当少ないはず」

陸人が言うと、匡海は承知してる、と頷いた。

「あたりまえの話だが、失敗するとしたら警察に通報されたときだ。逆を言えば、警察に通報されなきゃ百パーセント成功する。これもあたりまえの話だが」

「どうやって警察に通報させないようにする？」

「そりゃあ、むずかしいね。ターゲットに対して警察に知らせるなと言うのは必須だが、それを見えないところで強制するのはほぼ不可能だろうよ」

「なら、案としては弱い。おまえのプレゼンは失敗だ、匡海」

陸人と匡海だけでどんどん話を進めるので、蚊帳の外の航は居心地が悪そうだ。

「是が非でも警察に通報させない、ってのはむずかしいけど、身代金の交渉のとき相手が警察に通報したかどうかわかる状態にしておくことなら、たぶんやれる」

「どういう意味だ」

匡海は説明する。誘拐を実行する前に、まずターゲットの家の玄関先に小型の盗聴器を仕掛ける。家の中となるとむずかしいが、玄関先なら充分に可能だ。宅配業者でも装って訪ねればいい。そのあとターゲットを誘拐し、そいつの家に電話をかけて身代金を要求する。その際、もちろん例のセリフを言う、「警察に通報したら娘の命はない」と。が、にもかかわらず、仕掛けた盗聴器を通して、のちにその家の玄関先からこそこそと忍び込む複数人の足音や音声が聴き取れたとしたら、相手はこちらの指示を守らず、警察に通報したという可能性が高くなる。身代金目的の誘拐事件が起きたとき、警察は大抵、被害者対策のために対象の自宅をおとずれる。犯人とのやりとりを近くで指示するだけでなく、精神的フォローも欠かせないからだ。

「警察に通報されたことがわかったら、それを逆手にとって交渉の仕方を変える。あるいは計画を中断して人質を解放する。リスク回避ってやつだ。オレたちの姿やアジトにかんしては、事前に見られないよう気を配れば、こっちが不利になることはねえよ」

「うまくいったとして、金の受け渡しはどうする」

「一応考えてはいるけどな。まだ固まってないから、あとで二人の意見を聞かせてくれよ」

ターゲットの候補は現時点で四人いる。みな金持ちの家の娘で、二十代だ。もちろん一発目で成功することがベストなのだが、失敗しても次がある。四人すべて失敗するという展開は、匡海は考えていないようだった。何よりこの計画の一番の魅力は、短期間で何千万という金を手中におさめることができる点だろう。

「うーん誘拐か。悪くない案だけど、即決はできないな。まだ議論の余地がある」

陸人はそう言うと、テーブルに並べられた四人の女の写真を手にとって眺めた。一人、際立った美人がいて、つい目を奪われた。

「気になるか」匡海はにやにやしている。「たしかに、そいつが一番いい女だ。見た目だけじゃなく、ほかの条件もな。平永《ひらなが》莉瀬《りせ》。ヒラナガ製薬社長の娘だ」

「ヒラナガ製薬って、あれか」

県民ならほとんど知っているであろう有名なＣＭがある。バックに流れる音楽が奇妙なリズムを刻んでいて印象的だ。

匡海はつづけた。「製薬会社ランキングだと、国内の売上高、営業利益でトップテンに入る企業だ。ちなみに娘は一人っ子。親父はさぞかし溺愛していることだろうよ。かわいい娘のためなら、たとえ一億円でも五分で用意しそうだ」

「誘拐って……」航がおもむろに口を開く。「目的は金で、人質の女に危害を加えるつもりはないんだよな？」

「もちろんさ。あと、殺しはなしだ。絶対に」

「それは言うまでもないよ」航はこくんと頷いた。

「うちのチーム、というか、俺たちの絶対ルールだからな」陸人は言った。

匡海が人殺しという行為を心底憎んでいることは承知している。彼の父親のせいだ。

「ああ」匡海は語調を強めた。「それと、もう一点。人数は抑え気味でいこう。誘拐なんて大勢でバタバタとやるもんじゃねえからな。やるなら少数精鋭。しかも、本当に信頼できるメンツがいい」

瞬間、陸人の胸は躍った。「そうすると必然的に俺たち三人で、ということになるな」

「だな」匡海も白い歯を見せる。

先ほど考えさせてくれと言ったが、すでに腹は決めていた。くわえて「三人で」というのが駄目押しとなった。ふいに幼いころを思い出し、胸が熱くなる。スタートはいつも三人だ。何か大きなことをやろうとするとき、かならず三人で話し合い、期待や不安を共有した。そして失敗の悔しさは三等分にしてまぎらわせ、成功の喜びは三倍にして分かちあった。それらすべて、宝物として記憶にとどめている。

「航、コンビニでいいから酒を買ってきてくれ」陸人は言った。「匡海はピザと焼き鳥の出前注文を頼む。二人とも今日はここに泊まれ。朝まで議論するぞ。この誘拐が成功するかどうか、とことん話し合う」

いやいや、と二人とも笑った。二日酔いになるだけだろ、と。

平永莉瀬。二十二歳。大学生。市内の豪邸で家族と暮らしているのかと思いきや、大学近辺のマンションを借りて、一人暮らしを満喫しているようだ。この女のおもな監視は匡海に任せているが、犯行前に一度、どうしてもその姿を見ておきたくて、陸人は一人でふらりと出かけた。そして莉瀬のマンション付近に車を停め、窓から双眼鏡を片手に顔を出し、ジムから帰る途中の彼女の様子を目で追った。自分のまぬけづらがサイドミラーに映っていて、陸人は苦笑した。

莉瀬はやはり美人だった。華奢《きやしや》で、背筋も伸び、足運びに頼りなさがない。ストレートで艶のある黒髪が、肩のあたりでやわらかく揺れている。少し垂れた大きな瞳、適度な下ぶくれ、先の尖《とが》った鼻、微笑みのように横に広がる赤い唇。陸人は、彼女から発せられる独特の高潔さに目が離せなくなる。

——目的は金だ。それ以外の楽しみを想像してどうする。

自分に言い聞かせ、かぶりを振ると双眼鏡をしまい、車を発進させた。

翌日、陸人は航を連れ、電気工事業者を装って平永の家を訪ねた。洋風の大きな家だ。縦にも横にも幅をきかせた三階建て。広い庭と、鯉《こい》の泳ぐ美しい池。それらを目にして、航は舌打ちをしたあと素直な気持ちを吐露した。ちくしょうこんな豪邸に住みてえ、と。

玄関先で応対したのは家政婦だろうか。とりあえず、陸人は配電設備の修繕やら何やらと適当に話しながら、「あ、申し訳ありません。平松さんのお宅と間違えていました」などと言い、すぐさま退散した。その際、帰りがてら靴紐を結ぶふりをして、人工芝生の一部に化けさせた防水プラスチックケースを、玄関先の石畳と芝生のあいだに埋め込むように隠した。中には高性能の小型盗聴器が仕込んである。

事務所に戻ると作戦会議をおこなった。

匡海は言う。「拉致する場所は平永莉瀬の住むマンション付近の通りがベストだ。時間帯は水曜日の午後九時二十五分から三十分の、およそ五分間。この女は毎週水曜日の夕方から夜にかけて、お嬢様らしくワインスクールに通っている。習い事を終えると、だいたいバスで帰る。で、西区坂井の砂山四丁目のバス停で降りる。そこからマンションまで歩く。ちょうどペットショップと歯医者に挟まれた細い道だ。その時間帯、周辺に人の気配はなくなる。女はほぼ無防備になる」

了解、と陸人は頷く。航も神妙なまなざしを向ける。

こうして次の水曜日、三人は計画どおり行動に出た。

手順は簡単。まずは周囲に人がいないかどうかを念入りにたしかめる。そしてターゲットの女が帰路を歩いてきたら、黒塗りのバンを横につける。素早く後部のドアを開け、二人がかりで女を押さえて車内に引きずり込む。手首を結束バンドで縛って口をガムテープでふさぎ、顔に布袋《ふたい》をかぶせる。

すぐさま車を発進させ、事務所へ戻る。監禁場所は事務所の上の階を使う。長年、倉庫として借りている部屋がある。密漁の道具やら何やら、いろいろ仕舞いこんである。雑居ビルの最上階だ、叫ばれても問題ない。

「そろそろか」陸人は腕時計を見て、つぶやいた。

午後九時二十分。三人はバンの中で待機していた。運転は陸人。後部座席には航と匡海がいて、女を拉致する構えだ。

「おい航、集中しろよ」匡海が声を上げた。「老衰間近のジジイみたいな顔しやがって」

「ごめん。ただ」航は小声で言った。「もしも女が怪我《けが》したり、何か精神的にダメージを負ったりしたらって思うと……」

匡海は気の毒そうに口をつぐんだが、陸人は呆れたようにため息をついた。

「なあ航」陸人は言った。「なんでもかんでも妹と重ねるのは、もうやめろ。いいか、世の中ってのは大抵、理不尽だが、不思議とバランスがとれているもんだ。その仕組みの一部だと受け入れろ。俺たちみんな。おまえも、おまえの妹も。これからさらう女もだ」

航が何か言いたそうに口を開きかけたが、その前に匡海が鋭く発した。

「女がきた」

三人は即座に帽子とマスクとサングラスを装着する。そこから先は、あっというまだった。平永莉瀬は短く叫び、激しく身動きもしたが、そのすべては黒塗りのバンによって封じ込められた。

先日、倉庫の中を大掃除した。散らかっていた道具はすべてロッカーや段ボール箱の中に詰め込み、脇へ押しやった。不要なものは捨てた。少しだけ広くなったスペースに、中古のベッドと簡易トイレを置いた。窓にはブラインド式のカーテンを取り付けた。

「そのトイレは新品だ。このために新しく買ったやつだから安心して使うといい。と言っても、その状態じゃどうしようもないな。我慢できなくなったら、このボタンを押せ。ワイヤレスチャイムだ。誰かがきて、一時的にその手錠を外してやる」

平永莉瀬の左手は、防犯用の手錠でベッドガードとつながれている。手錠の鍵は陸人が持っている。莉瀬はあきらかに怯えた目で三人の男たちを見ていた。唇が小刻みに震えている。さりとて彼女にこちらの顔はわからない。みな、帽子とサングラスとマスクをしているのだから。ボイスチェンジャーは用意しなかった。どうせ解放したら二度と会わない。声で正体がばれるほど近づくことなど金輪際ないような人種だ。

陸人はつづけた。「わかってると思うが、きみは誘拐された。人質だ。俺たちの目的は金で、それ以外はどうでもいい。監禁のあいだ、こっちに迷惑をかけないかぎり、危害を加えるつもりはない。迷惑……たとえば、大声を出したり逃亡を試みたり、といったところか。何か質問はあるか？」

莉瀬はベッドの横にへたりこみ、血の気の引いた顔で瞳を潤ませた。

「なんで、こんな……」

「食事は一応、与えるつもりだ。おとなしくしていれば、とくに不自由はないよ」

陸人はそう言うと、彼女のかたわらにペットボトルの水を置く。そして背後の壁に飾られているカレンダーをいちべつした。月日を紹介するあいくるしい動物たちの写真に、つい口許がゆるむ。

三人は部屋を出ると、階下の事務所に戻った。帽子とサングラスとマスクを外し、さっそく酒を飲んだ。ビール、日本酒、ワイン。とりあえず第一段階はクリアした。身代金の交渉は明日の朝から、はじめる。

「盗聴器、どうする？」航は訊いた。

「とりあえずスイッチオンだ」匡海がこたえる。「いつ何が聞こえてくるかわからないしな」

「つーか、ほんとに美人だな、あの女」陸人は早々と酔いが回る。「どう思う、航？」

「美人だし、品があるね」航はかすかに頰を赤くした。「おれのまわりには、いないタイプの女だ。育ちってのは、やっぱり重要だよ」

「二人とも妙な気を起こすんじゃねえぞ」匡海がからかうように言う。「誘拐犯が人質の女に惚れて計画が失敗するなんていう展開は、映画の中だけにしてくれ」

三人はけらけらと笑う。

しかし次の瞬間、陸人は真顔になる。「いま上から、何か物音が聞こえた」

「そう？　おれは気づかなかったけど」航は首をかしげる。

「ちょっと見てくる」

陸人は言うと、また帽子とサングラスとマスクを装着し、階上へ向かった。

勢いよく倉庫のドアを開けると、莉瀬はびくついて体をこわばらせた。ベッドの上で、何やら手錠をいじくっていたようだ。陸人は、壁のカレンダーが床に落ちていることに気づき、即座に莉瀬に近づくとその顔を殴りつけた。彼女は悲鳴もなく身を倒した。陸人はその乱れた髪をわしづかみにし、ぐっと顔を上げさせる。同時に、莉瀬の右手から小さな画鋲《がびょう》がこぼれ落ちた。

「カレンダーの画鋲を使って手錠を外そうとしていたな。言ったはずだ、逃亡の試みは迷惑行為のひとつだと。本当はやりたくないが、わからせるためだ」

陸人はさらに数発、相手の腹部に強いパンチを打ち込む。ふたたび莉瀬はうめきながら倒れ、ベッドの上でげえっと吐いた。

何事かと後を追ってきた航と匡海が、あわてたように陸人の前に割って入った。

「よせって」と、航が陸人を軽く押しのける。

陸人は大丈夫だと冷静に頷き、二人に事情を話した。

「だからって、いきなり殴るのはどうなんだよ。相手は女だぞ」

航は小声で言う。もちろん彼もサングラスとマスクをしているが、その上からでも不満げな表情がうかがえる。

「女だろうと子供だろうと関係ないさ。ルールを説明した直後にそれを破ったんだから、罰を受けるのは当然だ。こういうのを一度でも見逃すと……」

「なあ」匡海がさえぎるように言った。「ちょっと廊下で話そうや」

三人はいったん部屋を出る。

「陸人、わざとだろ」匡海が言った。「あの女を試したんだろ」

「何が」

「この前に大掃除したとき、あんなカレンダーはなかった。いつのまにかあって、オレは今日気づいた。おまえが急遽《きゅうきょ》、用意したんだな。あの女の目の前に、わざと手錠を外せる可能性のあるもの――画鋲の針を置いて、それを使うかどうかを試した。そうだろ。一体どうして？」

気づかれたか。やはり匡海は勘がいい。そのとおりだ、と陸人は薄ら笑いを浮かべた。

「……くそ。ワケわかんね」航がいらだちをあらわにする。

「レッスンとステップだ。あの女が、俺たちにとって大事な局面で予想外の行動に出たりしないように、いまからしつける必要があると思った。金の受け渡しや人質の解放――どこかの段階で、キャンキャンわめかれたりしたら面倒だからな。お手とお座りを習わせるなら、最初のうちだ」

「あの子は犬じゃない」航はそう吐き捨て、階下へ戻っていった。

「よけいな暴力はオレも反対だ」匡海は言う。「あの女は大事な人質だということを忘れるなよ。傷物にしたり、あるいは死んだりしたら、それこそ面倒だ」

「わかってる」陸人は肩をすくめた。「俺はここに残る。大丈夫。女と少し話をするだけだよ」

「信頼してる」匡海は不安げな表情を残し、踵《きびす》を返した。

一人、倉庫に残った陸人は、体を丸めてしくしくと泣いている女を見やり、妙な気分になった。段ボール箱を引っ張ってきて、椅子がわりにして腰掛ける。

「さっきは悪かったな、殴って」陸人は言った。「俺はただ、ルールは絶対だとわかってほしかっただけなんだが、どうやら仲間たちからも不評を買ったらしい」

莉瀬は何もこたえない。乱れた髪と、両手で、その顔を覆い隠している。陸人は自分の胸が痛痒《いたがゆ》さにうずいていることに気づく。俺はいま何かを欲している。一体何を……。

「その時計、いいな」陸人は言い、莉瀬の腕時計を指さした。「ちょっと見せてくれ」

深みのあるレッドブラウンの腕時計。鮮やかだが、高級そうな輝きはない。その慎《つつ》ましさに興味をひかれた。と思いきや、何やらキラリと光るものが陸人の目にちらついた。

瞬間、莉瀬は身を起こすと素早く左手を背中へ回し、腕時計を隠した。

「……これは、だめ」

「なぜ」

「誕生日にお父さんから貰ったの。だから……」

「誘拐犯なんかには、触らせたくないと?」

莉瀬は目を伏せた。陸人は腰をふっと浮かせ、彼女に近づく。

「べつによこせと言ってるわけじゃない。ただ手にとって眺めたいだけだ」

「……やだ。やめて、ください」

陸人は莉瀬の腕をぐっとつかみ、腕時計を乱暴に外した。彼女はまあまあ抵抗したが、ほとんど無力だった。奪いとった時計をしげしげと眺める。

「へえ、木製か。なかなかエコだな。しかしダイヤが入ってる。見せたくなかったのは、これか？」

時計の中にダイヤが加工されている。ブラックダイヤ。偽物も数多く流通していると囁かれるものだが、彼女の身分から察するに本物だろう。裏側には彼女の名前と、メッセージが刻まれている。十八歳のときの誕生日プレゼントらしい。

――十八歳か。俺はその歳のころ、たしか、内紛を起こしていた詐欺グループの襲撃に参加して、まぬけにも死にかけたっけ。親父に助けられたな……イヤな記憶だ。

当時の苦々しさを思い出し、奥歯を噛んだ。俺はもう、あのころとは違う。いくつかの苦難を乗り越え、密漁ビジネスも成功させ、ヤクザの世界で頭角をあらわしている。いまだって、身代金をせしめるための誘拐を着実に成功へと導いているはずだ。

「この時計、やっぱりいただくよ。戦利品ということで」

自分が成し遂げたことの証明がほしい。手元に置き、眺め、ときどき愛《め》でる。この時計は品があって美しい。この女のように。だから、いただく。

「お願い、返して」莉瀬は必死の形相だ。「大事なものなんです。返してください」

陸人は彼女の首を片手でつかみ、ぐっと絞めた。十秒ほどで手を離す。彼女はげほげほ咳き込みながら、身を崩した。

「おとなしくしていれば危害は加えないと言っただろ。なぜ、わからないんだ」

莉瀬は嗚咽《おえつ》をもらした。しかし、やがて浮かべたその表情には、涙とともに、たしかな怒りが滲《にじ》み出ていた。

「ひどすぎる。どうして、わたしがこんな目に……」

「恵まれた家庭で生まれ育って、恵まれたまま一生を終えることができると、能天気に考えていたのか。はは。世の中そう甘くはない。いい社会勉強になったろ」

陸人は奪った腕時計をポケットに入れた。莉瀬はそれを見て、悔しそうに表情を歪めた。

「恥ずかしくないんですか」

「恥ずかしい？」

「わたし、何もしてない。なのに、いきなり連れ去られて、閉じ込められて、殴られて……。こんなの、人間のすることじゃないっ」

頭の中で、ばちっと火花が散る。

「泥の味も血の味も知らない金持ちのクソガキが、人間を語るなよ」

陸人はベッドの上に乗ると、さっと手を伸ばした。莉瀬は跳ねるように身を引き、子供のようにわめいた。いやだやめて。触らないで。死にたくない。殺さないで。そう言いながらも、しかし最後には陸人をにらみつけ、口ごたえしてきた。

「……暴力で黙らせて、人の大切なものを奪って、楽しいですか。あなたのほうがよほどクソじゃない」

「なんだと」思いのほか強い怒りがわき、背中が震えた。「俺が楽しんでいるように見えるのか」

陸人はふたたび莉瀬の首を絞めた。今度は両手で。

莉瀬の目が、飛び出るほど大きく見開かれるまで、絞める力をゆるめない。

「てめえに俺の何がわかる。言ってみろ」

莉瀬はうめきながらも必死に陸人の手をほどこうとするが、無意味だった。しだいに抵抗する彼女の手も力を失い、だらりと垂れ下がった。

「今度、俺を侮辱したら、この首がへし折れるまで――うぐっ」

陸人は一瞬、何が起きたのかわからなかった。とっさに莉瀬から手を離し、そのままベッドの下へ転がり落ちた。呼吸がうまくできない。陸人はあわててサングラスとマスクを剝ぎ取った。しかし、やはり呼吸がままならない。

「ああ……」

莉瀬は息を荒くして、ぐっと目を見開いてこちらを凝視している。赤く濡れた瞳がはっきりと見える。何か口走ったように唇を震わせたが、声にならないようだった。彼女は喉につまったものを無理やり吐き出すように、大きく口を開けた。

「誰か」莉瀬は叫んだ。「誰かきて」

陸人は床から立ち上がることができない。湯でも浴びたかのように頭が熱く、視界も段々と歪んでいく。そして、ようやく自分に何が起きたのかを理解した。

――俺の首に何かが突き刺さっている。

首筋だ。右から左。何かが喉を巻き込んで貫いている。陸人は目一杯の力をこめてそれを握ると、おもいきって素早く引っこ抜いた。どろっとした血の塊が首筋から溢れ出るのを感じ、次の瞬間、赤く染まった手でそれを視認した。

陸人は引っこ抜いたものを床に投げた。黒いボールペンだった。

莉瀬をここに閉じ込める際、一応、持ち物検査をした。携帯電話など重要なものはほとんどバッグに入っていたため、それを奪った段階で気を抜いてしまったのだ。身体検査まで念入りにはおこなわなかった。それがアダとなった。彼女は大学生だ、つねに内ポケットなどにボールペンを一本くらい入れておいても不思議ではない。

「お、おい!」

物騒な物音と叫び声を聞きつけてか、航と匡海が飛び込むように部屋に入ってきた。彼らは、首を押さえながら床で這《は》いつくばっている陸人を見やると、すぐさま自分たちのサングラスとマスクを外した。変装が無意味になる事態が発生したと察したのだ。

「くそ、どうなってる」匡海は血相を変えて陸人に駆け寄り、流れる首の血を止めようと手で押さえた。「だめだ、血がとまらねえ。おい陸人、しっかりしろよ。いま救急車を呼んでやるからな」

陸人は朦朧《もうろう》とする意識の中で手を伸ばし、匡海がスマホを取り出して119にコールするのを、やめさせた。「……よせ」

「なんでだよ」匡海は顔をしかめた。「このままじゃ、おまえ、死んじまうだろうが」

首に開いた小さな穴から、血がピューピューと途切れがちに飛び出している。その様子を見て、ドアの前で逡巡《しゅんじゅん》していた航が、そろりと近寄る。信じられないといった表情でその場にくずおれると、弱々しくかぶりを振った。「そ、そんな。どうして」

「……通報は、だ、だめだ。おまえたち、まで、つ、捕まる……」

陸人は声をしぼり出す。すると匡海は怒気をはらんだ口調で言った。

「そんなこと気にしてる場合じゃねえだろ!」

痛みよりも痺れのほうが強い。脳が圧迫されていく。手足が思うように動かせない。体がぱりぱりと砕けていくような感覚だった。心臓が苦しいほどに暴れている。たくさんの羽虫が、こちらをあざけるように視界の中を飛びかっていた。それらが一匹ずつ消えるたび、陸人の体からまたひとつ、力が抜け落ちていく。

「ご、ごめんなさい」莉瀬がつぶやく。その顔からは生気がどんどん失われていくかのようだった。

「わ、わざとじゃないの。わたしはただ、こ、こ、殺されると思ったから。だから、み、身を守ろうとして……」

「黙れ」匡海は声を張り、莉瀬をにらみつけた。

「ああ血が、血が」航は言いながら、ぽろぽろと涙をこぼした。陸人の首から流れる血は止まる気配がなく、航の足元へ確実に忍び寄る。「嘘だろ。いやだ。陸人、なあ陸人、死ぬなって！」

匡海は再度、スマホを手にとった。航は必死に呼びかけている。陸人は最後の力をふりしぼって匡海のスマホへ手を伸ばし、それを奪いとった。かすかに首を振って、自分の意志を伝えた。

匡海は何やら怒鳴ったが、もう聞こえない。

こんなところで俺は死ぬのか。一体どこで、何が狂って、こうなってしまったのか。正しいことをしてきたとは思わない。だけど、この道しかなかった。そのうえで、精一杯やってきたつもりだ。なのに、なぜ……。

いま見えるのは、航と匡海の顔だけだ。二人とも、ひどい顔で俺を見ている。おまえら笑えよ。友達だろ。俺の大事な。きっと、この人生でしか出会えなかった。

「航、匡海」陸人はかすれた声で言った。「ごめんな」

五年後

日曜日の午後。

柳内聡史《やないさとし》はリビングの窓からさしこむ暖かな陽光に頬をなでられ、目を細めた。キッチンのほうでは妻がコーヒーを淹《い》れており、向かいのソファには娘の結衣子《ゆいこ》が座っている。今日は彼女の二十八歳の誕生日。家族でささやかなパーティーを開いていた。が、部屋にきらびやかな装飾などはなく、ただ妻のつくったケーキと質素な料理がテーブルに並んでいるだけだ。結衣子はそのケーキをひと口食べ、すぐにフォークを置いた。そしてまた、虚空を見つめる。柳内が贈ったかわいらしい更紗《さらさ》模様のブランケットはいちべつしたあと脇に置き、とくに感想もなかった。

娘が笑わなくなって三年——。

この月日の長さと、それがあっというまに過ぎ去ったことを思い、柳内の心はしだいに暗く沈んでいった。

ふいにポケットの携帯電話が鳴る。長岡警察署の後輩からだった。

「はい。柳内」

「石垣《いしがき》です。遺体が出ました。すぐに現場へ向かってください。場所は千足山《せんぞくやま》——」

「山中で発見されたのか。ところで千足山ってどこだ」

「長岡と小千谷《おぢや》のさかいにある山ですね。国道十七号線を小千谷方面に向かって走ってください。で、途中の六日市《むいかいち》北の交差点を左折。近くに林道があります。一応ほかの捜査員に誘導させるので到着したら無線機で呼びかけてください。誰かしら応答するはずです」

「わかった」柳内は背筋を伸ばし、のんびりとしていた気分をかき消した。「他殺体?」

「おそらく。でも、ちょいとめずらしい状態だという話ですよ」

石垣は意味深な言い方をし、こちらの言葉を待たずに電話を切った。

「仕事だ。いかなきゃ」と、柳内は立ち上がりながら言う。

妻は露骨に不快感を示す表情を浮かべた。「結衣子の誕生日よ」

「すまん」柳内は妻に向かってさっと手を振り、それから娘を見やって言った。「結衣子……今度おいしいもんでも食べにいこうな」

娘は無反応だった。瞼《まぶた》ひとつ動かさない。柳内はため息を呑みこむと、なかば逃げるように家を出て、車で現場へ直行した。

遺体発見の現場は千足山の麓のあたりで、林道から少し逸れた、藪《やぶ》に囲まれた場所だった。長年の自然現象による地形変化で、埋まっていた遺体の一部――右手があらわになったようだ。畑仕事のついでに山菜をとろうと足を踏み入れた初老の男性がそれを見つけ、何かわからぬまま興味本位で軽く掘り起こした。遺体の頭部が出てきたところで怖気《おじけ》を感じ、即座に警察へ通報したという流れらしい。

柳内が到着すると、すでに鑑識課が現場保存に当たっていた。物々しい雰囲気のなか続々と警察官が集まってくる。反面、取り囲む青々とした低木の葉が、結露による水玉をつけてキラキラと輝き、まぶしいほどだった。

柳内は隙をみて、鑑識課の班長である織原《おりはら》ミチに声をかけた。同期で、気兼ねなく話せる仲でもある。いつも不機嫌そうに口を尖らせているのが難点だが、しかし老いをほとんど感じさせないキツネ顔の美人だ。

「あいかわらず覇気のない顔してるね」織原はからかうように言った。

「さっきまでのんびりと休日を過ごしていたんだよ。そんなことより、遺体の状態はどうだ」

「焼死体」と、織原は言った。

「ほう」

めずらしい状態、とはそういうことか。

「大部分は炭化してて真っ黒。被害者は燃やされたあと、土に埋められたとみるのが妥当かな。かろうじて炭化をまぬがれている箇所は腐乱の果てに白骨化してて、だから死後数年は経ってると思う。司法解剖でどれだけ正確な年数を割り出せるか」

それを聞き、柳内は心臓を床に落としたような気分になった。残酷な想像力――。ひそかにそう名付けているものが、おのれの内側で頭をもたげる。

「性別は？」

「恥骨下角から判断すると、男性」

「外傷はどうだ」

「わからない。いまも言ったけど白骨化もまちまちだからね、解析にはかなりの手間と時間がかかるよ」

「まだ身元不明の遺体だよな？」

「うん。ただ、遺留品ならすでに見つかった。さいわい下半身の衣服が難燃素材のもので、ポケットの中で丸焼けにならずに残っていたブツがあったの。当然、洗浄してみる必要はあるけど、原形は充分にとどめているからご安心を」

その遺留品から遺体の身元が割り出せるかもしれない、というわけだ。

「ちなみに、どんなブツだ？」柳内は小声で尋ねる。

「二点ある」織原は無邪気にピースしてみせた。「ひとつは腕時計。もうひとつは……現時点じゃちょっとわからない。こっちは、くわしく解析してからのお楽しみってことで」

それから、シーツにくるまって運び出されていく焼死体を遠くから眺めた。筋肉は燃え尽きて体液も干上がっているので、かなり軽くなるという話だが、たしかに遺体は素早く軽快に運ばれていった。

署につくと、さっそく会議が開かれた。このあと捜査本部も設置される予定だ。被害者は焼死したあと、何者かによって千足山に埋められた。それは間違いない。まさか、みずから燃えながら穴を掘ったわけではないだろう。焼死にかんしてはまだ自殺の可能性も捨てきれないが、死体遺棄については、その犯罪行為は確実におこなわれたのだ。

とはいえ、まずは被害者の身元あるいは、それにつながる何かが判明しなければ、捜査の仕様がない。

遺体は司法解剖に回し、遺留品は鑑識課が調べている。その報告を待つあいだ、不可解な死体遺棄事件として捜査本部が設置され、県警の刑事たちも何人かやってきた。柳内は会議の合間に雑務をこなし、ときおり休憩室で石垣と雑談をかわした。

「数年前の焼死体じゃ、身元の判明はむずかしいんじゃないでしょうか」

石垣はこざっぱりとした坊主頭をなでながら、言った。

「遺体だけならな」柳内は忙《せわ》しなく首を振った。「だが遺留品がある。こっちから身元がわかるかもしれない」

「腕時計でしたっけ？」

「もう一点あるようだが、織原のやつはもったいぶって教えてくれん」

石垣は笑った。

さらに柳内は腕を組み、うーんとうなりながら天井を見上げた。

「どうしました」

「いや、これが殺人だったとして、殺したあとに燃やしたのか、それとも焼き殺したのか……ちょっと気になってな」

この結果も司法解剖でわかるはずだ。

「前者と後者、気になるのはどっちすか？」

「後者だ。焼き殺すなんていうやり方は穏やかじゃないだろ。堅気とは思えんくらいに」

柳内は言いながら、大きな舌打ちを鳴らした。


夜、二回目の捜査会議が開かれた。今回は鑑識課の代表として織原ミチも参加した。彼女は写真付きの資料を配りながら、「まずは第一弾」と前置きしたうえで検視の過程を報告した。室内の刑事たちは一様にけわしいまなざしを向ける。

「遺留品その一について説明します」織原は言った。「腕時計。多少焦げついていましたが、被害者の着ていた難燃素材のズボンのおかげで、解析は充分に可能でした。天然木製の腕時計で、よくある金属製のものではありません。しかし中にダイヤが加工されていました。さらにブランド名の刻印も。『T - NATURAL』です」

柳内はメモする。が、時計のブランドにはさほどくわしくないので、ぴんとこない。

「ダイヤは、ブラックダイヤですね。おそらく本物でしょう。それと、裏ぶたの部分にメッセージの刻印がされていました。資料の写真Bを見てください」

おっ、と室内の刑事たちが小さく声を上げる。みな瞳に好奇の輝きを宿した。

HAPPY 18th BIRTHDAY
RISE HIRANAGA

「単純に考えると」織原は言う。「ヒラナガリセ、という人物が十八歳の誕生日プレゼントとしてこの時計を誰かから貰ったのでしょう。リセ。おもに女性の名前ですね。焼死体は男性なので、なぜ遺体の彼がこの時計を持っていたのかは謎ですが」

「ふむ」本部長は顎を引いた。「では遺留品その二については、どうだね？」

「そっちのほうは火の熱による損傷が激しいので、もう少し解析が必要かと。今後の会議の場にて、追って説明します」

「よし」本部長は顎を上げた。「ダイヤ加工とメッセージ刻印か。オーダーメイドだな。このへんから持ち主をたどれそうだ」

やがて会議は終了し、捜査員たちはいっせいに散った。

「なあ、織原」

柳内はドアのところで呼びとめる。織原は気だるそうに首を回し、「なに」と眉根を寄せた。

「そう面倒臭そうな顔をするな。もうひとつの遺留品のことだよ。どんなブツなのか、それくらい教えてくれてもいいだろ」

「うーん、ちょっと形が変わってるからなあ。話したところで現時点じゃあ、疑問符が増えるだけだろうし」

「何がヒントになるかわからんだろ。とにかく言えって」

織原は口許を歪め、「たぶん小型のライト」と言った。

「ライト？」

「そう。何に使用していたのかは、素材やら何やら、くわしく調べてみないとわからないけどね。ていうか、いま解析中」

ただの肝試し用だったとしてもがっかりしないように、と織原は言い足し、ふふっと笑った。

「ほらね、頭の上にでっかいハテナが浮かんでるよ」

「それを承知のうえで訊いたんだ。からかうな」

「まずは腕時計。柳内、あんたはそっちに集中すればいいの」

「腕時計のことなら、会議中に少し考えたよ」

「ふうん。聞かせてみ」

「その前に、ブラックダイヤは本物でいいんだよな?」

「洗浄したあとすぐに鑑定士に確認してもらったの。その説明の途中で捜査会議に参加したから、あいまいな報告になったけど、ほぼ間違いない」

「なら、俺はこう思う。十八歳の女の子が、誕生日に本物のダイヤが加工された腕時計をプレゼントされるなんてのは、まあまあ珍奇な話だ。歳の近い恋人からのプレゼントとはどうしても思えん。となると単純に金持ちの親がプレゼントしたか、あるいはパトロンのおやじがくれたかだ。で、俺は前者だと考える」

織原はゆっくり頷いた。「前者か。なぜ?」

「メッセージの刻印だ。ハッピーバースデー。パトロンのおやじなら金は使っても、いちいち相手の誕生日を一生残るメッセージ付きで祝うとは考えにくい。こういうことをやるのは大抵、親だ」

「うん。まあ同感」

「親からの貰い物なら話は早い。腕時計にかんしては、あっというまにヒラナガリセにたどりつくだろ。だから、俺はもう一個の遺留品のほうが気になるんだよ」

柳内は次を考えていた。司法解剖の結果はまだ出ていないが、あの焼死体はほぼ他殺で間違いないだろう。捜査本部は表向き死体遺棄事件として扱っているが、実際はみな、殺人事件という認識で捜査に当たっているはずだ。

誰かが殺されたのだ。いつ、誰に、なぜ——。

柳内の心はその地点を見据え、久々に急《せ》いていた。

そして翌日。

くだんの腕時計だが、『T・NATURAL』というブランドらしい。イタリア発。日本だと東京に一店。ほかの捜査員が問い合わせ、捜査協力を要請した。顧客リストの提供だ。送られてきた顧客データの中から検索された例の苗字は二通りで、「平永」と「平長」だった。件数は数百のうち、三つ。さらにその中で県内の顧客は一人だけだった。平永豊《ゆたか》。

こうなると展開は早い。柳内は誰よりも先に動き出し、この顧客に電話をかけた。電話に出た女性は平永家の奥方だった。「莉瀬なら娘ですけど……」と、相手は戸惑いつつもこたえた。

ほぼ確定だった。腕時計の購入者はその家の主である平永豊という人物で、おそらく彼が娘の誕生日にプレゼントしたのだろう。

即座にアポをとると、柳内はペアの刑事と連れ立って平永家へ向かった。


「まさかヒラナガ製薬の社長の娘とはな」

車を運転している刑事がつぶやいた。東辺《ひがしべ》という県警の刑事で、今回のペアである。色黒で、彫りの深い日本人ばなれした顔立ちの男だ。以前、大がかりな殺人事件の捜査で一緒になったことがあり、一応、面識はある。

「でも腑《ふ》に落ちる」東辺はつづけた。「娘の十八の誕生日にダイヤ加工の腕時計を贈る。いち企業の社長の娘なら、まあ納得だ」

「誰が誰にプレゼントしたかなんて、たいした問題じゃないさ」助手席の柳内は腕を組んで、言った。

「なぜその腕時計を身元不明の焼死体が持っていたのか。もっとも重要な点はそこだ」

「柳内よ」東辺が鼻を鳴らした。「あいかわらず偉そうだな」

清潔感のある住宅街をくねくねと進むと、やがて視界の中に平永の家があらわれた。ひときわ目立つ構えで、予想どおりの豪邸である。

インターホンを押すと、家政婦さんが出迎えてくれた。東辺が素早く警察手帳を見せながら、玄関へ足を踏み入れる。すると奥から平永夫人が神妙な顔つきであらわれた。大きな花が刺繡《ししゅう》された白のニットが目立つ。足元には子犬がちょろちょろとまとわりついていた。

「どうぞ」

夫人に案内され、二人の刑事は客室に入る。固い革のソファに腰掛け、巨大なシャンデリアに見下ろされ、妙な居心地の悪さを覚えた。主人の平永豊は仕事のため都合が合わず、いまは夫人のみの対応である。

柳内はさっそく持ってきた資料を見せた。

「電話でも少し話しましたが、いま、ある事件を調べています。その過程で、この腕時計が発見されました。警察のほうで調べてみたところ、どうやら購入者はこちらの御主人——平永豊さんではないかという推測が立ちまして、こうしてお伺いしたしだいです。きっかけは、裏ぶたに刻印されているメッセージと名前です」

「あら」夫人は口許に手をあて、目を丸くした。「あの、この時計……真っ黒ですけど？」

「まだくわしくは話せませんが、焼けたものの中から発見されたのです。付着した炭は洗浄しましたが、もともとが木製なので、表面の焦げが残ってこのような色に」

夫人は眉をひそめる。柳内はつづけた。

「ここからスタートして、御主人に行き着きました」

「はあ」

「率直にお尋ねしますと、こちらの腕時計は、御主人が娘さんの誕生日のときにプレゼントしたもので間違いないでしょうか」

夫人はあいまいに首をひねった。

「莉瀬が十八歳のときか。ずいぶん昔の話だわね……」

「どうでしょう。覚えていますか」

「ええ。たしかに、主人はこんな感じの腕時計を娘に贈っていた記憶があります」

「娘さんは当時、これをよく身につけていました？」東辺が横から尋ねる。

「それがあいまいで……。わたしが思い出せないだけかしら」

「わかりました」柳内は言った。「こちらの件ですが、次回、御主人のほうにも確認させていただくことになりますが」

「それはかまいませんけど……」

柳内は東辺とちらりと顔を見合わせた。彼は頷くと前のめりになって、「それじゃ次に娘さんのことを教えていただきたい」

夫人は表情を曇らせたまま、家政婦さんを呼び、事前に用意していたと思われるメモ用紙を受けとった。その用紙を刑事らに差し出す。とある住所が記載されていた。

「莉瀬ならいま、ここに」

「ご協力、感謝します」

柳内はその紙を受けとって懐に入れた。さらに二、三情報を聞く。区切りがいいところで、ふっと腰を浮かし、素早く退散する姿勢を見せた。

「あのう」夫人が呼びとめてきた。「じつは警察から連絡があったこと、すでに電話で娘に伝えてしまったんですけど、とくに支障はないですよね?」

柳内は一瞬間を置いてから、「娘さんはなんて」と訊きかえした。

「わかった、とだけ。反応は薄かったかな」

「そうですか」

「……あの子が何か、その、妙な事件にかかわっていたりするんでしょうか」

「それはわかりませんね。娘さんの腕時計が出てきた、ということ以外は、まだ捜査中ですので」

夫人は軽く頬を膨らませたが、とくに文句は言わなかった。

二人の刑事は平永家をあとにして、目的地へ急いだ。

およそ一時間後、市内の高級住宅街の一角で車を停める。目の前にそびえるのは、新築の一戸建て。和風と洋風の入り混じった白い家で、青々とした美しい庭が際立っている。柳内と東辺は車から降りると神妙な足取りで門扉をくぐり、玄関につづく道を歩いた。

柳内はインターホンを押した。少し間があってから、その玄関子機から「はい」と女性の声が発せられた。

「県警の柳内と申します。こちら滝本《たきもと》莉瀬さんのお宅でしょうか?」

はい、とくぐもった声が返ってくる。

「じつはいま、ある事件を捜査しておりまして、その過程であなたの私物とおぼしきものが発見されました。いくつか話を聞きたいのですが、少しのあいだ、お邪魔させていただくことは可能ですか」

一分ほど待ったあと、玄関のドアがおもむろに開いた。女性が一人、顔を出した。ミントグリーンのワンピースの上に薄手のシャツを羽織っただけのラフな格好だ。何をつけているのかは知らないが、ウェーブのかかったセミロングの髪は濡れているように見え、妙な色気を放っていた。切れ長の大きな目がこちらを見据える。いまはほとんど化粧をしていないのだろうが、それでも目鼻立ちの整った美人だとすぐにわかる。

「一応母から伝えられていますけど……。あの、一体どういうことでしょうか」

「この腕時計、わかりますか」

柳内は言いながら、たずさえた大きめの封筒から資料の写真を取り出すと、相手に見せた。彼女はわずかに表情をこわばらせた。

「……すごく汚れてませんか、これ」

「木製です。焼けたところから発見されたので、焦げついているんです。見覚えは？」

相手は写真をまじまじと見やって、はっと息をとめ、何かを言いかけた。

が、そのとき、家の奥から「ねええ」と呼ぶ声がした。小さな女の子が一人、家の廊下をちょこちょこと歩いてくる。二歳くらいだろうか。女の子は舌足らずの口調で、「ママ、ママ」と言いながら、こちらに向かってくる。

「さっちゃん、待って。いまお客さんが来てるから。お部屋でお絵描きしてて、ね？」

彼女はあわてたように手を振る。女の子は聞き分けがよく、その場でぴたりと立ち止まった。

柳内は小さく息を吐き、さてどうするか、と考えた。

平永莉瀬は現在、滝本莉瀬となっていた。二十七歳。三年ほど前に結婚したのだ。娘が一人いることも、先の実家訪問の際、彼女の母親から聞いている。

「三十分後」と、莉瀬は言った。「近くの喫茶店で待ち合わせる、という感じでいいですか。いま、わたし一人だけで、ほかに娘の面倒をみる者がいないので。これから知り合いのベビーシッターさんを呼んで、彼女がくるまで、だいたい三十分……」

柳内は東辺に目配せし、頷いた。

「わかりました。では、待ち合わせの場所はどこにしましょうか」

「この道を右にいって、最初の十字路をまた右に曲がってください。アップリンという喫茶店の看板が、すぐ目に入ると思うので」

「わかりました」

二人の刑事は踵を返し、ふたたび車に戻ると、ゆっくりと発進させた。

「どう思う？」柳内は問う。「彼女だが」

「美人だ」東辺が運転しながら、こたえた。

「それは見ればわかる」

「旦那はたしか開業医だったか。大企業の社長の娘に生まれて、結婚相手は優秀な医者。なかなか贅沢な人生でうらやましいぜ」

「贅沢かね」

「なんだよ。金がすべてじゃねえ、とか考えるタイプか？」

柳内は鼻を鳴らしたが、まさにそのとおりだった。どれほど札束を積んでも解決できない、やりなおせないことがある。たとえ今日、一億円を手土産に家に帰ったとしても、俺の娘の笑顔が戻ることはないだろうな、と思った。

「というか、話がそれてるぞ」柳内は声を張った。「で、どう思うんだ、彼女」

「うむ」東辺は軽く息をついた。「腕時計は持ち主なんだから知っていて当然だろうが、ほかにも何か因縁がありそうな雰囲気だな。こっちの勝手な第一印象だが」

柳内は小さく頷いて、「同感」とだけつぶやいた。まあ刑事は疑うのが仕事なので、そうであってほしいという願望まじりであることは否めないが。

「たしかにこの腕時計は、十八歳の誕生日のとき、父から貰ったものです。でも、どうしてこれが……」

喫茶店アップリン――奥のテーブル席に腰掛け、滝本莉瀬は表情を曇らせた。

「ある事件を捜査していて、出てきました。それをくわしく説明する前に、なぜこの時計がいま、あなたの手元にないのか、それを訊いてもいいですか」

柳内が言うと、莉瀬は軽く首をひねった。

「ええ。ずいぶん前になくしたんですよ。どこかに置き忘れたのか、落としたのか、それはわかりませんけど。気づいたら、なくなっていて……」

「いつごろなくしたのか覚えていますか」

「貰ってから、わりとすぐだったと思います。十九、ハタチ……。たしかそのへんで時計の紛失に気づいたはず。父には申し訳なくて、いまだに黙っているんです。なくした当初も、時計と似合う服がないからつけられない、とか嘘を言ったりして」

「置き忘れた、落とした、と先ほど言われましたが、誰かに盗まれた、という可能性はありませんか」

莉瀬は眉をひそめる。「わかりません。ただ、わたしとしては、そんな人が身近にいただなんて思いたくないので……」

「うーん」柳内はひたいに皺を寄せた。

「あの、それで、ある事件っていうのは?」莉瀬は声を低くした。

柳内は例の焼死体について話す。昨日、長岡と小千谷のさかいにそびえる山の麓で発見された、数年前の遺体。全身丸焼けであるため現在は身元不詳。その遺体の焼け残ったズボンのポケットから、この腕時計が出てきた――。

「心当たりはありますか」

「いいえ。まったくないです。怖い……」

柳内は一応、この腕時計は事件が解決するまで返却できないのでご了承を、という警察側の事情を伝えた。莉瀬の反応は薄い。しかし、今後も何度か聴取に伺うと思う、と言い足したとき、彼女は露骨に嫌だと示す目つきになった。

「なら、まずはわたしの携帯電話に連絡してください。今日みたいに場所を指定して、みずからそこへ出向くので。べつに警察署でもかまいません」

抜き打ちの訪問だからこそ効果的な場合もあるのだが、と思ったが、とりあえず柳内は頷いた。

「場合にもよりますが、なるべくそうしましょう。しかし、何か不都合でも?」

「単純に、夫に知られたくないんですよ。わたしのことで警察が訪ねてきただなんて。やましいやましくないは関係なしに、昔のこと、根掘り葉掘り訊かれたくないし。わかりますよね?」

彼女はなかば挑むような強気な視線を向けた。こっちの家庭事情も少しは考えろ、とでも言いたげな口調である。夫は開業医で、自身も製薬会社の社長の娘として裕福な家庭に育った。彼女は典型的なセレブなわけだ。その土台がひび割れるかもしれないと怖れを抱くことに、何ら不思議はない。とはいえ、と柳内は思うのだ。やましいことがないのなら、そのまま夫に相談してもいいんじゃないか？

聞き取りを終え、莉瀬を解放すると、柳内たちも喫茶店を出て車に乗り込んだ。

「何か隠してるな」

柳内は助手席のシートに身を沈め、言う。東辺はガムをひとつ口に入れ、くちゃくちゃしながらこたえた。

「うーん。たしかにこっちの質問をうっとうしく感じているような態度だったがな、相手の立場を考えたら自然だろう。決めつけるのはまだ早い」

「時計をなくしたときの話を思い出せ。置き忘れたか、落としたか、と彼女は言った。誰かに盗まれた、という可能性を最初から外したんだ」

「だからそれは、身近な人に盗人《ぬすっと》がいたと思いたくないからじゃないのか」

「なぜ盗人を、身近な人に限定するんだ？　まったく知らない人間に盗まれることだってあるはずだろ」

東辺はむっ、と口許を歪める。

「時計の紛失について心当たりはあるが、それを隠した、という印象だな。もちろん、はやとちりは禁物だが」

署に戻ると短い会議が開かれ、首尾よく捜査方針が決まる。

腕時計の紛失について、おもな仮説は二つ。「どこかに落としたか」と「誰かに盗まれたか」だ。細かい分類ははぶく。たとえば莉瀬が誰かに渡してそれを隠している、などの説は後者のほうに入れる。これに従い、捜査班も大雑把だが二手に分かれた。前者の説を担当する刑事らはまるで雲をつかむような捜査であるため、やはり同情の念を禁じえない。

さいわい柳内と東辺のペアは後者を担当するため、ほとんど迷いなく、ふたたび平永家へ向かうことにした。

夜の九時を回ってからの訪問だ。帰ってきたばかりの平永豊に話を聞くためである。彼は例の腕時計の購入者であり、かの有名なヒラナガ製薬の社長だ。ぽっちゃりとした頬と丸めた背中が特徴的で、そのため、トップの威厳というものはあまり感じられない。くたびれた白髪頭をなでつけ、細めた目を二人の刑事に向けた。

腕時計の写真を見せる。平永豊は終始平凡な反応で、そうだこの時計は自分が買ってそれを娘の莉瀬にプレゼントしたのだ、と端的に認めた。が、それ以外のことはほとんど覚えておらず、プレゼントしたときの娘の年齢すらも彼は間違えそうになっていた。

柳内と東辺は同時に肩をすくめると、早々と彼への聞き取りを終わらせ、次の段階へ移った。

「あの、もし可能であれば、娘さんの昔の写真を見せてもらえますか。二十歳前後の。どの時期まで腕時計を持っていたのか、確認できるかもしれないので」

柳内は夫人に頼む。彼女はハイハイ、と少々面倒そうにしていたが、すぐさまアルバムを二冊ほど持ってきてくれた。おもに十代後半から二十代前半の写真だという。

柳内は、莉瀬の大学生のころの写真に目を通した。写真の中の彼女はたくさんの友達に囲まれ、その生活を満喫している様子だ。ありがたいことに、写真の裏に年齢と日付が記されている。例の腕時計をしている写真もちらほら見受けられ、横の東辺は忙しなく唇を舐めていた。

「この写真の彼らは、どのようなお友達で？」と、柳内は夫人に尋ねる。

「えっと、大学のサークル仲間だったかしら。たしか国際交流を主にした——。毎年、ハロウィンやクリスマスが近くなると彼らをうちに招待して、イベントにちなんだパーティーをやっていました。なかには韓国やイギリスの友達もいて、みな楽しそうにしていましたよ。莉瀬も、もちろん」

「この男性は？」

柳内は写真の中の一人を指さす。清潔感のある短い黒髪で、目鼻立ちの整った好青年、という感じだ。さまざまな場面で莉瀬と一緒に写っており、腕を組んだり、頬を寄せ合ったりしている。

「ああ、娘の彼氏ですね。当時の」

「この男性と娘さんは、関係の濃さといいますか、交際の期間だったり、どのような感じだったのでしょう」

夫人は若干、そんなこと莉瀬に直接訊けばいいのに、というふうに口を尖らせつつも、ちゃんと話してくれた。

いわく——光秀《みつひで》くんは娘の歴代彼氏の中でも一、二位を争うほどのイケメンだった、たしか大学一年生のときに付き合い、長らく円満に交際をつづけていたけれど、四年生のころに別れてしまった、娘の留学がネックになったのかもしれない。

「莉瀬さんの留学はいつごろ？」

「大学卒業後ですね。ニュージーランドに一年半ほど。語学の勉強と、景色の綺麗なところでちょっとのんびりしたい、なんてセンチなことも当時は言っていたわね、あの子。まだ若いくせにってみんなに笑われていたけど」

「そうか」柳内は顎に手をあてる。「えっと、この光秀くんですけど、現在どうしているのか、さすがにわかりませんよね？」

それこそ夫人に訊くべきことじゃないな、と柳内は内心苦笑した。

「わかりますよ」しかし夫人は言った。「だって、草野井《くさのい》酒造の坊ちゃんですもの」

なるほど有名な老舗酒蔵の息子か。たしか酒蔵見学や直売所も運営していて、トリップアドバイザーの市内観光ランキングでも上位を獲得していたはず。

柳内は再度その彼のことを訊く。野井《のい》光秀。莉瀬の大学時代のサークル仲間で、恋人でもあった男性。二人はこの大学四年間、ほぼ交際しており、とても仲が良かった。若者特有の、その場のノリ的な口約束ではあったが、光秀は莉瀬にプロポーズまでしている。だが二人は四年生のころに破局した。理由は判然としないが、おそらく莉瀬の留学が原因だろう、と夫人は推察する。

「ご協力、感謝します。今日われわれが聞き取りした内容は、まだ内密に。もちろん娘さんにも」

平永家を出ると、心地よい夜風の冷たさに触れながら、柳内はぐっと伸びをした。

「どうする。また滝本莉瀬に確認してみるか？」と、東辺は言った。

「いや、彼女には申し訳ないが、このまま黙って野井光秀を訪ねよう。また嘘をつかれたら面倒だしな」

「どういう意味だ」

「これ」柳内は先ほど拝借してきた何枚かの写真を見せた。「彼女が二十二歳のときの写真だ。例の腕時計をしてる。貰ってすぐになくしたと言っていたな。十九かハタチのころに。ありゃ嘘だ」

「昔の記憶だ。思い違いということもあるだろう」

「十八歳の誕生日に貰って、それから約四年間は身につけていたんだぞ。すぐになくした――なんていう言い方は、どう考えてもしないさ」

「ふむ」

「まずは外堀を埋めよう。それから、あらためて滝本莉瀬に突撃する」

柳内は言いながら、二枚の写真を見比べた――莉瀬が大学時代に身につけていた腕時計と、焼死体から出てきた腕時計を。

第二章

「氷、買ってきたよ」

日高航は大量の保冷剤をたずさえ、事務所に戻ってきた。室内は陰鬱さに満ち、いつもと異なる独特のにおいが漂っている。それは血のにおいか、あるいは死臭か、航にはわからなかった。

匡海はソファに座ってうつむいている。無表情だ。航は呼びかけたが、彼はわずかに顎を動かしただけで、反応は薄かった。

航は深く息を吐いてから、室内の端で横たわっている陸人の遺体に近づいた。倉庫に置いてあった組み立て式ロッカーを持ち出し、横にし、シーツを二枚ほど重ねて敷き詰め、その中に陸人の遺体を寝かせたのだ。およそ一時間前はどくどく血が流れていたが、出尽くしてしまったのか、いつしか止まった。残ったのは物言わぬ青白い肉体だけだった。

もともと冷凍庫の中にあった保冷剤を、いま陸人の体の上にちりばめている。そいつが溶けたら、いま買ってきた保冷剤と交換するつもりだ。が、それに一体なんの意味があるというのだろう。気休めにもならない。ここに置くかぎり、遺体の腐敗はどんどん進んでいく。

「航」ふいに匡海が言った。「女の様子を見てきてくれ」

「おまえは大丈夫かよ」

「もう少しだけ、一人にしてくれねえかな」匡海は萎《しぼ》んだような口調だ。「……すまん。自分だけ傷ついてるみたいな態度で。おまえだって辛いし、どうしていいのか、わからないだろうに」

「おれのことは、いいよ」

航はそう言うと、保冷剤のついでにコンビニで買ってきたパンとカフェオレを持ち、そのまま階上へ向かった。もう顔を隠す必要はない。

平永莉瀬を監禁している部屋のドアを開ける。床にはおびただしい量の血が、まだ乾かずに残っている。彼女はあいかわらずベッドの上で膝を抱えたままうずくまっていた。

航はそっと近づき、パンとカフェオレを近くに置いた。それから彼女の左手首にかけられている手錠を外した。

すると莉瀬はふっと顔を上げ、不思議そうに航を見やった。瞼が腫れている。陸人に殴られた頬も、かすかだが紫色ににじんでいた。

「手錠はいらないだろ。鍵はドアだけで充分だ」航はそっけなく言う。「トイレのたびにワイヤレスチャイムで呼び出されるのも面倒だし」

莉瀬は自由になった左手で航を押しのけた。

「近づかないで」彼女はまた、わっと泣き出す。「なんなの。あなたたちのせいで、わたしは……」

航はあとずさり、憎しみをしぼりだすようにして、女を見据えてみた。こいつがよけいなことをしたせいで誘拐の計画が破綻した。親友が殺された。事態は想像を絶するほど悪いほうへかたむいた。すべてこの女が。

航は目を閉じ、かぶりを振った。だめだ。ぜんぶ、おれたちのせいだ。この女は何ひとつ悪くない。彼女は誘拐の被害者で、さらに監禁や傷害あるいは殺人未遂という、ひどい仕打ちを受けた。おれたちが、彼女を深く傷つけたんだ。

ただの自己防衛で、その結果、陸人は死んだ。

莉瀬に泣きやむ気配はない。航は部屋を出て、階下の事務所に戻った。

「女は？」匡海が低い声で訊く。

「泣いてる。そのうち泣き疲れて眠ると思う」

「そうか」

匡海はため息をついた。それから寝かせてある陸人の遺体を辛そうに見つめた。

「なあ匡海、これからのことだけど」

航が言うと、それをさえぎるように、匡海は「十五歳のときさ」と、何やら話しはじめた。航は目を伏せ、向かいのソファに座った。

「十万の賞金目当てに市のバスケ大会に出たことあったろ」

「スリー・オン・スリー？」

「そう。オレたち三人ともバスケ未経験で、どうせすぐに負けるから参加するだけ時間の無駄だってオレは反対したんだ。だけど陸人は大丈夫なんとかなるよ、って根拠もないくせに自信満々でさ。はりきって本番前に合宿とかして」

「覚えてるよ」

「なのに大会当日、一回戦でいきなり二メートルの怪物がいるチームと当たって、オレ、開始早々そいつの殺人タックルをくらって、肋骨《ろっこつ》を骨折したんだよ」

「うん」

「状況的にみて不必要なタックルだったんだぜ、あれ。だから、あの怪物やろうオレに何か恨みでもあるのかよ、って入院中ずーっといらだってた。そしたら陸人がさ、お見舞いのフルーツを大量に持ってきて、オレになんて言ったと思う？」

匡海は笑いながらつづきを話そうとしたのだろうが、できなかった。引きつった笑顔のまま目を赤くした。

「――あの怪物だけど俺が試合開始前にこっそり挑発しまくったんだよ、だから、俺のかわりにタックルを受けてくれてサンキューな。陸人はそう言って、オレのご機嫌をとるみたいに笑ってた。オレはむかついたけどさ、不思議と怒る気になれなくて」

匡海はひたいに手をあて、小さくうめいた。

「リーダー気質なんだけど、いたずら好きで、ちょっと抜けてた。そういう危うさも魅力のひとつで……。あいつがいたから、オレたちはここまでやってこられた。あいつが……陸人が死んだなんて、オレにはどうしても信じられない」

航も同じ気持ちだった。それほど、自分たちにとって陸人という人間は圧倒的だったのだ。しかしいま、彼の遺体はこの部屋の端っこで古びた玩具のように転がっている。

「匡海、これからどうする」と、航は言った。

「ああ」匡海はさっと目尻を拭った。

数秒先すら考えるのが恐ろしい。しかし、このままでいいわけがない。

「リーダーは死んだ。誘拐は失敗だ」匡海は言った。「おそらくランズも解散になるだろう。だが一番の問題はそんなことじゃねえ。わかってるんだよ、くそ！　オレたちは陸人の死を、あの親父に……玉山会長に、報告しなきゃならねえ」

「待てよ」航は声を張った。「そんなことをしたら、あの子は間違いなく制裁を受ける」

するとと匡海は鋭い目つきで、航をにらみつけた。

「当然の報いだろ。あの女は、陸人を殺したんだ」

「いや、おれたちだよ。おれたちのせいで、陸人は死んだ。おれたち三人のせいで……」

「仲間を殺したやつをかばうのかよ」

「違う。ただの事実だ」

沈黙。匡海は一瞬いらだったように拳を振り上げたが、すぐに力なくそれをおさめた。

「……わかってる。ぜんぶオレたちのせいだってことくらい。あの女は被害者で、何も悪くねえ。ただそうすると、玉山会長に報告して制裁を受けるのは、オレとおまえの二人になる。いや、どっちにしろ、あの女は死ぬだろうが」

航はきつく目を閉じた。玉山藤雄。陸人の父で、ランズと同じ系列の指定暴力団、玉山会の会長でもある。航や匡海のような末端のヤクザからすれば、はるか雲の上の存在だ。

噂に聞く会長は残忍だ。敵や裏切り者に対して容赦なく落とし前をつけさせる。歯を抜いたり指を切り落としたり、といった場面なら航も何度か目にしたことはあるが、それ以外——とあるミスの制裁として拷問まがいの暴行を受けた者がいて、その構成員は玉山会を追放されたあと、陸人のはからいでランズに流れてきた。彼は片方の耳がなく、「俺の耳ならネズミが食ったよ、俺の目の前で」と顔を歪めながら話していた。

当然、人殺しの経験もあるのだろう。いつか陸人が言っていた、「親父は必要なとき、必要なぶんだけやる」と。

「くそっ」航は身震いした。「一体どうすればいいんだ」

「オレたち二人、死なないにしても、指は飛ぶだろうな。あるいはそれ以上の……」

匡海は言ってから、とたんに黙り込み、やがて天を仰いだ。「ついさっき友達が死んだっていうのに、オレはもう、自分の身ばかり案じてる。最悪だわ」

航はうつむいた。匡海の保身を責めることはできない。自分も同じだからだ。陸人の死は辛く、苦しく、そして、おのれが許せなくなる。しかしそれ以上に、迫りくる「本物のヤクザ」の足音に、どうしようもなく怯えてしまう。

「あの子は……」航はつぶやいた。

「言ったろ。あいつは死ぬ」匡海は肩を落とした。「会長は息子殺しを絶対に許さない。計画外だし、気の毒だけど、女の命はあきらめるしかない」

「もしもあの子が死んだら、それは、おれたちが殺したも同然じゃないか」

「じゃあどうする。あの女のことは内緒にして、オレたちが仲間割れしたあげく陸人を殺したとでも言うのかよ。航、おまえは馬鹿すぎる」

航は奥歯を噛む。匡海は苦々しげにつづけた。

「いいか。それは自殺行為だ。比喩じゃねえぞ。言葉どおりオレたちは殺される。陸人は長年あの親父さんに反発してきたし、跡を継ぐ気はないと断言していた。会長もノーリアクションだった。けどな、たぶん内心じゃ陸人が自分の後継者になることを確信していたはずだ。その時機がくれば、無理やりにでもそうさせただろうよ。会長にとって陸人はそういう存在なんだ」

それは航も感じていた。玉山会長と陸人の関係性は一見、最悪だったが、ちょっと掘り下げてみると、なかなか強い絆で結ばれていたように思う。その絆とは感情論ではなく、単純に親子の血である。会長はさておき、陸人が父親を嫌っていたことはたしかだろう。ヤクザの息子。その事実が彼をどれほど苦しめてきたか。そして会長は、自分の息子が傷つき、嘆き、怒り狂うさまをいつも高みで見物していた。まるで傀儡師《かいらいし》でも気どるかのように。それは幼馴染《おさななじみ》である航が一番よく知っている。だから陸人の父親に対する憎しみは、本物だ。

しかしその反面、陸人は心のどこかで父親を認め、人生において超えるべき存在として憧れていたようにも見えた。彼自身はけっして認めないだろうが、やはり陸人と玉山会長はよく似ている。顔や雰囲気ではなく、うちに秘めたものが。欲望、野心、冷酷さ、残忍性……。それらは皮肉にも、陸人の父親に対する反発心を糧に育まれ、大きく膨張していったように思う。

――正直な話、おれは最近、おまえと一緒にいるのがしんどかったよ。

航は胸の中でそうつぶやいた。

いつしか、陸人は会長に似かよっていった。航はそんな彼のそばで、つねに戸惑ってばかりの不甲《ふが》斐《い》ない仲間でしかなかっただろう。うとましくさえ思われていたかもしれない。自分が何か意見を言うたび、陸人がひそかに顔をしかめることに、航はちゃんと気づいていた。

――なあ、おまえも最近は、おれと一緒にいるのが面倒だったろ。知ってたよ。

そんな陸人の冷たい態度をまのあたりにするたび、航は、時間が巻き戻ればいいのになと思ったりもした。辛いこと、苦しいこと、たくさんあったけれど、それでも、あのころは無邪気に笑いあっていた。なんの躊躇《ちゅうちょ》もなく、互いの肩を叩きあうことができた。

――おれはいまでも、たまに寺泊の海に一人でいくんだよ。目的は密漁じゃない。あのテトラポッドのところで、小石を拾って投げるんだ。覚えてるか？　おれとおまえが最初に出会った場所で、最初にやった遊びだよ。

「航、ほら」

ふいに匡海が声をかけ、ティッシュボックスを投げてきた。航はそれをキャッチし、自分の膝に置くと数枚抜きとった。気づかぬうちに頬が濡れていた。

「ごめん。昔のことをちょっと思い出して……」

今日、親友を一人、なくした。もう二度と戻らない、あのころのあいつは。

「とりあえず飲むか」匡海は冷蔵庫を見て、言う。先ほど買ってきた缶ビールがまだ残っていた。

「切羽詰まるのは、また少ししてからだ」

しかし十五分後、匡海はソファの上で深い眠りについた。彼が握りしめたままの缶ビールを、航はそっと抜きとった。いまは起こすまい。つかのまの現実逃避だ。

航はふと思い立ち、残っている缶ビールを手に持ったまま、静かに部屋を出た。上の階へ向かう。莉瀬のいる部屋の扉をおもむろに開けた。泣き疲れて眠っているかなと思ったが、彼女はしっかり起きていて、壁際に寄りかかって窓の外を眺めていた。

航は瞬間、ぞっとした。手錠を外せば、莉瀬は窓を開けて大声で助けを求めることができる。その可能性が、頭からすっぽりと抜け落ちていた。

莉瀬は眉根を寄せる。警戒心をあらわにし、あとずさった。

「まさか」航はぎこちない口調だ。「窓から叫んだりしたのか」

彼女はかぶりを振る。航は「なぜ」と訊いた。

「そんなことをしたら、また殴られる」

航は腕を組んだ。「おれたちはあんたに何もしない。もう、そんな状況じゃなくなったから」

相手は信用できない、というふうに頬を引きつらせた。

「というか、助けを求めた時点で、殴られるも何もないだろ。夜だけど、この付近は完全には無人にならない。下の歩道を誰かしら通るはずだ。どうしてそうしなかったんだ」

「本当にわからないの？」

航は目を伏せた。そうか。身を守るためとはいえ、彼女は先ほど人を殺した。きっと内面は狂いそうなほど、負の感情でぐちゃぐちゃになっているに違いない。誰にどんなふうに助けを求めたらいいのか、わからないのだ。

「……長岡？」莉瀬はつぶやく。

「え」

「この街のこと」

「ああ、よくわかったな。この付近はあんまり象徴的な建物とかないのに」

「毎年、夏の花火大会を見にくるから。家族と……」

本当なら今年も——という言葉を、彼女は反射的に呑みこんだように見えた。

雲が割れてまるい月があらわになる。その光が窓からさしこみ、莉瀬の顔を淡く照らした。綺麗だな、と航は素直に思った。息苦しいほど緊迫した状況のなか、それでも一点の曇りもなく、この心に花のようにやわらかい輝きを注ぎこんでくる。

「おれの幼馴染だった、あんたが殺したやつ」

航は言いながら甘い幻惑を振り払うように首を振る。缶ビールをがぶっと口に入れた。

「おれたちのせいだっていうのは、よくわかってるんだけど、あんたに謝る気には、どうしてもなれない」

「ほんとに最低」と、莉瀬は言った。「幼馴染とか、謝るとか、いきなり何を言ってるの。そっちの都合なんか、わたしには関係ない。ぐだぐだ言うくらいなら、最初からやらなきゃいいのに……」

航は押し黙る。彼女はしゃがみ、頭を抱えた。弱々しい泣き声が静かに響きわたる。たしかに突然、誘拐犯に悲痛な心境を語られても、ふざけるな、と思うだけだろう。

航は、やはり一度部屋を出ようかと思った。が、結局はその場にとどまった。なんにせよ彼女とは話し合う必要があるからだ。何もしなければ泥沼に沈むだけ。この切迫した状況を打破しなきゃならない。お互いの命のために。

「これからどうするか、考えなきゃいけない。おれたちと、あんたで」

「これから？」莉瀬は顔を上げる。「わたしは戻りたい、昨日までの日常に。ただそれだけ」

さらに、その充血した目が矢のような鋭さを見せた。

「だけど、もう戻れない。だって、わたしは人を殺したんだから。どんな理由があったって、人を殺した。世間にどんなふうに言われるか、想像しただけでも怖い。お父さんもお母さんも、きっと、わたしを娘だと思ってくれなくなる」

ふん、と航は鼻を鳴らした。自分たちのせいだとわかっていても、世間や親などと言われると、どうしても意識の違いを感じてしまい、いらっとする。

「親か」航は吐き捨てるように言う。ぼんやりと自身の幼少期のことを思い返した。養護施設で育った自分と、妹の鈴音のことが、ゆらりと脳裏をよぎる。

ふと、莉瀬が怪訝そうな目をこちらへ向けた。

「なんだよ」

「……あのことは調べなかったんだ」

「あのことって？」

「わたし養子だから」莉瀬は口早に言った。「いまの両親とのあいだに血のつながりはない。もっと早く言っておけばよかったね。そうすれば、あなたたち薄汚い誘拐犯は、わたしの人質としての価値を疑問に思ったかもしれないのに」

航は驚いた。

一瞬疑ったけれど、今更こんな嘘をついても意味がないので、本当なのだろう。

別段、めずらしい話でもない。航のいた施設でも、子供のいない金持ちの夫婦が何組もやってきては、愛くるしい幼児たちを里子として引き取っていった。なかには養子縁組を視野に入れている人もいた。金持ちだからこそ、慈善的な意味もあったのかもしれない。昔はそんな連中に対し、内心くそくらえと唾を吐いていたが、結局は妹を奪われたことへの逆恨みでしかなかった。

「まあいいや」莉瀬は投げやりな口調だ。「いくら嘆いたって、わたしはもう、おしまいだから」

痛ましい空気が流れ、航は下唇を噛んだ。慰めてやりたいと、ふいに思う。心のどこかで、多くの罪悪感を押しのけ、無垢《むく》な少年がわーっと叫んだかのように。

「おれも、児童養護施設で育ったんだ」

航は言った。なぜこんな話を、と思うが、自然とこぼれた言葉だった。

「最初は、妹も一緒だった。あいつは五歳のときに里子に出されたけど」

莉瀬はわずかながら興味を持ったようで、首がかたむいた。

「そのときは、幼いながらも本当に辛かった。勝手に絶望して、勝手に憎んで、絶対にあいつを取り戻すって自分に誓ったりもした」

それは強い願いで、大きな夢でもあった。たった一人の家族。幼い自分が唯一、熱い気持ちを分け与えることができた存在――。

「で、おれが十七歳のころだったかな、ひさしぶりに妹と再会したんだよ。あのときの気持ちは……本当に、いまでもよく覚えてる」

十代の再会。喜びと切なさが同時に全身を駆け巡った。ずっと会いたかったけれど、会うのが怖かった。勇気が持てず、ぬかるみに足をとられたような生活を言い訳にし、仏頂面の日々を送っていた。

そんなすさんだ自分の頬をやさしく打つように、「お兄ちゃん」と妹は声をかけてくれた。幼いころと変わらぬ口ぶりで。

「約束したんだよ、またいつか一緒に暮らそうって。かならず迎えにいくって」

あのとき、鈴音は溢れつづける涙を拭いもせず、切なそうに笑っていた。細かく切り取って、指先でつまみあげたような小さい記憶だ。けれど、それはいまでも航の胸を強く締めつけてやまない。

「……取り戻せたの、妹さん」莉瀬はか細い声で訊く。

航は足元に視線を落とした。やがて吐き出した声はひび割れていた。

＊

うろ覚えだが、母親はよく航の髪の毛をぶちぶちとちぎれるまで引っ張ってくる、ヒステリックな女だった。その彼氏は遊び半分に熱湯をぶっかけてくる、ひどい男だった。そんな悪魔から、航は子供ながらに幼子の妹を守ろうと必死だった。自分にしかわからないほど小さな攻防が、その腐臭漂う生活の中にはたくさんあった。やがて、誰がどんな経緯で通報したのかは知らないが、ある日児童相談所の人が航たちを助けにきた。あらゆる痛みを通り越し、体ががらんとした空洞になっていたころだったので、心底ほっとした。

施設の子供部屋は狭く、窓際が航と鈴音の定位置だった。叫んだり喧嘩したりする子供たちから離れ、いつも静かに過ごしていた。ときどき窓を開け、ひょいと手を出し、降りはじめた雨を受けとめた。何かをキャッチしたはずなのに手を開くと何もない。そんなマジックめいたしぐさを見て、鈴音は無邪気にはしゃいでいた。

航が小学一年生になったころ――ある夜、唐突に施設長の部屋に呼ばれた。説教以外じゃめったに招かれることのない場所だから、すごく戸惑った。しかも航のみ。職員は鈴音が眠っているときを狙い、呼び出したようだった。

「鈴音ちゃんだけどね、もしも里子になるとしたら、きみはどう思う」

施設長はにこにこしながら、そう訊いた。航にショックを与えないため、あえて笑っていたのだろう。いま思えば、あれはなかなか引きつった笑みだった。

里子になる。その意味を航は幼いながらも、こんなふうに考えていた。育ててくれる大人があらわれ、子供はその家へいき、二度と施設には戻らない。

「やった。じゃ、ぼくもいっしょだよね」

航が言うと、とたんに施設長から笑みが消える。そばにいた女性職員も困ったような表情を浮かべた。そしてこう言った。

「……うーん、むずかしいかもしれない。大人にも希望や都合があるからね。だけど鈴音ちゃんだけでもそれはとても喜ばしいことなんだよ」

その夜、航は一睡もせずに朝まで大暴れした。

「どうしてぼくはいっしょじゃないんだ、どうしてスズだけなんだ」

途中で鈴音も目覚め、わけもわからず一緒に泣いた。しかたないので、施設の大人たちは時期尚早ながら、鈴音にも里親のことを話した。彼女はまだ幼く、その状況をほとんど理解していなかった。なので大人たちは、「お兄ちゃんとは離れて暮らすことになる」ということを重点的に伝えた。そして必死になだめた。その一点さえ懐柔できれば、あとはどうにでもなると考えたのだろう。

泣き疲れて眠る。目覚めたらまた泣きわめく。鈴音はそれを数日間くりかえした。その様子に航も圧倒され、自分の嘆きがかき消されるほどだった。

里親を希望しているのは佐上《さがみ》という中年夫婦で、何やら彼らが児童相談所を介して出した子供の条件に、鈴音がぴったりなのだという。その仕組みについてはよくわからなかったけれど、とにかく、妹にだけ何か大きなラッキーが起こったのだと思い、航は歯ぎしりした。

「スズなんか、いらない。どっかいけ」

航は最後、そう言って鈴音を突き放した。許せなかった。実際はどうであれ、自分ははぶかれた、妹だけが選ばれた、と思ってしまったから。

恨みの剣を鈴音の胸に突き刺したまま、彼女を遠ざけたかった。兄を捨てたことを後悔させてやりたかった。

「お兄ちゃん、いつか、むかえにきてね。スズずっとまってるよ」

別れ際、鈴音は、兄の冷えきった背中にそう投げかけ、静かに去っていった。

妹のやつめ後悔しろ！　そう思っていたが、そのあと激しい後悔の念にさいなまれたのは自分のほうだった。

朝、施設のひえびえとした部屋で目覚めても、隣に鈴音の姿はない。どんな些細なことでも、「お兄ちゃん、やってぇ」と言い、兄に甘えてくる妹の姿は、どこにもない。そんな現実に航は打ちひしがれた。泣いたり、誰かと喧嘩したり、憂さ晴らしのいたずら——お菓子や文房具を盗んだりもした。当然、それらは学校や施設で問題視され、航の居場所はどんどん狭まっていった。

——スズに会いたい。あやまりたい。ひどいこと言ってごめんなって。だから、お兄ちゃんのとこに戻ってきてよって。

放課後、ときどき寺泊の海のテトラポッドの上に立って、歌をうたって気をまぎらわせた。青く光る美しい海を眺めていると、航はその中へ飛び込みたくなる。二度と浮かんでこられないほど、深く深く沈んでしまいたくなる。

「歌のれんしゅう？」

あるとき誰かに声をかけられた。同い年の男の子だった。

彼は無神経にいろいろと訊いてきて、航は最初戸惑ったけれど、正直にこたえた。

「妹、さがすの？　おれもいっしょにやるよ」

彼の言葉を受け、航は希望の羽をはためかせた。

「おれ陸人。よろしくね」

やがて彼は言った。航は涙を拭いて、大きく頷いた。

陸人との出会いだ。あの日、航の胸に新しい風が吹いた。

こうして航の人生に二つの目標ができた。ひとつは鈴音を取り戻すこと、もうひとつは親友である陸人の夢を実現させることだ。のちに匡海も加わって、後者は三人の共通目標となった。

それから小、中と不遇な学校生活を駆け抜けるように過ごし、航は十六歳のころに養護施設を出た。高校には通わず、施設職員の紹介で寮付きの工場に入った。悪環境に流されるように働かざるをえなくなった航に対し、陸人と匡海は同情を寄せてくれたが、もともと学力最底辺だった自分にとって、正直、学校はさほど未練の残る場所ではなかった。

とはいえ、まだ十代なかば。社会に出て働くことは想像以上にきつかった。工場内はいつも妙な粉が舞っていて、航はよく鼻や喉の調子を崩した。夏は死ぬほど暑くなるが、作業が終わるまで水は飲むなと先輩に言われた。冬は指の感覚がなくなるほど寒くなるが、下っ端なら耐えろと言われ、ストーブから遠ざけられた。どれほど長時間労働をこなしても残業代が出なくて、航はめそめそと抗議したこともあった。しかし所長は、「おまえがノロマだから仕事が長引くんだ」と吐き捨て、取り合ってもくれなかった。

働くって大変だなあ、と思いながら、航はいつもくじける一歩手前で踏ん張っていた。しかし、実際それらの苦行は労働うんぬんとはあまり関係がなく、「自分はただ雑に扱われているだけ」ということに、やがて気づくのだった。

ストレスはたまっていく一方で、陸人や匡海と遊んでいても内面のいらだちは解消されなかった。そのため当時の航は誘惑にめっぽう弱く、あっさりと悪い女に引っ掛かってしまう。

その女がらみで町の不良グループとトラブルになったのだ。そして陸人や匡海を巻き込んだあげく警察沙汰を起こし、はじめて逮捕された。航は自分の存在を消したくなるほど暗いものに心を圧迫された。なさけなくて、どうしようもなかった。

そんな航を、陸人と匡海はラーメン食いにいくぞー、と連れ出した。店員は三人の痣《あざ》だらけの顔を見て苦笑した。三人とも山椒のきいた担々麵を注文し、顔をしかめながら食べた。みな口の中が切れていて、しみるのだ。

「おい航、おまえのその顔、むかつくんだけど」ふいに陸人が言った。

「えっ」航はびくついた。

ついで匡海が声を上げる。「もしかして、オレたちに申し訳ないとか思ってんじゃねえだろな。巻き込んでごめん、とか」

そのとおりだった。航は顔を伏せる。

「そういうのお門違いだから、やめろ」陸人は口を尖らす。「家族のためなら普通に命を懸けるし、逆に懸けられたって疑問には思わないだろ。それと同じだ」

「だけど、おれのせいで二人に前歴が」

「たかが前歴じゃん。たいしたことねえよ」匡海は鼻で笑った。「ていうか、たとえ将来これが原因で何か不利になったとしても、オレたちはべつに後悔しねえぞってこと。な、陸人」

「ああ」陸人は頷く。「そのときはまた、担々麵でもおごってくれたらいい」

「またって、今日のこれ、おれのおごりなの？」

航は目を丸くする。陸人は当然だろ、と親指を上げた。

「むしろ久々に三人そろって暴れることができて楽しかったろ。いまは中学のときとは違うし、昼間はいつも別々だからな」

陸人はそう言うと、ほんの少し口許をゆるめた。航はふいににじんだ涙を、口の中の傷と担々麵の辛さのせいにした。


突然の再会は、そのころの出来事だった。

ある夜、夕食でも買いにいこうと工場の寮から出ると、付近の道端で、不自然にうろうろしている一人の女の子と出くわした。彼女は制服姿で、航と視線がぶつかると、はっと目を見開いた。航は最初、戸惑ったが、すぐに気づいた。いつだってこんなふうに偶然再会する場面を夢見ていたのだから。

「もしかして、お兄ちゃん？」彼女はそう言った。

切れ長の一重瞼、綺麗な茶色の瞳、ぽてっとした唇が、幼いころのままだ。丸みのあるショートヘアと、学生らしい薄化粧がよく似合っている。何年ぶりだろうか。航は嬉しくて、恥ずかしくて、胸のざわめきがおさまらなかった。

「鈴音……。嘘だろ、なんでここに」

「やっぱり、お兄ちゃんだ」鈴音は泣き笑いのような表情を浮かべ、ゆっくりと航のほうへ近寄った。

「施設に電話して、お兄ちゃんのことを訊いたの。そしたら、この工場の寮に住んでいるって教えてくれて。でも、あたし、いきなり押しかける勇気なくて……。しかたなく、このへんをうろうろしてたんだけど、完全に怪しい人だったよね」

およそ十年ぶり――。お互い成長し、あたりまえだが見た目もずいぶんと変わった。しかし、すぐに気づける。本当のきょうだいだから。航は理屈ではないその感覚に、無二の幸福感を覚えた。

「でも、どうして急に？」

「とにかくお兄ちゃんに会いたくなったの。ほんと、それだけ」

鈴音ははぐらかすように不自然な笑みを浮かべた。

里親である佐上夫婦からは、この週末の二日間の外泊許可を貰っているそうだ。なので、そのあいだ鈴音は兄と目一杯、楽しく過ごしたいと言った。しかし航は最初、おかしいなと思った。たしかに着替えなどを詰め込んだバッグは持っているが、どう見ても学校帰りにそのまま立ち寄ったような格好だし、何より、突然おとずれた理由があいまいすぎる。

しかし、そういういくつかの疑問は、久々に妹と再会できた喜びによって頭の片隅へ追いやられた。

航は、寮の狭くて小汚い部屋へ鈴音を招いた。ときどき酔っ払った勢いで許可なく部屋に飛び込んでくる迷惑な同僚がいるため、女の子に見せられないような雑誌やＤＶＤのたぐいは目につかない場所に仕舞ってあるから安心だ。

「お兄ちゃんの話を聞かせてよ」と、鈴音は言った。「昔のことも、いまのことも」

航は、得意になって話せるようなことはほとんどない、と言ったが、どんな些細なことでもいいから聞かせてほしいと、鈴音はその瞳を輝かせた。

航のこれまでの人生は、けっして笑って話せるようなものではない。みじめで、殺伐として、薄汚れている。唯一、誇れるものがあるとすれば、それは陸人と匡海だ。だから航は彼らの話をした。どんなふうに出会い、遊び、闘い、傷つき、そしていま、それらすべてを乗り越えるために奮闘しているかを――。

「その陸人ってやつの夢は、教える人か正す人になることなんだ。たとえば教師や警察官だね。で、おれにも同じ夢を持てっていうんだよ。ほんと無茶ぶり。だっておれ、頭も素行も悪いから、そんな資質ゼロ。でも、あいつは……」

「お兄ちゃん、変わらないね。やさしい」

鈴音は唐突にそう言った。航は口ごもった。

「おれはべつに……」

「ううん」鈴音は穏やかに微笑む。「あたし、いますごく安心してる。お兄ちゃんが、お兄ちゃんのままでよかったって」

航は照れ臭くなる。話題を変えようと今度は鈴音のことを尋ねた。どんな家でどんなふうに育ったのか、里親との関係はどうか、友達は、学校は――。しかし鈴音は、「あたしのことはいいじゃん」と、またしてもはぐらかすのだった。

そのあと航は鈴音を連れ、夜のツーリングに出かけた。原付バイクの二人乗りだ。こんなときのために二種をとっておいてよかった。心地いい風を頰に受けながら、出雲崎《いずもざき》のシーサイドコースへ入る。真っ暗な夜の海は不気味だが、鈴音はそんな景色にすらはしゃいでみせた。

海岸沿いの道の駅へたどりつき、波打ち際をのんびりと歩いた。ときどき触れる妹の肩がくすぐったくて、航は満ち足りた気持ちになる。子供のころ、いつも無邪気にあとを追いかけてきた。兄の姿が見えないとすぐに泣き出すのが面白くて、つい意地悪に隠れたりした。些細だが大切な思い出だ。

「あのさスズ」航はつぶやいた。「おまえが施設を出るとき、おれ、ひどいことを言ったろ。あれ、ずっと後悔してた。だから、その、ごめんな。今更だけど……」

「べつに気にしてないよ。子供のときの話だし。むしろ、いまでもそれを忘れずにいてくれたことが、あたしは嬉しい」

鈴音の言葉に救われた気がした。そっか、と航は頷き、つと夜空を見上げる。満天の星が広がっていて、まさかこんな日がくるとはなあ、と思いながら、航は何にでもなく感謝した。

次の日、航はめずらしく主任に無理を言って仕事を早引けし、また鈴音を連れてツーリングに出かけた。途中のファミレスで贅沢にステーキを食べ、そのさなか、ふとこの妹を陸人や匡海にも紹介したくなった。彼らはことあるごとに、「いつか妹を取り戻そうな」と気にかけてくれる。二人に紹介しないのは失礼じゃないか、と思ったのだ。

鈴音も会いたいと言った。航はすぐに彼らに電話して、ぜひ紹介したい人がいるからきてほしい、と頼んだ。おい結婚するには早すぎるぞ、と匡海が不安がっていたのがおかしかった。

陸人と匡海がファミレスにやってくる。鈴音は少し緊張しているようだ。

「こいつ、妹」

航が言うと、陸人と匡海はそろって目を見開いた。それから、「おお！」と歓喜の声を上げた。

「再会できたのか。よかったな、航」陸人は口許をほころばせた。

彼らも、鈴音にかんするくわしい事情などは訊いてこなかった。ただ純粋に、この出会いを喜んでくれているようだった。

鈴音は最初、恥ずかしそうに首をすぼめ、「えっと、お兄ちゃんがいつもお世話になってます」とひかえめな口調だったが、話のうまい匡海のおかげで緊張もほぐれたのか、いつしか表情をころころと変え、楽しそうに話していた。

「普段、どんなことをして遊んでいるんですか」鈴音は訊く。

「ビリヤード、ダーツ、トランプとか」陸人がこたえた。無難な回答。

「お兄ちゃんって、うまいんですか、それ」

「航は一番へたくそだな」陸人はにやにやする。「でもね、七並べだけは妙に強いんだ」

「なにそれ」鈴音は笑った。「ださい」

「どうして七並べがださいんだよ」航は言った。「かっこいいだろが」

「あたしもやってみたいな」

「七並べを？」

「ちがうよ。ビリヤードとかダーツ」

四人は意気揚々とゲームセンターに移動して、それらの遊びを楽しんだ。ビリヤードの打ち方やダーツの投げ方を鈴音に教えているとき、さらにある瞬間に陸人が軽く目尻を拭ったとき――航は痛いほどに胸が熱くなった。取りこぼした過去を、ほんの少しだけすくい上げているような気がしたからだ。

最後はみんなで記念写真を撮った。

「いまのお兄ちゃんがやさしいのは、きっと二人のおかげですね」

鈴音はそんなことを言い、目を細めた。

「いい子だな、本当に」匡海がしみじみとつぶやいた。「大事にしてやれよ」

ありがとう、と航は言った。

こうして楽しい週末はあっというまに過ぎ、鈴音は部屋で荷物をまとめていた。ココアを淹れながらため息をもらす航の背中に向かって、鈴音は静かに問いかけた。

「今度はいつ会えるのかな」

「いつでも。おまえさえよければ、毎週会いにきたっていいんだぞ」

「あのさ、あたし、このままここに住んじゃだめ?」

はああ、と航は目を丸くした。「無理だよ。こんな狭い部屋に二人なんて。社長の許可だって絶対おりない。ていうか、おまえには佐上さんちがあるだろ。学校だって、ここからじゃ通えないし」

「どうにでもなるよ、そんなの」

鈴音はむすっとした。兄が喜んでくれると考えていたのかもしれない。航はもちろんそうなれば嬉しいし、幸せだ。それこそ夢のひとつだったのだから。だけどその前に「現実の壁」というものがある。年齢、お金、社会的ないろいろ――。鈴音はそれらすべてを吹き飛ばし、願いを口にしているにすぎない。

いかにむずかしいか、航がとうとうと語っていると、すーっと闇が広がるように鈴音は冷淡なまなざしを向けた。

「また、あたしを突き放すの?」

航は心臓が止まるかと思うほど畏怖した。おろおろと妹から目をそらす。

鈴音は下唇を引っ込め、悔しそうに肩を震わせた。口では、子供のときの話だから気にしていない、と言っても、やはり本心は違うのだろう。航の胸は悲愴感に満ちた。自分は過去、確実に妹を傷つけ、それはいまも消えずにいるのだ。

「ごめん。でも無理なんだ」と、航は言った。「いまは何を言っても言い訳になりそうだから、約束だけするよ。おれはいつか金持ちになる。おれとおまえの二人、笑っちゃうくらい贅沢ができるほどの金持ちにさ。その準備が整ったら、かならず迎えにいく。それまで待っててくれ」

――約束だ。またいつか一緒に暮らそう。

鈴音ははらはらと涙をこぼし、長いあいだ黙り込む。航はその様子を見て、胸の妙な引っ掛かりに気づかぬふりをしていた。このまま兄と一緒に暮らしたい――それはつまり、「里親の家には帰りたくない」ということだ。鈴音が何か悩みを抱えていることは、再会したときに気づいた。だからこそ、いまになって兄を訪ねてきたのだろう。本来であれば、航はその背景にもっと関心を向け、妹の悩みを引き出し、ともに解決を試みるべきなのだ。

しかし航は、響きのいい綺麗事を口にするばかりで、それらの問題から目をそらした。面倒だったから。いまは自分のことだけで精一杯で、これ以上、重荷を増やしたくなかったのだ。困窮した生活や職場での人間関係、街で会う不良たちとのしがらみや、揉めた女との因縁。そして、陸人や匡海とともに同じ理想を追いかけているが、自分だけが、ついていくのに必死だということも――。

「わかった」やがて鈴音は切なそうに笑った。「待ってる。ちゃんとしたら、迎えにきてね。今度は、あたしから一方的に言うわけじゃないよ。二人の約束だよ」

指切りは恥ずかしくてできなかったので、かわりに長い握手をした。妹の手は不気味なほど冷たかった。

それから、航は紆余曲折《うよきょくせつ》を経てヤクザの世界へと本格的に足を踏み入れる。最初はためらう気持ちのほうが強かった。暴力、詐欺、クスリ。つねに警察沙汰と隣り合わせの日常で、毎晩ろくに眠れず、問題が起きるたびに足が震え、路地裏で吐いたりもした。それでも、塵《ちり》や埃《ほこり》の舞う工場の薄汚れた空気を吸うだけの生活よりはましだと思えた。卑屈そうに背中を丸めたおっさんたちからゴミのように扱われる日々よりも、便所と変わらないような狭い部屋で膝を抱えるだけの日々よりも。

何より、仲間と一緒にやっているということが、航は心底嬉しかった。ふと横を向いたなら、そこには陸人や匡海の顔がある。さらにその先に、鈴音も待っている。そう思うだけで、どんな恐怖にも打ち勝てたのだ。

二十三歳のころ、陸人が密漁ビジネスをやろうと提案してきた。

正直、戸惑った。やり方もよくわからず、泳ぎや体力面での不安も大きい。事故死の事例などを知るとよけいに心配が膨らむ。どのようにして金になるのかも把握しきれていない。

「じゃーん」すると陸人は唐突にそれを見せた。「特注だ。俺がデザインした」

密漁に対し、なかなか最初の一歩を踏み出せずにいる航と匡海を見かねてのことだったと思う。小型の防水ライトで、もともとのカラーは黒らしいが、大部分に模様が描かれているため、かなりカラフルだ。絵は——荒れ狂う波と、船と、いびつな大陸だ。

「デザインなんていうと格好いいけどよ」匡海は言った。「たんに自分好みの絵を描いてもらっただけだろ」

「おまえらのぶんもあるよ」陸人はにやりとし、同じものを懐から出した。「世界に三つだけ。三人で愛用しようぜ。少しでも励みになるように。密漁は命懸けだから」

陸人はこういうところが本当にうまい。航と匡海は「まんまと」と言っていいほど簡単に乗せられ、ためらっていた密漁に踏み出した。

しかしながら実際に海に潜ったとき、その行為は航に不思議な高揚感を与えた。心地よい暗闇と無音の空間に包まれ、すべての濁りが溶け出すような感覚におちいったことを、いまでもよく覚えている。

　いつしか航は漁の前、ひりひりとした緊張感が漂う海の上で表情をこわばらせているメンバーも多いなか、こっそりと笑みを浮かべるようになった。もちろん、さまざまな面で危険がともない、漁師や警察、海上保安庁といった「取り締まる側」との攻防など、なかなか大変な時期もあった。しかし、それでも航にとってのダイブはひとときの至福だったのだ。

　人目を忍び、夜の闇にまぎれてボートを漕ぎ出す。空気タンクの重みを背中に感じたまま、海面にそっと穴を開けるよう、最小限の動作で海へ潜る。冷たい水にくるまって沈みゆく体――すぐさま右のこめかみのあたりに触れ、濁った光をパッと灯《とも》す。スポーツ用のヘアバンドに取り付けた防水ライトのスイッチを入れる瞬間、航はいつも小さな武者震いに襲われる。そして、しばらくは海の中だ。空気タンクの時間が許すかぎり、ひたすらナマコやアワビを手づかみし、専用の網の中へ入れていく。

　一方、ボートの上に残る仲間もいるが、彼らも暇ではない。海中でうごめく淡い光こそ現在ダイブしている者の魂にほかならない。それらを見失わないよう気遣い、同時に周囲への警戒もおこたらない。漁を終え浮上してきたダイバーを素早く拾い上げると、ふたたび闇に乗じて陸に戻る。地上を見張る者たちと無線機で連絡を取り合い、ひと気のない場所に誘導してもらう。

　陸につくと急いでボートから海産物をおろし、みなポジションを決めると流れ作業で車両に積み込んでいく。あわてず、しかし最大のスピードで。とにかく、その時間帯がもっとも恐ろしい。なぜなら海保や警察といった取り締まる側は大抵、この瞬間を狙ってくるからだ。

　スティング・タイム――刺せる時間。航たちはそう呼んでいる。

　あるとき警察の検問に引っ掛かり、散々逃げ回ったあげく、せっかく獲ったブツをふたたび海の中に投げ捨てたこともあった。しようがない。証拠がなければいくらでも言い訳ができるし、検挙も無効になる。つまり相手はそうさせないため、このスティング・タイムを突いてくるわけだ。こちらはつねにその動きに気を配りながら、行動しなければならない。

密漁はチームプレイ。陸人はこの言葉の響きが好きだったようで、よく口にしていた。それは航も同じだ。しかしながら漆黒の海へダイブし、静寂をまといつつ深く潜りつづけているとき、この世のどんなしがらみからも解放された、「たった一人」になれたような気がして、なぜか心が安らぐのだ。

孤独を嫌い、恨み、他者とのつながりを求めるように生きてきた、そんな自分が孤独に癒されるというのもまた、おかしな話だけれど——。


さらに月日は流れ、二十五歳。

密漁ビジネスの成功が転機となり、そこそこ稼ぎは増え、貯《たくわ》えも充実してきた。住まいは賃貸だが、なかなか広い一戸建てだ。一人暮らしなので、部屋を持て余している。しかし、その空きっぱなしの部屋には数年前から先約がいると、自分は勝手に思っていた。

そろそろかな、と航は思い、あらためて鈴音を迎えにいくことを決意した。最後に会ったのはいつだったか。航が十七歳のとき、「いつかまた一緒に暮らそう」と約束した。以来、鈴音とは定期的にメールや電話などで連絡を取り合い、ときどき会い、些細な近況報告などをかわしあった。しかしそんな楽しい時間も長くはつづかず、鈴音は高校三年生にあがるタイミングで、「勉強に集中したいから、しばらく連絡はひかえるね」と言ってきたのだ。勉強の妨げになるほど連絡し合っていたつもりはなかったので、航は地味にショックを受けた。まあ大学受験もあるだろうからな、と一人納得し、こちらからの連絡もひかえるようにした。

後日、メールや電話がつながらなくなった。どうやら妹は、兄に黙って携帯電話の番号とアドレスを変えたらしい。一体なぜ？　すぐに確認しなきゃ、と思ったが、当時やりはじめたばかりのヤクザ仕事の忙しさと気苦労を言い訳にし、結局は先送りにしつづけた。そのまま時間は過ぎ去る。つまり七、八年ほど、鈴音とは会っていなかった。

いま思えば、きょうだいの絆、というものを過信していたのだろう。あの日突然の再会を果たし、ひと目で妹だとわかった。向こうも兄だと気づいた。その瞬間の、電流が音もなく駆け巡ったかのような感覚が、航は忘れられなかった。それに甘え、すがっていたのかもしれない。どんなに強い絆だろうと自主的に結びつづけなければ、いずれほどけてしまうというのに――。

航ははじめて、鈴音の里親である佐上の家の門を叩いた。豪邸とまではいかないが、庭先の盆栽が美しい、風情のあるいい家だと思った。

緊張していた。自分は一体、佐上家の者からどう思われているのか。鈴音は兄の存在を何と説明しているのか。まさか知らないということはあるまい。里子とはいえ、大事な一人娘のことなのだから。

「こんにちは。おれ、日高航って言います。あー、こう見えても一応、鈴音の兄貴なんですけど」

玄関先に出てきた初老の男性は最初、不思議そうに目をパチクリさせていたが、航がそう自己紹介したとたん、あきらかに嫌悪の色を浮かべた。彼は佐上家の主で、鈴音の父親がわりの人だった。

航は相手の反応になかば萎縮し、「あのう、妹に会いにきたんすけど？」と、おそるおそる訊いた。

「あの子なら、もううちにはいないよ」相手はそう言った。

「いない？　どういうことですか」

「あの子は十八のとき、うちを出た。それきりだ。行方も知らん」

航はしかめ面になる。信じられない。しかし佐上の父が自身の里子について、こんな非常識な嘘をつく理由はない。航はなぜ鈴音が家を出たのかを尋ねた。すると彼は、「あんたに話す義理はない」

と突っぱねてきた。航は食い下がり、とうとう相手の胸倉をつかむほどヒートアップし、「さっさと話せよ、てめえ!」とドスのきいた声を上げた。

「お父さん大丈夫?」そのとき家の奥から女の子の声がした。彼女はそろりと近づいて、航の顔を見た。「誰? やばい人なら警察を呼ぼうか」

高校生くらいの女の子だ。当然だが、鈴音ではない。

「心配いらんよ。すぐに追い払うから」佐上の父は言った。

瞬間、航は察した。弱々しく首を振りながら相手から手を離し、そのまま踵を返すと逃げるように走り去った。

佐上夫婦が最初、どういうつもりで鈴音を里子として引き取ったのかはわからない。もともと養子縁組を考えていたのか、それとも、たんなる保護欲あるいは慈善的な行為だったのか。なんにせよ鈴音を引き取ったとき、夫婦のあいだに子供はいなかったはずだ。しかし、のちにできた。本当の子供が生まれ、養護施設から引き取った血のつながらない娘に対し、佐上夫婦の感情や態度はどう変わったのだろう。

鈴音の味わった差別や疎外感を想像し、憤りを湧かせるのはたやすいが、それこそ時間の無駄だ。よくある話なのだ。別段めずらしくはない。佐上夫婦は里親としての責務を果たさなかった。それだけのこと。

もっと大きな問題が、ほかにある。

鈴音は十八歳のとき佐上の家を出たという。失踪。一応、佐上は義務として捜索願を出しただろうが、とはいえ、自発的に姿を消した者の捜索に警察が本腰を入れるとは考えにくい。

鈴音は高校を卒業したのか、それとも中退か。どちらにせよ、その歳の少女が身ひとつで外の世界へ飛び出すことの危険性を、航はよく知っている。なんの身寄りもなく、誰の援助もない、か弱く身を震わせた未成年の少女に、舌なめずりしながら近づく狼《おおかみ》はたくさんいる。

——アングラはおれみたいな薄汚れた半端者の世界だ。鈴音は絶対に足を踏み入れちゃいけない場所なんだ。

くそっ。航は事務所に戻るなり吠えた。「な、なんだよ急に」と驚く陸人と匡海に、航は妹の現状を打ち明ける。彼女が現在おちいっているかもしれない危険についても話す。すると彼らは目の色を変えた。

「わかった。なら、こっちで鈴音を捜そう。俺たちが持っているネットワークを最大限に活用する。まだ県内にいれば、たぶん見つけられる」

と、陸人は言った。さらに匡海は素早くスマホを取り出して、知り合いのヤクザに電話をかけた。

「名前は日高鈴音。顔写真のデータはすぐに送るわ。ほかの連中にも回せ。とにかく拡散するんで、見つけしだいオレに連絡するように」

航は、まるで我がことのように妹の身を案じてくれる二人に感謝した。

しかし鈴音が見つかるまでのあいだ、航はそこそこ荒れた。スマホが鳴るたびにびくつく自分が嫌で、電源をオフにしたら陸人に注意された。酒の量も増え、二日酔いのまま密漁に出て、危うく溺れかけた。街ですれ違う若い女がみんな鈴音に見えてしまい、思わず声をかけ、何度怪訝な顔をされたか知れない。「航さんって意外とシスコンだったんすねえ」と何気なく言ってきた後輩にぶち切れて、相手の鼻の骨を折ってしまったこともあった。

まるで自分が自分じゃないみたいだ、と航は思った。誰かの言葉がすべて皮肉や揶揄《やゆ》に聞こえてしまう。いくら落ち着けと自分に言い聞かせても、感情はそれを無視し、鋭く尖って誰かへ向かう。

「冷静になれとは言わないよ。無理な話だからな」見かねた陸人が言う。「ただ、どうしても誰かを傷つけたくなったときは、その気持ちを俺と匡海に向けろ」

「そんなこと……」

「親友ってのは、おまえが思う以上に万能なんだよ。どんな状況であっても、頼っていいんだ」

航は肩を震わせた。「ごめん……」

「おまえの気持ちはよくわかってる。俺たちだって鈴音と会ったんだ。本当にいい子だ。大丈夫、絶対に見つかるさ」

そして二ヵ月後——。

ある秋の夕刻、航はこれまでの横暴に対する反省と謝罪の意を込め、丹念に事務所の中を掃除していた。すると匡海がやってきて、神妙な顔つきでこう言った。

「航、妹が見つかった。古町《ふるまち》を拠点にしてる半グレの一人が見つけてくれた」

「本当かよ」航はあわてて詰め寄った。「あいつ、どこに」

「ここにいる」匡海はメモを渡してきた。「妹の現状については、自分の目でたしかめろ」

航は黙った。匡海の表情は曇っている。その意味を問うことが航にはできなかった。メモを受けとると急いで事務所を飛び出したが、足取りは重かった。

鈴音は万代《ばんだい》シティバスセンタービルのカフェで、ウェイトレスをしていた。航は客として、おずおずと顔を見せる。注文を聞かれた。兄と妹は目が合った。しかし妹に気づいた様子はない。鈴音は機械的な口調で応対し、どんな小さな感情の揺らぎも見せなかった。

航はアイスコーヒーを飲みながら終始、鈴音の姿を目で追った。薄化粧のせいか、顔色の悪さが目立つ。荒れた肌のニキビが見え隠れするひたい、こけた頬、目の下の濃いクマ、かさかさの唇。首も細く、鎖骨まわりの薄い皮膚がどこか痛々しい。

航は妙な焦燥感を覚えた。こらえきれなくなって席を立つと、レジ前にいき、鈴音に声をかけた。

「なあ、おれが誰かわかるか？」

鈴音は眉をひそめ、それから、はっとして驚愕《きようがく》の表情を浮かべた。しかし次の瞬間、泡がはじけたようにその驚きを消し去った。

「誰かと思えば、お兄ちゃんか。何か用ですか」

妹のそっけない態度に、航はむっとした。そのまま声を震わせ、まくし立てる。おまえをずっと捜してた、なぜ連絡をよこさなかった、電話番号だって勝手に変えたりして一体どういうつもりだ、どうしておれに何も言わずにいなくなった――。

しかし鈴音は目を伏せたまま、「いま仕事中。もう少しで終わるから外で待ってて」と軽くあしらってきた。

それから仕事を終えた鈴音と合流し、しばらく黙って街の中を歩いた。鈴音は急いでいる様子で、あとをついてくる航を無視しつつ、歩調を速めた。

「おい止まれって。話そう」航は言った。

「無理。別の仕事があるから」

「なんだよ？」

「売春」

鈴音は航を突き放すように、さらりと言った。こちらを振り向きもしない。

やっぱりか、と航は大きく舌打ちをした。ある程度、覚悟していたことだ。先ほどの匡海の浮かない表情が、それを物語ってもいた。未成年の女が無一文で外へ飛び出し、アングラの世界に足を踏み入れたなら、大抵はこうなる。

「あのさ鈴音」航は乱れる心を抑えつつ、言った。「おれと一緒に暮らそう。おれ、いまけっこう稼いでるんだ。一戸建ての家に、二人で住めるくらい。だから……」

鈴音はぴたりと立ち止まった。ライトアップされた街路の木々に見下ろされ、いきかう人々を尻目に、兄と妹は陰鬱そうに向かい合った。

「遅すぎる。あたしがこの数年間、どんなふうに生きてきたか……」

「やりなおせるって。そう悲観的になるなよ」

「なにそれ」鈴音は顔を歪めた。涙がひとつ、ツーとこぼれる。それから肩に下げていたバッグの中を荒々しくあさると、取り出したものを航に向かってビュンと投げつけた。「それを見ても同じことが言える？」

航は身をかがめ、跳ね返って地面に落ちたそれを拾い上げた。小さなビニール袋に入った白い粉末……。航はきつく目を閉じ、それを握る拳に力を入れた。コカインだ。

「どうして」航は呆れながら言った。「おれを頼らなかったんだ？　こうなる前に、どうして」

瞬間、鈴音はかっと目を見開いた。

「あたしが十七のとき再会したよね。あのときも、あれ以降も、どれほどお兄ちゃんにＳＯＳを送っていたか、本当は気づいていたでしょ」

「具体的には何も言わなかったろ」

「言わなくたって……」鈴音は拳を握った。「あたしは散々匂わせた。何度も遠回しに訴えたんだ。でも、お兄ちゃんは一度も訊いてくれなかったよね。どうした鈴音、何か悩みがあるなら打ち明けろって」

「いや」

「佐上の家には娘ができた。里子のあたしは邪魔者になった。荒れたあたしは何度も揉め事を起こして、あげく高校を中退して家を出た。そのときまで、あたしはずーっと助けてって叫んでた。だけどお兄ちゃんは、ぜんぶ無視した」

「それは違うぞ。おれはただ……」

「違わない」鈴音はぴしゃりと言い返す。「あとは、お兄ちゃんの想像どおりだよ。身ひとつ、外で生きていくためには同じようなクズとつるむしかなかった。変な男にそそのかされて売春を覚えた。ついでにクスリも知った。何度もやめようと思ったけど、できなかった」

航は目を細めた。鈴音のやつれた、しかし鬼のような形相を見ていると、胸がちくりと痛んだ。

「なんで、そんな目ができるの」鈴音は首を振りながら、言った。

「え」

「お兄ちゃんは嘘つきだ。迎えにくると言ったくせに、こなかった。あたしのSOSを無視して、あたしが腐りきるまで、ずーっとほうっておいたんだ。なのに、よくそんな目ができるね？」

「おれはべつに。ただ、おまえがかわいそうだと……」

「死ね！」鈴音は泣きながら、そう叫んだ。「かわいそうとか他人事みたいに言うな。あんたなんか、兄でもなんでもないよ」

「鈴音、いいから落ち着けって」

このとき航ははっきりと、壊れてしまった妹のことを憐《あわ》れに感じた。

「あたしに近づくな」鈴音は、航の伸ばしかけた手を振り払った。「あたしはね、欠陥品なんだって。佐上の家でよく言われたよ。親の愛情を知らずに育ったから、こうなったって。じゃあ、あんたはどう？　条件は同じはずでしょ。あんたはどんな欠陥を持ってるの？」

航は黙っていた。鈴音は顔の中心に深い皺を寄せ、吠えるように言った。

「あたし、いま気づいたよ。あんたの正体。それはね、偽善者。あんたはそう見せかけているだけで、本当は誰のことも大事に思ってない。友達も、家族も、心の根っこの部分から切りはなしてる。それが、あんたの欠陥。自分の心が本当は冷えきっていることに、いつまで気づかないふりをするの、お兄ちゃん？」

意味がわからない。こいつは一体、さっきから何を言っているんだ？

「予言してあげる」鈴音はこう吐き捨てた。「あんたはいつか、大事な人を大事な場面で見捨てる。そのときになってはじめて、自分の本性を知るんだ」


その三日後のことだ。

ようやく見つけ出した妹に一方的に罵られ、その日はほとんど追い返されるようにして別れたけれど、航はやはり気に病んでいた。売春、クスリ。結局、恐れていたものはすべて的中した。いまだにそれをやめられずにいると、鈴音自身も言っていた。つまり、ほうってはおけない。なんとかして、このアングラの地獄から妹を救い出さねばならない。しかし、いまはこちらが何を言おうと聞く耳を持たないようだった。鈴音の精神状態が危ういのは当然のこと、さらに何年も会っていなかった兄に対する信頼感が、あきらかに薄れていた。

――やっと見つけたっていうのに、どうしてこうなっちゃうんだ……。

少し時間を置くべきなのか、それとも無理やりにでも行動に移すべきなのか、航にはさっぱりわからず、頭を抱えた。

夕刻、睡眠不足からくる頭痛がひどく、自宅のソファにもたれて目を閉じていると、突然スマホが鳴った。知らない番号。もしもしと出たが、相手はしばらく無言だった。しかし小さな息づかいは聞こえる。

「もしかして鈴音か」航は言った。

「……きて」相手はこたえた。やはり鈴音の声だ。

「きて？　どこに」

鈴音はぼそぼそと、市内のマンションの名前をつぶやいた。

「何かトラブルでもあったのか？　おまえ、声が少し変だぞ。おい……」

通話が切れる。

航は胸騒ぎを覚え、すぐさま飛び出してその場所へ向かった。

古風な住宅街にぽつんとそびえる、灰色の長細いマンションだった。十階建て。わずかながら人だかりができていた。ざわついている。警察官も二名いて、上に向かって何やら呼びかけていた。航はみなの視線の先を追い、ぞっとして血の気が引いた。

八階の部屋のベランダの手すり部分に、鈴音が座っていた。両足を外側に向け、ぶらぶらさせている。

「鈴音！」航は叫んだ。

警察官がこちらに近づき、「お知り合いですか」と尋ねてきた。妹だよ、と航は言うと警察官を押しのけてマンションの前にいき、鈴音を見上げた。

目が合った。瞬間、妹がこれから何をするのかを悟った。

――まさか、よせ、やめろ。

鈴音がベランダの手すりからふわりと浮いた。誰かが「あっ」と悲鳴のような声を上げる。鈴音は中空にいるあいだ、体を少し丸めていた。だが次の瞬間、アスファルトの地面にへばりついた彼女の手足はぴんと伸びていた。肉の潰れる音と、骨の砕ける音が同時に響く。みな息を呑み、言葉を失っていた。

「スズ」航はよろめきながら妹に近づいた。「そんな」

鈴音は目を開けていたが、何も見ていなかった。航はがくっと膝をつき、こうべを垂らした。そして濁声を長々と吐き出した。

そのあとの記憶は断片的だ。警察署の霊安室の中で鈴音の遺体と静かに向き合っていると、血相を変えた陸人と匡海が駆けつけた。二人は青白くなった鈴音の顔を見て、愕然とした。そばに立つ警察官が、飛び降り自殺だと伝えた。

「航、これは一体どういう……」

匡海が戸惑いを見せる。航は顔を伏せ、何もこたえられない。

すると陸人が突然、警察官の胸倉をつかんだ。「あんたらが何か刺激したんじゃないのか。現場にいたんだろ。ちゃんと対応したのかよ」

警察官は困った表情を浮かべ、陸人をなだめるように軽く押しのけた。

その横で、匡海は鈴音に向かって静かに手を合わせた。「こんなに痩せて、かわいそうに」

「おれだ」航はつぶやいた。「おれのせいだ。おれが、あいつを……」

陸人は肩を落とし、痛ましげに航を見やった。

航は、体内をどくどくと駆け巡る血の動きを痛いほど感じていた。そう、鈴音は枯れ木のように痩せこけ、冷たい眠りにおちている。何年か前に会ったときはじつに健康的で、はつらつと笑っていた。

みんなでビリヤードやダーツをして遊んだ。陸人や匡海は妹を気に入ってくれ、妹も二人を慕った。楽しかった思い出が、鋭く胸にくいこむ。航は何やら叫ぶと立ち上がって壁を殴った。数発。とにかく怒りをぶつけたかった。陸人がすぐに止めてくれた。

——あいつは最後におれを呼びつけ、わざわざ、おれの目の前で飛び降りてみせた。なぜだ。自分を突き放しつづけ、寄り添っているふりをしながら、実際は何ひとつしてくれなかった兄に対する仕返しだったのか。なぜだ。

次にわれに返ったとき、航は一人ぼっちで知らない公園の中にいた。へたりこみ、手の甲が赤く腫れ上がるまで地面を殴りつけていた。鳥も鳴かない夜更け。やがて航は立ち上がると、ふらつきながら帰宅した。そしてトイレのなか、妙な窒息感にあえぎ、止まらない汗を拭いつづけた。

後日、航は事務的に鈴音の遺体を引き取って、葬儀はやらずに火葬だけですませた。陸人から紹介してもらった住職に相談して、安い墓を新しく建て、鈴音の骨を納めた。

遺書はなかった。しかし航は、妹の自殺の理由を察していた。

——おれが会いにいって、あいつの中の張り詰めていた何かを切ってしまった。おれの態度が、言葉が、引き金になった。

小さい花を供え、墓の前で一人たたずんでいると、ぽつぽつと雨が降ってきた。航はそっと手を伸ばし、ひと粒ふた粒、掌《てのひら》で受けとめた。それをぎゅっと握りしめ、ふたたび開く。雨粒は皮膚に吸われ、すぐに消えた。幼き日の養護施設の窓際——その光景をふいに思い出す。鈴音はそれをマジックみたいだと言い、わいわい笑っていた。

しだいに涙が溢れてきた。幼いとき離ればなれになって、かならず取り戻すと誓った。ひさしぶりに再会したとき、またいつか一緒に暮らそうと約束した。それが何よりも大事な願いで、夢だった。

しかしその夢はもう、永遠に叶わない。妹は死んだ。自分の人生の中でもっとも大きかったものが砕け散り、破片ひとつ残さずに消えたのだ。

航は自分を呪った。妹に対して無力だった自分を――ではない。もっとも重要な場面で妹の腕をつかみ引き寄せることをしなかった自分をだ。いつも必死に足掻《あが》いているつもりで、実際はただの傍観者でしかなかった。その事実が航を心底打ちのめした。

陸人と匡海は、ふさぎこむ航に何と声をかけていいのかわからない様子で、あきらかに戸惑っていた。それでも彼らはやさしく、無言でそばにいてくれたり、そっと缶ビールを差し出したりしてくれた。

「迷惑かけて、ごめん」いたたまれなくて、航は二人に謝った。

すると彼らはそろって眉をつり上げ、こう言った。

「だから謝るなって。何回目だよ、この指摘。俺たちだって家族みたいなもんだろ」

航は涙ぐみながら、彼らに感謝した。が、その一方で、割り切れない何かを感じていることもまた、事実だった。

――おれはどうしたらいい。これからどうするべきなんだ。何かを変えなきゃ。でも、一体何を……。

そんな靄《もや》のかかった不安と焦りが、妹の自殺以降、航の心にまとわりついて離れない。

＊

深夜一時過ぎ。

話している途中、日付が変わった。航が話し終えると同時に、莉瀬は頭を抱えて短いため息を連発した。ほとんど息切れのように唇を震わせ、それから血の気の引いた真っ白い顔をこちらに向けた。航の何かに共鳴したのかと一瞬思ったが、そんな甘ったるい話ではなかった。

「じゃあ、わたしが殺したあの人は、ヤクザの会長の息子ってこと？」

航は無言で頷いた。莉瀬は何かを遮断するように、ぎゅっと目を閉じた。人殺しの罪に加え、命の危機にさらされていることを、いま知ったのだ。その恐怖は察して余りある。

「わたしは殺されてしまうの」

「このままなら、たぶん」気休めを言ってもしようがない。

そのときバタン、とドアの開く大きな音がして、航は振り向いた。匡海が入ってきて、鋭い目つきで莉瀬に近づくと、その腕をつかみ、ぐっと引っ張った。

「立て」と、匡海は言った。

莉瀬はよろめきながら立ち上がる。「匡海？」と航は声をかけたが、彼はかまわず莉瀬の耳元で声を張った。

「よく聞け。こうなった原因はたしかにオレたちにあるが、だからといって、おまえを許すつもりはない。仲間を、親友を殺したのは間違いなく、おまえだ。オレはそこの優男とは違うぞ。てめえの泣きっ面にほだされるような情は持ち合わせてねえ」

ドアの向こうで話を聞いていたのか。じつは莉瀬が平永家の養子だと知ってからの、航の独白――。

「まあいい、座れ。説明してやる」匡海はそう言うと、女をベッドのところに座らせ、自分は腕を組みながら忙しなく狭い範囲で歩き回った。「おまえのことは許さないが、いまそれを責めてもしようがない。とにかく、オレたち三人は同じ問題に直面している」

莉瀬は黙ってうつむく。匡海は指を二本、立てた。

「おそらく二日間だ。陸人……とオレと航が行方知れずの音信不通でも、ランズの連中に怪しまれずにいられる期間は。それを過ぎたら誰かが不審に思い、心当たりのあるところへ連絡するだろうよ。その中には玉山会も含まれる。陸人の身に何か起きたと感じたら、あの会長は血眼になって追及するに違いない。そうなれば、ことがばれるのも時間の問題だ」

「どうする。何か思いついたのか」航は前のめりになる。

「いや」匡海はかぶりを振った。「とにかく、ここは朝になったら誰かしらやってくる。いまのうちに移動するぞ。場所は……あんまり気は進まねえが、しようがない、オレのうちだ」

「陸人は一体どうするんだよ」

訊いてばかりの航に嫌気が差したような顔つきで、匡海は言った。「一緒に連れていくに決まってんだろ、あほ。あいつを一人にはさせたくない。いろんな意味でな」

棺桶《かんおけ》がわりにしているロッカーごと車に入れて運ぶ、と匡海は言った。航はたじたじになりながらも承知した。

「わたしは……」莉瀬は不安げに顔を上げた。

「一緒にこい」と、匡海は言った。「おまえもこのあと二日間はオレたちと同様、音信不通の人間になるんだ。朝になったら親なり使用人なりに連絡して、二日間は戻らないと伝えろ。彼氏と旅行中とでも言っとけ」

「いやだ」しかし莉瀬は低い声で言った。「わたしはこのまま警察にいく。ぜんぶ話す。あなたたちヤクザとこれ以上かかわるなんて、絶対にいやだ」

すると匡海はしらけたような表情で腰に手をあて、腫れぼったい目の女を静かに見つめた。

「その場合、警察が捕まえるのはオレとこいつの二人だけだ。バックにいるヤクザまでは取り締まっちゃくれねえぞ。たとえ、おまえの正当防衛が成立して法的に無罪放免となっても、そんなこと連中には関係ない。おまえはこの先のどこかで、玉山会の会長後継者を殺した罪人として、かならず制裁を受ける。レイプやシャブ漬けの果てに死ぬのはもちろんだが、それ以上に怖いのは、同じ危害がおまえの親しい人間にも及ぶかもしれないってことだ」

匡海は抑揚なしにつづける。

「それが嫌ならついてこい。まあ寿命が延びるかどうかは、まだわからねえが」

莉瀬はさらに取り乱すかと思いきや、茫然自失となった。力ない視線を中空にさまよわせた。

「頼む」航も言う。「一緒にきてくれ。あんたのためでもある」

それから約一時間かけて倉庫の部屋を掃除した。陸人が流した血を綺麗に拭き、簡易ベッドは折りたたんで壁際に立てかけ、いらぬ家具の中に交ぜた。そのあいだ莉瀬はずっと窓際で放心したまま、微動だにしなかった。掃除を終えると、匡海は莉瀬の背中を張り手で押すようにして、倉庫から出させた。

さらに航と匡海の二人がかりで、陸人の遺体の入ったロッカーを持ち運び、黒塗りのバンの後部に置いた。忘れ物はないか念入りにチェックしたあと、事務所のドアにも鍵をかける。バンに乗り込む際、莉瀬はやはりためらった。身をかがめ、過呼吸の症状を見せた。数時間前の拉致の記憶がぶり返したようだった。航は何度も申し訳ない、とつぶやきながら、ほとんど持ち上げるようにして、彼女をバンに乗せた。

「じゃ、いくぞ」

匡海が運転を担う。車はがらんとした深夜の国道を切り裂くように走り抜けた。

「元わが家」

広々とした水田に囲まれた、いくつかの民家が密集した地帯。どの家もそこそこ古く、車庫のそばに農機具などが置かれていたりする。匡海の実家は小さな一軒家で、部分的だが壁に穴が開いており、スプレーのらくがきも目につく。「くたばれ社会のくず」「人殺しの血」「殺人鬼の帰る家」など。航は幼いころ何度かおとずれたことがあるけれど、驚くほどそのままの状態だった。現在住んでいる長岡市のマンションよりも、こちらへ移動したほうが危険が少ないだろう、という匡海自身の判断である。

「面倒臭いから消してねえんだ。ある意味じゃ親父への戒めでもあるからな、このらくがきは」

匡海はぼそりとつぶやいた。

「ときどき帰ってるから空家じゃねえぞ。海釣りを楽しむときは、だいたいここを拠点にしてる。電気ガス水道もそのままだ」

陸人の遺体の入ったロッカーを車から降ろす。匡海に促され、一階の寝室へそれを運んだ。蒸し暑い夜で、航と匡海はすでに汗だくだ。陸人の遺体の上に並べられたいくつかの保冷剤もすっかり溶けてしまい、新しいものに替えねばならない。匡海はロッカーを床に置くと部屋のエアコンをつけ、肌寒いくらいの温度に設定した。

「とりあえず、これでオーケー。だけど長くはもたない。いろんな意味でな」

それから莉瀬を含む三人は、居間に集まった。莉瀬は生気の薄い顔で壁際に座ると、膝を抱えた。匡海が食え、と足元に置いたペットボトルの水とカロリーメイトにも手をつけようとしなかった。匡海は面倒臭そうに舌打ちをすると、「女のフォローは任せた」と航に言い残して、陸人の遺体が置かれた部屋へ移った。一人で考えたいのだろう。頭の悪いおれは邪魔だよな、と航は少し寂しく感じた。しかしフォローしろと言われても……。航はちらと莉瀬を見やる。この皮膚を無理やり剝ぎとるような痛々しい沈黙が、航には耐えられなかった。

「少し寝るといい」航は言った。「おれが邪魔なら、消えるし」

返事がないので、勝手にイエスと受けとって、航はそっと腰を浮かした。

が、そのとき。

「わたしが五歳のころ、お母さんが妊娠したんだ」

莉瀬がつぶやいた。子供がすねたような口調だ。航は黙って耳をかたむけた。

「もともと子供は無理だって医者に言われてたんだけど、奇跡が起きたみたい。お母さんとお父さんは大喜びで、毎日夢を語ってた。名前はどうする、どっちだろう、たとえ男の子でもバイオリンを習わせるぞ、女の子なら着せたいアルマーニのドレスがある——。でも十週あたりで、流産してしまったの。遺伝性疾患。お母さんはひどく落ち込んで、お父さんはそれを慰めた。どの夫婦にも起こりうる、めずらしくないことだと思う。だけど、わたしは、それまでの約二ヵ月半のあいだ、本当に生きた心地がしなかった。二人はわたしを不安にさせないよう気遣ってくれていたけど、それでも、ふとした瞬間、彼らは本能的にわたしの存在を消しちゃうの」

あれは死ぬほど怖かった、と莉瀬はまた瞳を潤ませた。そして足元に置かれた水を手にとって飲み、ついでカロリーメイトをちびりとかじった。

「やっぱり血なんだなって子供ながらに悟った。だから、あの時期、わたしは心の中でずーっと生まれてくるな、消えちゃえ、死んじゃえ、って唱えていた。お母さんから流産したって聞かされたとき、心からホッとしたの。もしかしたら、ちょっと笑ったかもしれない。最低だよね。でもさ、何が一番まずかったかというと……」

航は小首をひねる。彼女は終始陰鬱そうだが、しかし妙にハイになっているようにも見えた。死の恐怖に直面し、なんとか気をまぎらわそうと内心必死なのかもしれない。

「流産したと知って、わたしが安心したことに、お母さんはちゃんと気づいた……。お互い絶対に表には出さないけど、お母さんとわたしのあいだには、いまも消えないわだかまりがあるの」

「あのさ」

「いつかバチがあたるかもって、ずっと怖かった。でも、まさかこんなカタチでバチがあたるだなんて、思いもしなくて……」

ふたたび静かな沈黙が落ちる。次の言葉を待っているうちに、かすかな寝息が響いてきた。莉瀬は抱えた膝に顔をうずめ、眠ってしまったようだ。エンストしたみたいな落ち方だな、と思った。不安な気持ちを少し吐き出したら、気が抜けたのかもしれない。

航は物音を立てぬよう立ち上がると、匡海のいる部屋へ移動した。

「ごめん。おれじゃ、ろくな案が浮かばないや。結局どうするのかは匡海しだい……」

航は嘆息をもらす。

「オレだって似たようなもんだ。こんなクソみたいな状況、誰だって予測できねえよ」

匡海はそう言うと、上下の唇を口の中に引っ込め、顎をしゃくれさせた。彼がこういう顔をするのは、昔から腹に一物を抱えているときと決まっていた。航は気になって、つい尋ねた。

「匡海？　何か考えがあるなら言ってくれ」

「なんもねえよ」

「隠すなって。だいたいわかるよ。何年一緒にやってきたと思ってるんだ」

匡海はうなった。「……いや、やっぱりだめだ。言えない。人の道を外れることだ。訊かないでくれ」

「大丈夫。いいから話せよ」

何もできないからこそ、せめて共有したいと思ったのだ。匡海はしばしけわしい表情で陸人の遺体を眺めていたが、そのうちおもむろに口を開いた。

二年ほど前、とある森林公園の駐車場で、対立する二つの半グレ集団がトラブルを起こした。彼らの対立は長いあいだつづいていて、直接的な喧嘩だけでなく、互いにデマによる印象操作を利用して縄張りを潰しあったりと、もはや収拾がつかなくなっていた。

死者が出たら面倒だ、と考えたケツ持ちのヤクザの面々が、トラブルの仲裁に赴いた。片方のグループには矢塚組の者が、もう一方のグループには、うちのチームから三吉泰造《たいぞう》という男が出向いた。

しかし、その話し合いのさなか、「下の連中の前でなさけねえ姿は見せらんねえよ。ぺこぺこした仲裁なんざ、くそくらえだ」と、愚かな感情に流された者が一人だけいた。それが三吉である。彼は自身のくだらない見栄と虚勢のために交渉を決裂させ、その場で矢塚組の二人に対して殴る蹴るの暴行を加え、しまいにはナイフで身体《からだ》を切りつけた。

もちろん、矢塚組の幹部たちは激怒した。ヤクザのルールに反する、落とし前をつけろ、とランズのリーダーである玉山陸人に圧力をかけてきたのだ。当然だろう。しかたなく陸人は矢塚組まで出向き、謝罪と、相応の示談金を支払うことで問題をおさめた。三吉にかんしては破門せず、罰として密漁仕事の酷な作業をあてがい、弱音を吐くまで無理を強いた。一応、陸人はそれで矢塚組の溜飲を下げたつもりだった。

ただ、この矢塚組の激怒の裏には「別の理由」があることに、こちら側もちゃんと気づいていた。

矢塚組は、ランズや玉山会とも上位団体が異なるため、やはり敵対組織にあたる。とりわけランズとは同じ長岡市を拠点とした陣取り合戦のライバルでもある。そして、矢塚組がおこなっているいくつかのビジネスの中には人材派遣の会社があって、これが争いの火種として、数年くすぶった状態にあるのだった。

「消波ブロックの洗浄作業だ。無許可の労働派遣業。ピンハネ。矢塚組はそいつでまあまあ儲けていた。オレたちランズがあらわれるまでは、な」

匡海は言った。寺泊海岸のテトラポッドのことだ。航は頷いたが、しかし話は見えてこない。

「寺泊海岸……矢塚組がヤクザ仕事として使っていたその場所を、うちが挨拶もなしにぶんどって密漁の縄張りにした。相手からすりゃ顔に泥を塗られたようなもんさ。しかも、こっちの密漁ビジネスが成功して対抗勢力として急成長を遂げているんだから、内心穏やかじゃない」

「その話なら承知してるよ。で、それが一体どういう話になるんだ？」

「つまり、その因縁を利用する。陸人の遺体を、矢塚組のシマに隠すんだ。ぜんぶ奴等《やつら》のせいにする。うまくいけば、たぶん玉山会と矢塚組の全面戦争になるけど……オレたち二人は、そのどさくさにまぎれて姿を消せばいい。あの女は口止めだけ念入りにしたら、そのまま家に帰す」

航は言葉が出なかった。体が固まって、内側から氷のような冷たさが染みわたる。匡海はうつむいて、暗澹《あんたん》たる後悔の念を吐き出すかのように、深く息をついた。

「すまん。やっぱり口にすべきじゃなかった。忘れてくれ」

二人とも無言になった。ちくたくと時計の針は進み、気づくと午前四時ごろの朝焼けがカーテンの隙間からさしこんだ。

結局、一睡もしないまま夜を明かし、意に反して空腹を告げる音が鳴ったのをきっかけに、二人は居間へ戻った。

　が、そこで寝ているはずの莉瀬の姿が見当たらない。

「嘘だろ」匡海は狭い部屋を隅々まで見回す。「逃げたのか」

「まさか」

　言いつつ、航はすぐさま家の外へ飛び出し、周囲を見渡して莉瀬の姿を捜した。ふと目にとまる。彼女は通りに出て、水田の前に立っていた。「おい」と航は駆け足で近づき、その腕をつかむ。莉瀬は驚いたように、こちらを向いた。

「あれを見てたの。綺麗だなと思って。べつに逃げようとしたわけじゃ……」

　視線の先にはきらめく水田の上に立つ、チュウサギがいた。白く美しい野鳥。細い脚を片方だけ上げ、奇妙なポーズを決めている。

「黙って家から出るな」うしろから匡海が声をかける。「戻るぞ。何か食おう」

　瞬間、うつむいたまま歩き出す莉瀬の横顔が、なぜか妹と重なった。

　――予言してあげる。

　突然、あのときの鈴音の言葉が、頭の中で鐘の音のようにこだました。なぜ急に？　航はこの予期せぬ動揺を誰にも悟られまいと、しばし息を止める。

　家に戻った三人は居間の小さなテーブルを囲むように向かい合った。莉瀬は憮然《ぶぜん》とした表情を浮かべる。匡海はテキトーに口に入れろ、と言って水とスナック菓子を並べた。

　それから数時間、沈黙がその場を支配した。どうすればいいかわからない。明確な答えなどない。しかし、どれかひとつを選択し、行動しなければならない。自分たちはいま、そういう状況に置かれている。そして時間が過ぎるほど、命の危険が迫る。

だが、結局その日も話し合いはせずに終わった。三人とも腐臭の漂う陰気な世界に身を沈め、体にカビがはえるのを待っているかのようだった。その夜、莉瀬は二階の部屋で眠り、一方、航と匡海は居間で夜遅くまで顔を突き合わせていたが、ときどき発する言葉はごみくずに等しいものばかりだった。

さらに翌朝。

「帰りたい」ひと切れの桃を口に入れたあと、莉瀬はつぶやいた。「いつもの生活に。悩みなんて何もなかった。楽しい友達がいて、やさしい彼がいて、ただそれだけで……」

次の瞬間、彼女ははっとしたように顔を上げ、充血した目に力をこめた。

「本音を言います。わたしは何も悪くない。ぜんぶ、あなたたちのせいだと思ってる。わたしはおうちに帰りたい。平和な日常に戻りたい。その権利があると思ってる。何よりヤクザに追われて生きる生活なんて……絶対に嫌だ。矛盾してるかもしれないけど……だから、だから……どうか助けてください」

そして、「七百万」と、莉瀬はか細い声で言い足した。もしもわたしを無事に家に帰してくれたら、あなたたち二人にそのお金をあげてもいい、と。

＊＊五年後＊＊

あの日、結衣子は二十五歳の誕生日を迎え、父である柳内に婚約者を紹介した。柳内は妻とともに綺麗な夜景の広がるおしゃれなレストランに招かれ、そして結衣子はサプライズでもするかのように婚約者の男を登場させた。柏原祥吾《かしわばらしょうご》。つねに上目遣いでやや神経質な雰囲気をかもしていたが、鼻筋の通った美青年だった。食品メーカーの営業マンをしていると言い、たしかに話し上手な印象を受けた。彼の隣で小鳥のように落ち着きなく表情を変える娘を見て、本当に夢中なのだとわかった。妻もおおいに喜んでおり、その横で、こいつが本当に信用できる男かどうかを見極めようとしている自分が野暮に思えた。柳内はレストランを出る際、柏原とかたく握手をかわし、「娘をよろしく頼みます」と言った。

こちらが刑事だと話しても、柏原の態度に別段変化はなかった。まあ結衣子から事前に聞かされていただろうが――。

職業病だな、と柳内は自分に呆れた。疑う要素など何ひとつない相手に対して、こんなふうに分析するのはよくない。

具体的な予定はまだ決めていないけれど来年のなかばごろに式を挙げたい、と娘は話していた。柳内はできるかぎりサポートすると約束した。

それから、すぐのことだ。不審電話が柳内の自宅にかかってきた。へらへらした男の声で、結衣子の下着の色や好きな体位は何かと訊いてきた。柳内は一応自分が警察の人間であることを伝え、二度とかけてくるなと怒鳴ってから、通話を切った。しかし次の日、また同じ男とおぼしき者から電話があった。出たのは妻だ。相手はひと言、こう言ったという。「柏原の金、あんたに払える？」と。妻はすぐに通話を切ると、柳内にそれを伝えた。三度目の電話はなかった。

ただのいたずらか、と最初は考えたが、相手は結衣子と、そして柏原の名前を出してきたので、その点が気にかかった。心配した柳内は娘に不審電話のことを話し、警戒するようにと言った。

――ストーカーかな？　まったく心当たりないけど……。

――柏原くんにも話して、ちゃんと守ってもらいなさい。

言いながらも、柳内の胸に一抹の不安が宿る。柏原は本当に信用できるのか、と。

こちらの心配をよそに、一週間後、結衣子は柏原と二人で旅行に出かけた。行き先は青森。結衣子の学生時代の友人がいるからだ。小崎景子《おざきけいこ》。彼女は結衣子ととても仲良しだったが、高校卒業後に進路の関係で青森に移った。柳内も過去、彼女とは何度か顔を合わせている。小柄で、気さくで、いつも愛嬌のある笑みを浮かべて挨拶してくれた。うちに遊びにくるたび、「結衣子パパの体を気遣って、甘さひかえめです」などと言って手作りのお菓子を差し入れた。

――景ちゃんが青森にいくなら私もいく。

進路を話し合うとき、親の前でそう言って駄々をこねた結衣子を思い出す。二人は本当に仲が良かった。

小崎景子が県外に移ったあとも互いによく連絡を取り合い、ときどき会ったりして親交を絶やさなかった。つまり、その親友に直接結婚の予定を報告したいと、わざわざ柏原を連れて青森へ向かったのだ。

そして、柳内がその電話を受けたのは結衣子が旅行に出てから二日目の朝だった。

あの瞬間、周囲が無音になるほど愕然とした。が、すぐさま激しい焦りの雷雨に背中を打たれ、柳内はあわてて娘の安否を電話の相手に尋ねた。連絡をくれたのは青森県警の者だった。

――娘さんですが、ひどくショックを受けていまして……。

そのときの結衣子はまともに話せる状態ではなく、かわりに青森県警の者が説明してくれた。

柏原とともに青森へいった結衣子だが、その夜、親友の小崎景子と再会を果たした。三人は繁華街の居酒屋でお酒を飲みつつ、積もる話を語りあったようだ。途中、飲みすぎた結衣子は具合が悪くなってしまい、旅館に戻ると言った。柏原が結衣子を支えながら近くの旅館まで歩いた。心配した景子もそれに付き添う。旅館について布団に横たわった結衣子は景子に礼を言い、「夜道は危ないから」と、彼女を駅まで送るよう柏原にお願いした。彼は当然、了承する。

結衣子はそのまま眠りについたが、夜中にふと目を覚ました。すぐさま異変に気づく。柏原がまだ帰ってきていない、と。携帯に電話をかけたが、なぜか電源が切られていた。

結衣子は外へ捜しに出ようかと考え、フロント付近でそわそわしていたらしい。見かねた旅館の人が声をかけ、事情を聞き、かわりに従業員数人で近辺を捜し回った。しかし柏原は見つからない。そのあいだ、はっとした結衣子は景子のほうにも電話をかけてみる。だが、なぜか彼女もつながらなかった。そうして朝方、結衣子は旅館の人と相談してから警察に通報した。

テナント募集中の元カラオケ店。

柏原はその中で発見された。小崎景子も一緒だった。二人は手足を縛られた状態でそれぞれ個別のドラム缶に入っており、死んでいた。あきらかに他殺とわかるもので、青森県警はすぐさま捜査に乗り出した。

犯人は一週間ほどで捕まったが、そのあいだ柳内は現地へ飛んで放心状態の娘を連れ帰り、以後ひたすらメンタルケアにつとめた。突然見舞った残酷な現実に結衣子の心は追いつかず、泣きわめくことすらできず、ただ部屋に閉じこもって頭を抱えては、夜ごとうめいていた。

逮捕された犯人は四名。三十歳前後の男たちだ。彼らは東京都内で取り込み詐欺をおこなっているグループのメンバーだった。数年前に設立された休眠会社を利用して、悪質な取引を各所に持ちかけては高価なブツを騙しとっていたパクリ屋である。

ここからは、その犯人らの証言が基になる。

柏原はかつて、このグループに属していた。怪しげな集団だと知りつつも、当時の彼は早くに亡くなった両親のかわりに、難病に苦しむ弟の治療費を稼がねばならなかった。しかしグループの実態を完全に把握したところで、やはり犯罪には加担できないと逃げるように姿を消したという。

連中はそれを許さなかった。なぜなら、柏原には二百万の借金があったからだ。連中はその金を取り立てるため、柏原を捜しつづけた。彼らに見つかった柏原は当然のごとく脅され、借りた金の倍以上を請求された。しかし柏原は借りた金は返してもいいが、それ以上を渡す義理はない、と断固として拒否した。

怒った連中は、こう言った。

——期限までにこっちが提示した金額を用意しなきゃ、おまえはもちろん、おまえの女も道連れだ。

典型的な脅し文句。やつらだって警察に捕まりたくはないから、それほど過激な真似はできないだろうと柏原はたかをくくっているようだった。その証拠に、自分の婚約者の女の父親は刑事だぞとさりげなく釘を刺した。柏原の挑発的な態度が、連中を本気にさせたのだ。彼らは機をうかがいつつ、婚約者の女とともに旅行に出かけた柏原をこっそりと追いかけた。そして夜道、隙を突いて拉致すると、人目につかないテナント募集中の元カラオケ店に押し込んだ。

小崎景子は、婚約者の女と勘違いされたのだ。駅まで送ってもらうため、たまたま柏原と一緒にいたがために……。「わたしは結衣子じゃない」と泣き叫んだらしいが、一方の柏原は助かりたくて必死だったのか、彼女を指さして、こう言った。

——彼女の父親は刑事だって言っただろうが。おまえら、そろってムショに入りたくなかったら、俺たちから手を引けよ。

みっともなく命乞いをすれば、それを嘲笑《あざわら》い、多少痛めつけ、あとは予定どおり金を貰って終わるつもりだった。しかし柏原が同じ挑発をくりかえしたことで、かえって連中のやる気に火がついてしまった。

事件後、結衣子はしばらく家に引きこもった生活を送った。一日中ベッドの中でうずくまって身を震わせていた。食事もほとんどとらず、風呂も入らなかった。最愛の人と一番の親友を同時に失った。さらに、本来ならば自分が殺されていたのだという強いショックと恐怖感が、娘の精神を食いちぎるように痛めつけているようだった。

娘はあっというまに病人めいた姿になり、目のクマや頰のこけが色濃く浮かび、ふらつきながら歩くようになった。さすがにまずい、と思った柳内は無理やりにでも医者に連れていこうとしたが、娘はそれを払いのけるように拒否した。そして、顔面蒼白《そうはく》のまま言った。

――夜、いつも想像して眠れなくなるの。なんとか眠れても、悪夢ばかり見る。二人は死ぬとき、どんなに怖かったか……。もう、頭がおかしくなりそう。

柳内は娘の姿を直視できなかった。結衣子は半永久的に、この残酷な想像にさいなまれるのだろうか。そう思うと、何もしてやれない自分が非道な拷問人のように思えてきた。

柳内は青森県警の者から聞いた、二人の殺害状況をあらためて思い返した。

柏原は激しい暴行を加えられたあと、手足を縛られた状態でドラム缶に入れられた。犯人の連中は「証拠隠滅だ」と言い、柏原の体を生きたまま溶かそうとフッ化水素酸を投入した（最初は拷問の道具として少量使う予定だったが、柏原から挑発されたことで殺害用へと方向転換したという）。柏原が奇声めいた悲鳴を上げているあいだ、小崎景子はほかの男に凌辱《りょうじょく》されつづけた。

やがて下半身の骨がかすかに出てきたところで、柏原は絶命した。ショック死だ。犯人の用意した酸は人体をすべて溶かすほどの量もなかったが、死に至る痛みを与えるには充分だった。彼の遺体は舌を突き出すように大口を開け、白目を剝《む》いていた。

小崎景子もほとんど同じようにして殺された。ただ彼女の場合は犯人の気まぐれから、頭から酸をかけられ、ずるずると爛《ただ》れ落ちる自身の髪の毛を眺めながら死んだ。彼女はヘアエステサロンで働いていて、普段から自分の髪の手入れもおこたらず、ゆえに美しいと評判だった。「綺麗な髪をしていたんで、あえてやった」犯人の供述である。

——せめて普通に死なせてあげてほしかった。どうして、あんな……。ひどすぎる。

結衣子はとうとう、そんなことまで言い出した。柳内は妻とともに途方に暮れた。

それ以来、娘はまったく笑わなくなった。

草野井酒造は大きな川の流れる古風な町並みの中で、その風格を見せつけていた。柳内と東辺は玄関ののれんをくぐり、中に入ると受付で警察手帳を見せた。

野井光秀はまだまだ修業中の身だが、ゆくゆくは十五代目当主となるらしい。たしかに平永夫人の言うとおり、俳優のような整った顔立ちで、さわやかな好青年という印象だ。さっそく莉瀬と例の腕時計のことを訊く。

「真っ黒じゃないですか、これ。見覚えも何も、よくわからないんですが……」

客間の中央に立ち、光秀は腕時計の写真を見ながら首をかしげた。柳内はそれが木製であるため、洗浄して灰や炭を取り払っても焦げた色が残ったのだと説明する。

「ああ、あの腕時計か。なら覚えています。たしかに当時、彼女はよく身につけていたな。中のダイヤじゃなくて木製っていう点が気に入ってるんだー、とか庶民派アピールしていたっけ。懐かしい」

「莉瀬さんはいつのまにかなくしていた、と言っていました。大学時代、彼女がいつごろまでこの時計を身につけていたか。それと——たとえばの話ですが、この時計が誰かに盗まれるようなシチュエーションというか、もっとストレートに言うと、これを盗みそうな人物について心当たりはありますか」

「申し訳ないけど、あいまいですね。たしか卒業するころには、すでに違う腕時計に換わっていたかな。盗みについての心当たりですか……はあ、ないですねえ」

「つかぬことをお訊きしますが、莉瀬さんと別れた理由は一体なんだったのでしょう。やはり彼女の留学が？」

「いえ、まったく。単純に、莉瀬のほうにほかに好きな男ができたからですよ」

「ほう」

「大学四年の夏ごろかな、莉瀬のやつ、たまたま友人に誘われていったアマチュアバンドのライブ……そのボーカルとできちゃったみたいで、僕はあっさりとふられました。それでも当時はまだ若かったんでね、普段、下に見ているようなたぐいの男に自分の女をとられたことが許せなかった。だから絶対に奪い返してやるって意気込んでいましたよ」

　しかし光秀のそういう態度はかえって彼女の気持ちを醒《さ》ます原因になったという。莉瀬はサークルの仲間ごと光秀を遠ざけるようになり、さらにそのバンドがよく使っていたライブハウスでスタッフのアルバイトをはじめ、よけいにボーカルの彼氏とべったりになったという。

「だから……うん、そうだ」光秀は軽く手を打った。「そのころの莉瀬について知りたいのなら、僕よりもそいつに話を聞くといいですよ。ちょっと逆恨みしているみたいで、こんなこと本当は言いたくないけど、そいつの身近にならいたかもしれない──腕時計を盗むようなやつが」

　あるいはそいつ自身が、といった含みのある口調だ。

「その男は素行が悪かった、ということでしょうか」

「あんまりいい噂は聞きませんでしたね。女癖が悪いとか借りた金を返さないとか、ほかには後輩いじめがひどいっていうのもあったな」

「後輩いじめ？」

「自分のグループの下っ端を痛めつけて周囲の笑いをとる、みたいな。あくまでも噂ですけど……真冬の川に裸で飛び込ませたり、スタンガンをいくつ使ったら本当に気絶するのか実験したり」

「彼のそういう噂について、莉瀬さんは知っていましたか」

「ええ。僕が伝えましたから。ただ、そのときはもう何を言っても無駄で……。彼を信じるの一点張りで、ほとんど聞く耳を持ってもらえなかった」

「なるほど」

さいわい光秀の記憶力はよく、そのボーカルの名前、そしてライブハウス——当時の莉瀬のバイト先について正確に教えてくれた。隈川直也《くまかわなおや》。スタンド・R・スタジオ。

柳内は光秀に礼を言うと、すぐさま退散した。そして車でライブハウスへ向かう。途中、重苦しいため息がもれた。

「どうした」東辺は訊く。

「いや」

「さっきボーカルの男の噂を聞いたとき、あんたの目つきが変わったが、それと何か関係あるのか、その深いため息は？」

なかなか目ざといやつだ、と柳内は感心する。

「あの焼死体だが、焼き殺されたほうのパターンを考えているんだ」柳内は言った。

「死体を焼いたんじゃなくて、生きたまま……ってことか」東辺はうなった。

「まさに素行の悪い連中がやりそうな殺し方だろ。そう思ってな」

「やんちゃな若造の過激な遊びがエスカレートして、か。まあ可能性のひとつとして頭に入れておくわ」

東辺はその程度の憶測ですませたが、柳内は頭の中でさらに想像を広げており、その理由が娘の過去と深くつながっていることも理解していた。実際、世の中には第三者に対する見せしめとして、あえて残酷な殺し方を利用する連中がいる。そして、自分がそれをけっして許さないことも――。

スタンド・R・スタジオを訪ねると、人懐っこそうな初老の男が出迎えた。経営者の阿多《あた》という。彼は突然おとずれた刑事の要望に素早く応じてくれた。

「はあ、昔のアルバイトですか。平永さんねえ……。それじゃ雇用記録を調べてみますんで、少しお待ちを」

やがて戻ってきた阿多は、いくつかの資料の中から昔の履歴書を差し出して、この子かねえ、と言った。証明写真はたしかに当時の莉瀬だった。

「思い出しましたよ。すごく美人で、ほかのスタッフからもよく口説かれていたなあ」

「当時、彼女と交際していた男性がいて、その彼がボーカルをつとめるバンドが、よくここでライブをしていたと聞きました。そういった二人の光景というか、何か覚えていますか」

「隈川ですな」阿多はふふん、と笑った。「いま、ぱっと記憶がよみがえりましたわ。そういえばあいつ、一時期めちゃくちゃモテていて、何人かいた女の子のうち、この子もまじっていたなーって」

柳内は思わず首を前に出し、「くわしく」と言った。

阿多の話によると、一応メジャーデビューを目指しながらも上京すらできずにいる、いわゆる田舎の口だけミュージシャンの若者たちを、ある種の親心から、このライブハウスのスタッフとして雇っていた時期があるらしい。隈川という男もその中の一人だった。

「ふむ」東辺は腑に落ちたように言った。「彼女がここでバイトをはじめた理由は、客としてだけじゃなく同僚としてもその男のそばにいたかったから、か」

柳内も納得する。ついで、その隈川という人物が現在どうなっているのか、阿多に尋ねてみた。数年前の交友関係なので、ほとんど駄目元である。しかし阿多はこの建物の出入口のほうをゆっくりと指さして、こう言った。

「隈川ならそこのコンビニで働いてますよ」


すっかり夜も更けてしまった。柳内と東辺は喫茶店アップリンの前で、滝本莉瀬がくるのを待っていた。急に呼び出すには少々迷惑な時間帯だったが、短時間ならかまわないと彼女は了承してくれた。

薄手のカーディガンを羽織った莉瀬がやってくる。心許ない表情だ。喫茶店の席につくなり、柳内は本題に入った。無駄話はしない。

「たとえば、この腕時計が誰かに盗まれたものとして、あなたは、本当はその人物に心当たりがありますよね？」

「ないですよ。突然何を……」

「隈川直也さんという男性をご存じでしょう」

莉瀬の顔色が一瞬にして変わった。戸惑いや怖れの中に、ハケでさっと塗ったようなかすかな怒りの色が混ざった。

「あいつに……会ったんですね」

「ええ。あなたのお母さんから大学時代の写真をお借りして、失礼ながら、こちらで勝手に推測を立てまして、そのうえでまずは野井光秀さんを訪ねました。彼から得た情報を基にして、次は隈川直也さんを訪ねました。なので、あなたが腕時計を紛失した時期について、われわれに嘘をついたことも、当然わかっています」

莉瀬は深くため息をついた。

「嘘自体はべつにいいんですよ。ただ、その理由が肝心でしてね。あなたは、過去に隈川さんと関係があったことを家族などに知られたくなかった、だから、われわれ警察の問いに対し嘘をつき、そっけない態度をとった——。当たっていますか？」

莉瀬はうつむくように頷いた。

「やはり時計を盗んだのも、彼ではないかと疑った？」

「はい。もっと言えば……その焼死体もあいつじゃないかって考えました」

なるほど、と柳内は肩をすくめる。「結論から言うと、隈川さんは例の腕時計にかんしては何も知りませんでした。焼死体とも無関係のようです」

「え、本当ですか」莉瀬は目を見開く。

「少なくとも、こちらはそう判断しました。今後よほどの情報や証拠などが出てこないかぎり、この印象が覆されることはないと思います」

柳内と東辺は、先ほどまで隈川直也の聴取に当たっていた。何を尋ねても彼の反応は鈍く、あいまいで、何かを知っている、あるいは隠している人間の態度ではなかった。ひとつ思い出すのにも時間がかかり、やっとこたえたかと思うと次の瞬間にはみずからそれを否定し、結局は覚えていません、と首をひねる。こりゃだめだな、と柳内は隈川を見て思った。東辺も同様の印象を持っただろう。腕時計にかんしては、隈川はシロだ。

くわえて柳内が個人的に危惧していた、「残酷な殺し方」ができる人種かどうかという点についても、当てはまらないと感じた。たしかに隈川は悪ぶってはいたが、それは彼自身の幼さからくる、ただの粋がりと見栄だ。殺人ができるようなタイプではない。

しかし――。

「じゃあ」

「あなたの不安は一応、解消されましたね。嘘をつく必要もない。そのうえで、あらためて腕時計を紛失した時期について、正直にお話しください」

莉瀬は意を決したように顔を上げ、話しはじめた。おそらく腕時計をなくした時期は大学四年の夏以降、例のライブハウスのスタッフとして働き、同時に隈川と交際していたころだろう、なぜなら自分は当時その腕時計を大変気に入っており、本当に好きな男性と会うとき以外は身につけていなかったからだ、という。

「だから、なくしたことに気づいたとき、真っ先に隈川を疑いました……」

「彼を疑う根拠もあった」

柳内は静かに言った。先ほど隈川から聞いた話を思い出す。

すると莉瀬は目の奥がひどく熱いというように、顔をしかめた。「夫にも、わたしの両親にも、あのことはどうか内密に……」

「ご心配なく。いまのところ捜査とは無関係な情報ですので」

莉瀬は隈川と交際していたとき、定期的に金を渡していたらしい。総額およそ七百万。ほぼ無条件である。若気の至り、恋は盲目、といった言葉で簡単に片付けられるような金額ではない。しかし世の中、結婚詐欺などで大金を騙しとられるケースがあとをたたない現実もあるため、頭ごなしに彼女を馬鹿扱いすることもできない。

「しかし、まだ二十代前半でしょう。よくご両親にばれずに、それほどの額を引き出せましたね」

「十三歳のとき、わたし個人の口座をつくってもらいました。以来、毎年両親から将来への支援金という名目で百万ずつ振り込まれていて、使い道はわたしの自由――だけど、まだ贅沢の楽しさを覚える前の話だったから、ほとんど使わずにいて、気づいたら八百万近くも貯まっていました」

つまり、そこから約七百万を抜いて隈川に貢いだというわけだ。あいつは金持ちのバカ娘で金銭感覚もおかしい、彼氏の俺がねだればなんでも与えてくれる。そう隈川は思い込み、陰で高笑いしていたことだろう。実際、その雰囲気は先の彼への聴取の際に垣間見ることができた。

「その年が明けてから、すぐに隈川と別れました。いびつな関係に、わたしが疲れ果ててしまって。彼はいつも口ばかりで、なんの実行力もない人だったし。たったひとつ、わたしの胸に響く曲をつくったというだけで……」

莉瀬は寂しげに遠くを見やった。柳内はかまわず、本題に戻した。

「腕時計の紛失に気づいたのは、隈川さんと別れてからですか？」

「はい。もちろん彼を疑って、すぐに連絡してたしかめようと思ったんですけど、直前でためらってしまいました」

「なぜ」

「七百万の呪いですかね」莉瀬は自嘲気味に言う。「貢いだことを逆手にとられて、さらにお金を要求されるおそれがあった。ばらすぞと隈川に脅されたら、わたしは手も足も出ない。両親にはどうしても知られたくなかった。だから、腕時計のことは泣く泣くあきらめたんです」

それがいまになって、まさかこんなかたちで自分のもとに返ってくるなんて……。莉瀬はひたいに手をあて、震えた息をもらした。

隈川と別れてから紛失に気づいた——ということは、さらに時期を絞るなら腕時計をなくしたのは大学四年の冬ごろ、となる。

「しかしながら、隈川さん以外にまったく疑う対象がいない、というわけじゃないでしょう」

「まあ……」莉瀬は低い声で言った。「当時、彼のバンドメンバーが集う飲み会に、わたしもよく参加していました。彼女特権というやつです。そのときも、あの腕時計を身につけていたと思います」

酒の酔いが回る飲み会の席か。スキだらけ、とは言わないが、隈川以外の誰かに盗まれるおそれは充分にあった。

「たしか隈川さんを含め、バンドメンバーの何人かは、当時あのライブハウスのスタッフとして働いていたんでしたね。あなたと同様に。先にスタンド・R・スタジオのほうを訪ねて、経営者の阿多さんから話を聞きました」

「何人か、じゃなくて全員です。隈川を含めて五人。えっと名前は……ごめんなさい」

「大丈夫。阿多さんの手元に雇用記録が残っているので」

莉瀬は軽く息をついて、手元に視線を落とした。

あなたに対する聞き取りもまだ完全に終わったわけではないよ、と柳内は思ったが、ひとまず彼女を解放した。

車に戻るとスマホを取り出し、阿多に電話をかけた。夜分に申し訳ない、と言ってから用件を端的に説明し、「隈川のバンドメンバーの雇用記録を送ってほしい」と頼む。阿多は承諾してくれたが、さすがに面倒臭そうな声だったので、やはり返信は翌日になるだろうかと柳内は期待半分だった。が、署に戻って車を駐車場に停めたところでちょうど、スマホがぴろりと音を鳴らした。阿多からのメールで、画像データが添付されている。〈彼らの履歴書です。写真ですみません〉と書いてあった。〈充分です〉と柳内は返した。

バンドメンバー。隈川をのぞくと、四人。田宮俊之《たみやとしゆき》、階堂修二《かいどうしゆうじ》、藤北瑞希《ふじきたみずき》、森尾春日《もりおかすが》。

当時の住所と連絡先、職歴、さらに証明写真も載っているが、現在も同じとはかぎらない。まずは捜査本部にこれを報告し、それから一人ずつ地道に当たっていくしかないだろう。


翌朝一番に捜査会議が開かれた。

「遺留品その二について、追加の報告です。小型のライトでした。で、殻の素材を分析してみたところ、高品質のアルミニウム合金製と判明――耐久性および耐食性は抜群、水深五十メートル以上でもへっちゃらで、海水腐食の心配もない」

室内の窓から光線のような朝陽がさしこみ、ちょうど起立しながら話している織原ミチの横顔を白く染めた。本部長はそれをまじまじと見やって、「つまり、なんだね」と首をかしげた。

「ダイビング用のライトです」と、織原は言う。

みな反応は薄い。

「なぜ焼死体の男性がこれを所持していたのかは不明です。ただ、普通のライトを持ち歩くことはさほどめずらしくもないですが、ダイビング用となると、所持の目的をもう少し限定できるのではないでしょうか。鑑識からは以上です」

次に柳内がこれを報告する――司法解剖の結果はまだ出ていなく、焼死体が何年前のものなのかいまだに判然としないが、当時の平永莉瀬が腕時計を紛失したとされる時期から推察すると、おそらくこの五、六年間のどこかで出来上がった遺体だと考えられる、と。

とくに異論を挟む者はいなく、会議は終了した。

しかし廊下に出ると、後輩の石垣がふいに、けわしい顔つきでうなり声を上げた。

「どうした」柳内は訊く。

「いや、ちょっとピンときたっつうか……」石垣は言った。「何年か前に寺泊のほうで強盗犯を一人、捕まえて、そのとき押収した所持品の中にダイビング用のライトがあったんすよ。夜中空巣に入るのに使っているんじゃないかと勘ぐって、取り調べのときに問いただしたら、違うそれは兄貴の形見なんだって、そいつは言いました。まあ強盗事件とは関係のないブツだったんで、それ以上は追及せず、あとは事務的に検察へ」

「で？」

「兄貴の形見……それは嘘ではなかったんだけど、やっぱり一番重要なことを隠していたんですよ、そいつ。のちに別の事件でふたたび顔を合わせる機会があって、そのときもダイビング用のライトを持っていた。ただし前回と大きく異なる点は、それが犯罪の証拠のひとつだったということ」

「一体何をやったんだ、そいつ？」

石垣はへたくそなりに水に潜るようなしぐさをしたあと、声をひそめて言った。

「密漁です」

＊

七百万。それでわたしを助けてほしい――。

突然の莉瀬の言葉に、匡海は目を丸くした。航は唖然とし、ぽかんと口を開けた。

莉瀬は腹をくくったかのように語気を強める。「わたしの口座に八百万近く入ってる。そこから引き出して、あなたたちに……。だから、すべてなかったことにしてほしい。わたしの犯した罪も、すべて」

「ふざけるな」匡海が声を荒らげた。「金の問題じゃねえんだよ。オレたちがいま悩んでいることは、もっとべつの――」

「匡海」航はそれを制するように手を上げた。「おれさ、昨日からずっと考えてた。たぶん、おれたちが選ぶ道はもう、ひとつしかなくて、あと必要なのは、覚悟だけっていうか……」

陸人の遺体を、ライバルである矢塚組のシマに隠す――。

死んだ友達をボロ雑巾のように利用し、その隙に自分たちだけトンズラするだなんて、できるわけがない。最初はそう考えた。それを思いつき口にした匡海を、ほんの一瞬恨みもした。しかしいま、あらためて思う。その選択しかないのだと。あまりにも外道で、非道で、尊い友情を踏みにじる汚らわしい行為にほかならない。だが選ばないと死ぬ。三人とも。

匡海も気づいているはずだ。

「金なんか、どうだっていいんだ」航は言う。「これはおれたちが、いま命懸けで片付けなきゃいけない問題なんだよ」

匡海は舌打ちをした。「ヤクザの落とし前……ケジメか」

航は頷く。自分たちの身勝手な行動によって、普通の女の子を犯罪に巻き込んでしまった。ヤクザの端くれとして、ケジメをつけなきゃいけない。その良し悪しを問う段階では、もはやなくなったのだ。

「わかった。ちょっと時間をくれ。陸人と話してくる」

匡海は立ち上がって別の部屋に移った。陸人と話してくる——彼の発した言葉の重みと鋭さが、航の胸を貫いた。

ふと、莉瀬と目が合う。そのとき彼女の目が、口が、また鈴音と重なって、まるで自分を責め立てるかのように荒々しく動いた。

——偽善者！　それがあんたの正体だ。

錯覚だとわかっていても怖気が走り、思わずのけぞった。

「どうしたの」莉瀬が恐々と訊く。

「なんでもない」

航は死にたくなる。自分が憎くてたまらなかった。


蒸し暑い真夏の夜がふたたび近づく。蟬《せみ》と蛙《かえる》が大合唱をつづける夕暮れどき。

三人は真っ赤に染まる空の下、それぞれ不安の色を浮かべていた。

匡海は遠くを指さして言う。「この道をまっすぐいくと川がある。その川に沿って、あっちに向かって歩け。そのうちコンビニが見つかる。裏手が駅だ。あとは自力で帰れるだろ」

莉瀬は黙って頷く。

「とりあえず二週間後の夜十時、寺泊海岸で待ち合わせる。互いの無事を確認するんだ。で、おまえから金を貰うかどうかは、そのとき決める。わかったな？」

匡海が冷淡な口調で言うと、莉瀬は鬱っぽい表情で軽く肩をすくめた。

「……もしも、二週間後、あなたたちが待ち合わせの場所にこなかったら？」

「オレたちからすれば、おまえがこないことのほうが心配だけどな」

「わたしは顔も素性も知られているから、逃げようがないでしょ」

「そうだったな」匡海は鼻を鳴らした。「じゃ、もしもオレたちが待ち合わせの場所にこなかったら、そのときは、すぐに家に帰れ。で、すべて忘れろ」

莉瀬は眉をひそめた。

「そのまま普通の暮らしに戻れってことだよ」航がつづきを言う。「この先、おれたちの口からあんたの名前が出ることは絶対にない。さっきルールを決めたろ。おれたちはたとえ死んでもそれを守る。べつにあんたのためじゃなくて……それがケジメだから」

陸人の死にまつわる問題は、航と匡海の二人が責任をもって解決させる。それがヤクザとしての落とし前だからだ。そして一度決めたルールはけっして破らない。こっちは、陸人の流儀だ。

「二週間後のことも重要だが」匡海は言う。「まずはオレたちの命が助かるかどうかだ。さすがに無事を祈れとは言わねえよ。おまえにとっちゃ、オレたちが口を閉ざしたまま死んでくれたほうが都合がいいだろ」

「そんなこと……」莉瀬はうつむいた。

「さっさといけよ」

突き放すような匡海の言葉を受け、莉瀬は踵を返し、とぼとぼ歩き出した。航はその頼りない背中を見つめ、思わず胸を痛めた。彼女がこれから戻る日常は、ともすれば、鈴音の未来でもあった。鈴音は不自由のない裕福な家庭に里子として引き取られたが、何かが食いちがい、歯車が狂い、あげく腐り果ててみずから命を絶った。莉瀬だって、一歩間違えればそうなっていたかもしれない。つまり彼女はいま、鈴音が生きられなかった人生を体現しているのだ。

「航」匡海の呼びかけで、われに返る。「夜が更けたら行動だ。ちょっと仮眠をとりたいところだが、そんな暇もない。死に物狂いで段取りを決めるぞ。なんせ、これから玉山会と矢塚組の両方を、騙さなきゃならねえんだから」

「くわしく説明してくれよ」

匡海はよし、と頷くと、家に戻りがてら話した。

「一年ほど前かな、矢塚組はもともと有料駐車場だった空き地を購入したんだ。噂によると新しい事務所を建てるらしい。たしかにいまの連中のお城は少々古い。んで、ようやく最近、着工した。まずは地面のアスファルトを剥がす作業からだ。もうわかったろ?」

「いや」

「剝がしたアスファルトの下は、土だろうが。そこに陸人の遺体を埋める。この先の作業過程で、かならず掘り起こされてしまう浅さで、な」

いわく——工事業者は矢塚組と懇意のところだろう。彼らが埋まった陸人の遺体を掘り起こすよりも先に、二人は玉山会にいき、でたらめを吹聴し、矢塚組に対する疑念と不信感を会長の心に植えつけておく。そして陸人の遺体が発見されたとき、互いの敵愾心《てきがいしん》があいまって、ヤクザ同士の抗争の幕が上がる。そのどさくさにまぎれて姿を消す、という算段だ。

はたして、うまくいくだろうか……。

深夜一時を回ったころ、航と匡海はナンバープレートを差し替えた軽自動車に乗って、長岡市の中心部を目指した。繁華街ではなく、古くて不気味な工場がまばらに建ち並ぶ、閑散とした場所だ。航は緊張しており、生唾をごくりと呑みこんだ。

直接現場へいくのはまずいと判断し、近くの神社の駐車場に車を停めると、そこから歩いた。陸人の遺体は大きめのビニール袋に入れかえてある。死後硬直のせいか背中を丸めたりできず、しかたないので頭を航が持ち、足を匡海が持ち、という格好で運んだ。シャベルは小脇に抱えた。

現場につくと靴を脱いだ。目立つ足跡は残したくない。そして素早く土を掘る。周辺は静かで真っ暗だが、ほんの少し、遠くから民家の明かりが届く。たしかに着工したばかりのようで、簡易トイレと青い解体機が敷地の端っこに置かれていた。

急げ、と焦った口調で匡海が言う。航は夢中で土を掘った。汗だくで、息も荒くなる。ふいに「うう」という声が響き、航は顔を上げた。かすかだが、匡海の頬が濡れているとわかる。彼はやけくそのように土を掘っていた。

「……ごめんな、陸人、ごめん」匡海は声を震わせた。

航はそんな彼の様子を黙って見つめた。胸の奥で、恐ろしく冷たい何かがカランと音を立てる。なぜ自分は、彼のように泣けないのだろう?

掘ってできた穴の中に陸人の遺体を入れると、またシャベルで土をかけていく。それが見えなくなると、お互い合図すらなく、すぐさま現場から離れた。途中で靴を履く。

神社の駐車場に戻ると、二人は車に寄りかかって息を整えた。匡海はぜえぜえと苦しそうだった。睡眠不足は航も同じだが、精神的な疲労は、おそらく匡海のほうが大きい。

「匡海、大丈夫か？」

「ああ問題ねえよ。それより、早くここから離れよう」

手際よくシャベルをトランクに入れると、二人は車に乗り込もうとした。が、その瞬間の出来事だった。ぶぶぶ、という大きなエンジン音とともに、白い光が周辺に広がる。その光はあっというまにこちらへ近づき、闇夜のなか二人の顔を鮮明に浮かび上がらせた。大型トラックが神社の前に停まったのだ。

「一体どうなってんだ」匡海は頭を掻いた。「なんでこんな夜中にトラックが……」

二人はその場にたたずむしかなかった。トラックが邪魔で車を出すことができないからだ。

するとトラックから三十代前半くらいの男が一人、降りて近づき、夜中にもかかわらず快活に声をかけてきた。彼は工事用の作業着に身を包み、ヘルメットをかぶっている。

「きみら誰？　ここで何してんの」

「……一服を」匡海がとっさにこたえた。「いや正直に言うと、酔いさましっすね。さっきまでこのへんの居酒屋で飲んでて、飲酒運転上等で帰ろうとしたんすけど、なんか検問してるって情報が入ったんで」

「ふうん。そういや途中で見たな、警察。ていうか、代行を呼ぶ金もないのかよ」

「はい。飲み代にぜんぶ使っちゃって」

「でも酒臭くないね、きみら」

匡海は口ごもる。航があわてて調子を合わせた。

「そろそろ酒も抜けてきたんで、警察に見つからないよう遠回りして帰りますよ。ところで、そっちは？　こんな夜中に工事ですか」

「俺たちは解体機をとりにきただけだよ。こっちの現場に置きっぱなしのやつ」

解体機……。航は血の気が引いた。例の現場を担当している工事業者か。おそらく矢塚組と懇意にしている連中だろう。ちらと匡海のほうを見やると、彼もまた、青白い顔を浮かべていた。

「日中べつの現場で道路の舗装作業をしてて、それが不完全だったみたいで、さっき陥没して通行止めになったってよ。急いで舗装しなおせって上から苦情がきてさ、夜中に突然の強制出勤。ったく、笑えるよな」

その途中、通りかかった神社で不審な軽自動車と人影を見つけたので、降りて声をかけてみた、ということらしい。

「そうすか。大変すね」匡海は口早に言う。「あの、オレたち、もういくんで。そのトラック少し動かしてくれますか。このままじゃ出られないし」

「おっと、悪いな。すぐにどけるよ。そう不機嫌になるなって、若いの」

「いえ、べつに」

工事業者の男とトラックは去って、二人も車に乗って即座にその場を離れた。運転中、しばらく無言がつづいたが、やがて匡海がぽつりと言った。

「大丈夫だ。とくに怪しまれた感じはなかった」

「うん。問題ないよ」航は内心の動揺をなだめながら、頷いた。

匡海の実家に戻る。そして夜が明けるまで、二人は今後の行動について念入りに話し合った。こそこそするのはもう終わりだ、ここからはみずからアクションを起こしていく必要がある。より大胆に。

が、そんな二人の覚悟を嘲笑うかのように、朝の七時を過ぎたころ、匡海のスマホが唐突に鳴った。

というか、切っていた電源を入れたとたんに画面が光ったのだ。着信はランズのメンバーからだ。

「くっそ」匡海は顔をしかめた。「メールもたまってるわ。たぶん夜通し電話をかけていたな。……もしもし？」

匡海さんどうしてたんすか！　電話してもずーっとつながんないし、という電話越しの相手の大声は匡海だけでなく、航の耳にも届いた。

「……ちょっとトラブルがあってな」匡海は計画どおりに話す。「さっきようやく解放された、というか、自力で逃げてきたんだが……」

相手は何があったのか間を置かずに訊いてくるようだ。当然だろう。

「くわしくは会ってから話す。とにかく緊急事態だ。いますぐランズのメンバー全員、集めてくれ。……陸人の電話もつながらない？　ああ、だから、その説明も会ってからだ」

だが次の瞬間、匡海の形相は一変する。

「え、玉山会長にも？」

どうやらランズのメンバーはすでに、玉山会にもこの事態を報告したらしい。この事態とは――三人が突如姿を消し、この二日間、なぜか連絡がつかずにいるという不穏な状況のことだ。

「わかった」匡海は腹をくくったように瞳を光らせた。「なら予定を変更する。悪いが、おまえらへの説明はあとだ。オレはこれから航と二人で玉山会まで出向く。会長にはこっちから連絡を入れておく。心配かけてすまなかった」

匡海は電話を切ると同時に、天を仰いだ。「……という感じだ」

「状況は察したよ」航は言った。「さすがに三人そろって二日間も連絡つかずじゃ、みんな不審に思うよな」

匡海は指先を震わせながらスマホをいじった。玉山会へ電話をかけたようだ。

「……もしもし沖匡海です。……はい、ランズの。……ええ、ちょっとトラブルが発生しまして。えぇーと、そのことについて、お話が。リーダーの陸人のこと、それと、もしかしたら矢塚組とも関係が……。はい、はい、わかりました。すぐに伺います」

匡海はげっそりとした表情を浮かべ、電話を切った。

「……これで玉山会ゆきの切符は買った。会長……陸人の親父が待ってる。何があったのか直々に話を聞きたい、とさ。もう後戻りはできねえぞ」

航は神妙に頷いた。少々せっつかれるような格好にはなったが、一応、計画どおりである。あとは、うまく演技をするだけ――。

玉山会の事務所は、寺泊海岸から新潟市内へ向かって延びる十キロ以上のシーサイドライン――その途中にある。建物自体は、もともとヤクザとはなんの関係もない老舗の旅館だったが、何十年か前に経営難におちいって、その機に玉山会に買いとられたらしい。いまではヤクザの事務所兼いかがわしい業者や客の宿泊施設として利用されている。

そこを目指し、しばらく車を走らせていると、ふいに匡海がつぶやいた。

「ちょっと寄っていこうぜ」

彼はハンドルを左に切った。近くには荒々しい岩肌がそびえる浜辺があり、つづく砂利道に車を突っ込んだ。匡海は怖気づいたわけではなさそうだが、やはり先へ進むことをためらっている様子がうかがえた。

車から降りると、二人とも眼前に広がるきらびやかな朝の海を眺め、目をしばたたかせた。そして無言のまま、だらだらと浜辺を歩く。

「トビだ」途中、航は言い、立ち止まった。

前方に数羽、茶色い鳥が群がっていた。波打ち際に打ち上げられた魚の死骸をつついているのだ。魚は細かく食いちぎられ、汚れた骨をあらわにする。それすら鳥のくちばしに叩かれ、無様に砕けた。淘汰――。

航の胸に、悪臭にも似た憂鬱さが漂う。おれたちはどっちだ、と思った。鳥か、それとも魚のほうか。どっちだ。

「どうなるのかね、オレら」

匡海は言った。同じ光景を見つめ、彼は一体何を考えたのだろう。

「さあ」航はうつむいた。「なるようにしか、ならないよ」

「オレさ、この二日間、陸人の遺体と向き合って、あることを考えてたんだ」

「何を」

「オレたち三人が、出会った意味」

匡海の言葉に、航はつんと胸を突かれたような気分だった。

「答え、でた？」

「いや全然」匡海は自嘲気味に笑った。「頭に浮かんでくるのは、楽しかった思い出ばかりだった。くだらないことに笑って、あほみたいなことで喧嘩して、泣いて、ときどき命も懸けて……」

「おれは」航は顔をそむけるように水平線を眺めた。「少しだけわかるかも。その答え」

「なんだよ」

「本当の自分を知るため」航は言った。「弱さも汚さも、そういう、知りたくない自分もぜんぶひっくるめて、二人から教えてもらった気がする」

彼らと出会わなければ、おれはおれを知らないまま生きていただろう。この出会いを後悔したことは一度もなかった。

匡海は首をかしげるだろうと思ったが、意外にも納得したように、吐息をこぼした。

「本当の自分か」匡海は訊いた。「知って、そのあとはどうする？」

「選ぶ」航は即答した。「選んで、行動に移す。本当の自分に打ち勝つには、それしかないんだと思う」

匡海はしばしの沈黙のあと、暗い顔で頷いた。

パーキングエリアかと思うほど広い駐車場に車を停めた。二人は緊張の面持ちで玉山会の事務所へ足を運ぶ。年末年始の挨拶や、ときたまおこなわれる集会などに呼ばれ、何度もおとずれている場所だが、今回はいつもと違う。入口のドアをくぐると、心なしか殺気立った空気が鼻先をかすめた。出迎えたのは、五人の構成員だ。みなラフな格好で、旅館のラウンジそのままの場所で大股を開き、煙草を吹かしていた。

「おう」構成員の一人が、こちらを見て手を上げた。「よく来たな。いま会長を呼んでくるから、そこで待ってろ」

航と匡海はその場に立ち、後ろ手を組んで玉山会長がやってくるのを待った。やがて痰《たん》の絡んだ咳を大きく響かせながら、奥の廊下から、その男はやってきた。年々白髪や皺の数も増え、会うたびに具合が悪そうに顔をしかめているが、不思議と老けた感じはしない。気だるそうにしていても背筋は伸び、顎もつねに上向きだ。中肉中背、腹は出ていない。彫りの深い端整な顔立ちだが、笑うと少年のように幼く見える。分厚い耳たぶにダイヤのピアスを光らせ、さらにネックレス、時計、指輪など、ぎらついた値打ちものが目立つ。玉山会長は航たちを見つけると、にやりとして、「ひさしぶりだなあ」と言った。

「んで、話ってなんだよ。何があった」会長は言いながら、ラウンジのソファにどかっと腰を下ろした。「陸人がどうしたって?」

匡海は意を決したように小さく喉を鳴らし、言った。

「……報告します。二日前の夜、オレと航と陸人の三人は突然、ある連中に襲われ、拉致されました。

深夜のドライブを楽しんでいたときです。途中、奇妙なバンにあとをつけられていることがわかって、煽《あお》ってんのか、と思い、シメてやるつもりでひと気のない場所に車を停めました。するとバンから数人の輩が降りてきて、オレたちに襲いかかりました。連中はサングラスと帽子で顔を隠していました。応戦しましたが、相手のスタンガンをくらって自由を奪われました。顔に布袋をかぶせられ……視界をふさがれたままバンに乗せられて知らぬ場所へ運ばれました。ふたたび視界が晴れたとき、オレたちは狭くて薄汚い山小屋みたいな空間にいました。連中も近くにいましたが、こっちがいくら吠えても何もこたえず、あいかわらずサングラスと帽子で顔を隠したまま……。その不可解な監禁はしばらくつづき、やがて連中は、陸人だけを無理やり連れていきました。以降、彼の行方はわかっていません。とり残されたオレと航は、床に落ちていたガラスの破片を使って手首の紐を切ると、ドアを蹴破って外に出ました。あとになって気づきましたが、そこは山古志《やまこし》の森林で、どうやらオレたちが監禁されていたのは、いまは使われていない農作業の用具を仕舞う小屋だったようです。オレたちの持ち物は小屋の脇に無造作に置かれていましたが、陸人の持ち物は見当たりませんでした。くりかえしますが、陸人の行方は、よくわかっていません……」

玉山会長は臭い飯でも食わされたかのように鼻に皺を寄せた。その無言の圧に屈したのか、匡海はかすかに身を縮めた。すかさず航がフォローするようにつづきを話す。大丈夫だ、すべて計画に沿っている。

「おれたち、その連中に心当たりがあります」航は言った。「……たぶん、矢塚組のやつらのしわざじゃないかと。おれたちと因縁があるとしたら矢塚組だ。それに陸人がやつらに連れていかれるとき、あいつ、こう叫んだ。てめえら何者だ、まさか矢塚組のもんか、と。その言葉にやつらの一人が思わず反応して、不必要に陸人を殴ったんです」

「だから？」会長はぶっきらぼうに訊く。

「あ、いや、だから、えっと」航は言葉に詰まった。「きっとあの妙な監禁は矢塚組のしわざで、陸人の行方もやつらに訊けば、たぶん……」

「よくわかんねえなあ」会長は不服そうに口を曲げた。「どうして矢塚組がそんなまどろっこしいマネをする必要がある？　陸人のチームが気にくわねえなら、極道らしく正面切ってそう言えばいいだけの話だろ」

「それは……」航も身を縮めた。やはり、この話には無理があったのだろうか。

会長は頭を掻いた。「しかしまあ、矢塚の連中が陸人のチームに対して、ただならぬ害意を持っているのも事実といえば事実だしな」

「それは間違いないです」匡海は語調を強めた。「均衡を破るきっかけさえあれば、いつでも襲いかからんとする矢塚組の殺気を常々感じていました。近年のランズの勢いをうとましく思い、業を煮やして強硬手段に打って出たと考えたら、腑に落ちますね」

「うーん」

「探りを入れる必要は、あるかと」もう一押し、というように航は言った。

しようがねえな、と会長は舌打ちをし、部下に声をかけると矢塚組に電話を入れるよう指示した。が、わずかに間を置いたあと、「やっぱり俺がやる」と言いなおした。こういうことは会長みずからのほうが角が立たないと考えたのだろう。

航はほんの一瞬、匡海と目を合わせ、互いの意志を確認した。

順調だ、と思う。こんなふうに突然、対抗勢力のヤクザから身に覚えのない罪を疑われたら、矢塚組だって面白くないはずだ。ヤクザの世界には厄介ながら、メンツというものがある。この一本の電話は間違いなく争いの火種を生む。そして、のちに発見されるであろう陸人の遺体が、大量のガソリンの役目を果たすことになる。

「――おう、そうかい。それじゃ、お待ちしてますわ」

自身の携帯電話で矢塚組と話していた玉山会長は、そう言ってから、電話を切った。過度の緊張感が、航と匡海のあいだに生じた。

「矢塚組だが、これからうちまで出向くとよ」会長は言った。「しかも組長の吉治《よしはる》が直々にだそうだ」

「えっ、なんで」航はつい、前のめりになった。

「さあな」会長も少々戸惑っているようで、首をひねる。「陸人のことを訊いたらよ、何やらあっちもそのことでうちと話があるそうだ。向こうも、ちょうど連絡しようと思っていたところだったらしいが、一体なんだってんだ？」

航は焦った。隣の匡海を見やると、彼は唇を青くして固まっている。一体どうなっているのだろう。矢塚組が玉山会を訪ねる理由は、まだないはずだ。いや、まさか……。

「おい、冷蔵庫にカステラがいくつかあったろ」会長は部下に指示を出しながら、へらへら笑った。「うんと甘いやつを用意しとけ。馬鹿の矢塚吉治なんざ、糖尿病にでもなりゃあいいんだよ」

それから会長はラウンジ――というか一階のすべてのカーテンを部下に閉めさせた。一応もてなす準備をし、さらに幹部を含めた数名の構成員を集結させた。ラウンジはいっきに物々しい雰囲気となり、航と匡海は部外者のごとく端っこに追いやられた。

が、ふいに会長がゆらりと近づいてきて、「吸えよ」と煙草をすすめてきた。二人は恐縮しながらも一本ずつ受けとって、あざす！　と礼をしながら会長のジッポーライターで火をつけた。

「陸人のことなら心配してねえよ」会長は苦笑した。「と、言ったら嘘になるか。ただ、あいつももうガキじゃねえし。近年は密漁のほうで、おまえらと一緒に一定の成果を上げていると、ちゃんと俺の耳にも届いてる。本人の前じゃ恥ずかしくて言えねえけど、あいつはもう立派な極道だ、いつうちの若頭になってもかまわないと思ってる」

もちろんおまえら二人にも感謝してるぜ、と会長は言い足した。あの馬鹿息子によくここまでついてきてくれたな、と。

「……いえ、おれたちはべつに」航はうつむいた。

「つまり、あれだ、よけいな手出しはあいつのメンツを潰すかもしれねえって話だ。だから今日の矢塚組との会談は穏便にすませる。だが、もしも陸人の身に何かあったのなら、そのときは、わかってるな？」

航は瞬間、どきりとした。匡海も煙草を挟む指先が震えている。

「いつ抗争になってもいいように準備しとけよ。それと、覚悟もな」

会長はそう言い残し、またラウンジのソファに腰を下ろした。

航はその場で硬直し、ことの重大さをあらためて実感した。玉山会長の息子に対する期待と愛情は、やはり大きい。もしも彼が息子の死を知ったなら……。すると匡海がそっと航の肩に手を置いて、「大丈夫だ、動揺するな」とつぶやいた。が、その声はかすれていた。

およそ二時間後、矢塚組の面々がぞろぞろとやってきた。十五人ほどだ。

組長の矢塚吉治は小柄で太った中年親爺だった。典型的な強面《こわもて》のスキンヘッド。似合わないスーツ姿で、ネクタイはせず、ワイシャツのボタンを少し開けている。その隙間からもじゃもじゃの胸毛がはみ出している。彼はラウンジに招かれるなり、軽妙に玉山会長へ近づいて握手を求めた。会長はそれに応じる。

「ご無沙汰」矢塚吉治は言った。「最後に会ったのはいつだっけ。忘れた」

「三年くらい前だな」玉山会長は肩をすくめる。「神奈川のほうで妙な刺殺事件が起きたとき、うちのもんとそっちのもんの関与が水面下で囁かれて、しようがねえから合同でアリバイ調査をやったろ。みなシロだとわかったあと、労《ねぎら》いの高級中華を食った」

「忘れたわ」

組員はお互い、適度な距離を保ち、静かなにらみあいを開始した。ひりついた空気が漂う。

「正直、馬鹿話はしたくない」矢塚吉治は言った。「実際そんな余裕もない。さっそくだが本題に入らせてもらうわ。まずい事態が発生した。うちにとっても、あんたのとこにとっても」

「どういう意味だよ」会長はひたいに皺を寄せる。

矢塚吉治は、背後にいる二人の組員を振り向いて、顎をしゃくった。彼らは寝袋のようなものを二人がかりで持ち上げていた。組長の合図によって、彼らはゆっくりと前へ歩み出る。彼らのうちの一人は意味深に目を光らせ、こちらを見ていた。航と匡海を。

瞬間、航は驚きのあまり目を見張った。すぐさま匡海のほうを向くと、彼も狼狽《ろうばい》の色を浮かべた。

——あいつは夜中の工事業者の男……。じゃあ、あの寝袋の中は、まさか……。

二人の組員はそれを床に置く。玉山会長の目の前だ。そしてためらいなく袋のファスナーをしゅっと開けた。航は思わず悲鳴を上げそうになった。自分の頬が痙攣《けいれん》しているのがわかる。

袋の中から、陸人の遺体が顔を出す。動揺によるざわめきが、その場を駆け巡った。

「陸……」玉山会長はつぶやき、力なく膝を折った。「嘘だろ、おい……」

いまの航の位置からでは、それはよく見えない。が、数時間前まで、この目に焼きつけるように眺めていた。わずかな命の欠片《かけら》すら削ぎ落としたような白さで、生前の荒々しさが嘘のように、穏やかそうに目を閉じている。反面、腐敗はかなり進行しただろう。死してなお、陸人は痛めつけられた。ほかならぬ親友の手によって。

突然、玉山会長は雄叫《おたけ》びを上げた。

「陸人！　目を覚ませ、どうした、おい、どうした、目を覚ませこのやろう！」

大粒の涙が、会長の頰に光る。みな時間が止まったかのように息をひそめていた。しだいに凶兆が漂い、その場の空気を凍らせはじめた。航の口は乾ききり、かすかな唾液さえにじまない。

「残念だが死んでる」矢塚吉治は低い声で言う。「ちょっと見させてもらったが、太い針か何かで首を刺されたみたいだな。おい待て待て！　にらむなっつうの。誓って言うが、うちのしわざじゃない。むしろ、こっちもシマを荒らされた被害者だ」

玉山会長は陸人の遺体に視線を戻す。沈黙。航は肺が潰れそうなほどの息苦しさに襲われた。やがて会長は、何やらぶつぶつと口走りながら、尻ポケットからナイフを取り出した。折りたたみ式で、刃の短いものだ。

「おいおい」矢塚吉治がそれを見て表情をこわばらせる。「頼むぜ。冷静になれよ」

しかし玉山会長の耳には入っていない様子で、彼はそのナイフを小さく振ると、ぐさりと自分の太《ふと》腿《もも》に突き刺した。濁音まじりのうめき声が響く。

まわりの者たちはみな、唖然とした。

そして会長は「くそが！」と大きく吠えた。自分に対し過度の痛みを与えることで、かろうじて自我の崩壊を防いだかのように見えた。

「くそったれが」会長は血のしたたる太腿を押さえながら、立ち上がる。「……どういうことだ、何があったのか教えろ」

さすがの矢塚吉治も少々怖気づいたように再度、「うちじゃない」と言い、かぶりを振った。

玉山会長の顔は憎悪に満ちた。航は歯がガチガチと鳴るほど、ぞっとした。どうかあの目がこちらへ向かないようにと航は願った。しかし……。

「おいタツ、説明してやれ」矢塚吉治のひたいにてかてかの汗がにじむ。

「うぃっす」

そう言って一歩前へ踏み出した男は——夜中の工事業者の男だった。タツ。

まずい、と匡海がぼそりとつぶやく。航も息を止めた。

タツという男は、夜中に会ったときよりも低く落ち着いた声音で、話しはじめた。自分は矢塚組の新構成員だが、もともと工事関係の仕事などにたずさわっていた。その経験をいかし、いま矢塚組の新しい事務所を建てるための初期工事にも加わっている。ただ、ヤクザの事務所が建つとなると、やはり周辺住民はいい顔をしない。不安や嫌悪の声が上がるのも否めない。それをすべてないがしろにして、着工した。だから、こっちにも懸念はある。うちは古い体質のヤクザじゃない。住民にでかいツラをしたままドーンと構えるだけの無防備なヤクザじゃない。もちろん威厳は保つが、その裏で警戒もおこたらない。実際に新しい事務所が完成するまで、住民からの妙ないたずらや嫌がらせ、あるいは、この機に乗じようとする対抗勢力の連中を寄せつけないため、日々、深夜パトロールにいそしんでいる。工事業者そのままの姿や、ときどき地元消防団などを装ったりして。

そして、この日の夜中も当然——。

「で、現場近くの神社の駐車場で、不審な二人の男を見つけましてね」

タツは飄々《ひょうひょう》と言った。

取り囲む構成員たちにまぎれ、航はあとずさった。

タツはさらに話をつづける。その二人の男は、どうにも怪しげな様子だった。巡回用のトラックから降りると声をかけ、解体機うんぬんと嘘をついて、とりあえず親しげに話をした。が、内心じゃうちの事務所の土地にいたずらでもしやがったのか、と疑い、後々何かあった場合に追跡できるよう、彼らの身分証になる物を盗もうとした。が、うまくいかなかった。そのかわり、トラックの中に残っていたもう一人の仲間が、車内から、その二人のうちの一人の顔をスマホのカメラでこっそり撮った。彼らと別れたあと、もちろん心配になってすぐさま工事中の土地へいき、剝がされたアスファルトやその下の土に懐中電灯の光を当て、まんべんなく滑らせた。

「毎日作業してるとわかるんすよ。おや、現場の土の様子が昨日と少し違うような気がするなって」

なんとなく違和感を覚え、足で軽く蹴るようにして、一帯の土を浅く掘り返してみた。すると、だ。妙なビニール袋の端っこが顔を出した。オイここに何か埋まってるぞ！　と仲間にも声をかけ、トラックからシャベルを引っ張り出すと、ザクザクと土をめくった。

「あとは説明不要だと思うけど、一応は」と、タツは言った。「男の遺体が埋まってた。よく見るとそれは、このへんじゃ密漁で有名な若いヤクザのリーダーだった。まじで驚愕したよ。とんでもない事態が起きたって、すぐに組長へ報告した。同時に、夜中に現場近くにいた不審な二人組の男のことも。さらに、そのとき撮ったそいつの顔写真を組員のみんなに回して、この顔に心当たりのあるやつはいるかー、って尋ねたわけです」

瞬間、タツは、航と匡海のほうへ視線を向けた。ねちっこく責めるようないやらしい目つきだ。

「これが、その写真ですね。不審な男の顔が写ってる」タツは言いながら、自身のスマホの画面を玉山会長に見せた。「で、ちょうどそっくりな男が、あそこに」

タツは、匡海の顔を指さした。

「あなたの跡継ぎを殺したのも、埋めたのも、矢塚組のしわざじゃない。組長と同じく、俺も誓うよ。じゃあ一体誰が？　という話になるけど、それはこの夜中、現場近くにいた人間に問うてみてくださいな。俺からは以上っす」

玉山会長はタツが差し出したスマホの写真をじっくり眺めたあと、そうか、と何度か頷いた。そして静かに目を閉じ、口だけを動かした。「おまえら、俺の前にこい」と。

航は、股間がすーっと冷えるのを感じた。先に匡海が歩き出す。殺伐とした空気。二人は刺すような複数のヤクザの視線を受けながら、会長の前に立った。近くのタツが、「また会ったな」と陽気に声をかけた。

「これは、おまえだな」会長はスマホの写真を匡海に見せる。「たしかこの二日間、誰かに暴行され、拉致、監禁されていたと言ってたが、この写真の中のおまえは、べつに監禁されているようには見えねえけど？」

写真には匡海の顔だけでなく、例の神社の背景までしっかりと写り込み、そして日時も記されている。

会長は匡海に詰め寄る。「矢塚さんのもんの話にとくに矛盾はないが、俺はまだ百パーで信じたわけでもねえ。一応、対立ヤクザの言い分だからな。そこで、おまえに一回だけチャンスをやる。俺の心象を覆すような説明をしてみろ」

「わ、罠です！」匡海は甲高い声を上げた。「これは加工された写真だ、捏造《ねつぞう》です。きっと矢塚組のやつらがオレをはめるため、こんな……」

すると玉山会長はくるりと背中を向け、近くのテーブルの灰皿を雑につかみとった。吸殻と灰がはらはらとこぼれ落ちたが、おかまいなしだ。周囲が戸惑うなか、会長はそれを短く振って、しかし力強く匡海の顔を殴りつけた。匡海は膝をつき、片手でこめかみを押さえた。

「おい大丈夫か」航はあわてて匡海に寄り添った。

「馬鹿にしてんのか、てめえ」会長の口調は怒気をはらんでいた。「俺は説明しろと言ったんだよ。次に加工だの捏造だの、くだらん戯言《たわごと》をほざいてみろ、耳を切り落とすぞ」

「……すみ、ません」匡海は怯え、泣きそうな声をもらす。

「いいか、てめえは俺に嘘をついたんだ。この写真がその証拠だ。もう一回言ってやる。なぜ嘘をついたのか、説明しろ」

「会長、どうか、おれたちの話を聞いてください」

今度は航が言った。しかし次の瞬間、ひたいに鋭い衝撃を受け、視界の奥で銀の光がはじけた。灰皿がびゅんと飛んできて、航の顔面を直撃したのだ。

「おまえもだ、くそがき」会長は言った。「こいつと一緒にこそこそ何をやってた。陸人……俺の、俺の息子は、なぜ、なぜ死んだ。さっさと説明しろ！」

沈黙。それが航たちの答えだと会長も察したに違いない。あの時間、あの場所にいたことがばれた時点で、もはや言い逃れは不可能である。正直に説明できないようなことを二人はしたのだ、と。

「玉山さん、ちょっといいかい」静観していた矢塚吉治が口を挟んだ。「あんたの怒りはもっともだと思うよ。しかしな、これはうちの問題でもある。身に覚えのない他殺体を事務所の土地に隠され、その罪を着せられようとした。こりゃあ、笑えない偽装工作だ。ていうか、最大級に悪質なシマ荒らしだわな」

会長は無言で矢塚吉治のほうを見やる。

「うちのシマを荒らした犯人の処遇を、ほかのヤクザにすべて任せるっていうのは、あまりよろしくない展開だ。いわゆる組のもんに示しがつかねえ、ってやつだ。同じ頭領のあんたなら、よくわかるだろ」

「何が言いたい？」

「一人くれ」と、矢塚吉治は言った。「シマ荒らしの犯人は二人いる。こっちで始末するぶんをくれたら、あとは、あんたの顔を立ててこれ以上は口を挟まない」

「なるほど」会長は鼻を鳴らした。「わかった。どっちがほしいんだ？」

「そうだな。じゃあ顔写真を撮った因果だ、そっちの短髪のほうを貰おうかね」

矢塚吉治は匡海のほうを向いて、さっと首を揺らした。

「……お願いだ、やめてくれ」

匡海はとうとう泣き出した。

うっすらと笑みを浮かべたタツが、匡海の髪をわしづかみにして、強引に立たせると矢塚吉治の前まで引っ張った。タツはそのまま匡海の背後に回ると、片腕で首根っこを絞めつけながら、さらにポケットからナイフを取り出して匡海の顎のあたりをなでた。

「すでに罪状もわかってる」矢塚吉治は言う。「うちとしては、これ以上こいつを尋問する必要はない。あとは処分するだけ。それで組のもんには示しがつくし、溜飲も下がるだろう。だから玉山さん、あんたが望むのなら、この場でこいつを殺してもいいぜ」

「かたじけない」会長は冷静さを必死に保とうとするかのように、大きく深呼吸した。

「いやだ」匡海はうめくように声を上げた。「頼むから、やめ……」

「さて、つづきだ」

玉山会長は言うと、ふっと航のほうを見やり、手招きした。おまえの処分はこっちだ、とでも言いたげな冷酷な目つきに、航はわなわな震えた。

「さあ何があったのか、言え。なぜ陸人は死んだ――いや、俺の息子を殺したくそやろうは誰だ」

獰猛《どうもう》な猛獣が、血走らせた目を向けてくる。航が黙っていると、会長はいらだちをあらわにし、「おい。誰かあれを持ってこい」と部下に命じた。航は何かされる、と察し、やめてください、と哀願したが、無視された。

部下の男が注射器と三つの小瓶を持ってきた。小瓶にはそれぞれ異なる生き物が入っていて――ゴキブリ、ミミズ、ナメクジだった。みな生きている。

部下は顔をしかめながら、航を会長の前にひざまずかせ、さらに床の上に差し出すようにして右手を置かせた。そして手際よく小瓶の蓋を開けると、まずはゴキブリをピンセットで二匹つまみ上げ、注射器の中にポイと入れた。狭い空間に入れられた二匹のゴキブリは激しく脚をばたつかせる。

「ゴキブリ汁ってやつだな」と、部下は言う。

「やめてくれ、お願いだ」航はぶんぶんと首を振った。

しかし会長の「やれ」という声は無情にも響く。その指示のもと、部下は航の中指の爪の隙間に注射器の針をずぶりと突き刺した。裂けるような激痛が走る。航は口をあんぐりと開け、唾液をしたたらせ、鈍い悲鳴を上げた。身悶えかけた航を、別の部下が背後から押さえつけた。

「注入しろ」会長はさらに言う。部下は少し気の毒そうに頷くと、注射器の押し子をゆっくりと押した。当然、その中のゴキブリたちはガスケットによって静かに押し潰されていく。航が絶叫しているあいだ、部下は何度かその動きをくりかえした。ゴキブリたちは圧迫されてねじまがり、妙な液体を出しながら混ざりあい、やがてただの黒い塊となった。それからようやく、航は、指の中に何かが入り込む感覚を味わった。底なしの痛みと、指の中に流れてくるものの不快感によって意識が朦朧とした。

「次はミミズだ」会長は淡々と言う。「嫌なら早く話せ」

しかし航はかぶりを振って、口を閉ざした。

頭の中に、平永莉瀬の顔が浮かぶ。彼女とともに決めたルールのことも、同時に思い返した。陸人の死については自分たちだけでケジメをつける、何があろうと彼女のことはいっさい口に出さない。そう約束した。しかし、この崖っぷちの状況。本当のことを話さなければ、おれと匡海は殺される……。

いいや、違う。

たとえ本当のことを話しても、おれと匡海は殺されるだろう。死の確率が九十九から九十八程度に下がるだけのことだ。つまり、何も変わらない。

やれ。会長の言葉とほぼ同時に、次は薬指の爪の隙間に注射器の針が刺し込まれた。指先が一瞬熱くなり、そのあと痛み以外の感覚が消えた。つんとした臭い汗が体中から吹き出る。そして先ほどと同じ行為がくりかえされた。今度は数匹のミミズを混ぜて、だ。

航はヒーヒーと息を切らしながら、それでも話さなかった。

「なかなか頑固だな」会長はしゃがみ、航の顔をのぞきこんだ。「じゃあ、こうするか。おまえとおまえ、どちらか一人、本当のことを話したほうの命を見逃してやる。一秒でも早く先に話したほうの命を」

玉山会長は矢塚吉治のほうを向き、「べつにかまわんだろ？　その一人を、あんたがこの場で殺してくれたらいい」と言った。

矢塚吉治は逡巡しながらも、「まあいいか」と頷いた。

——会長の嘘だ。

と、航は瞬時に気づいた。どちらか一人の命を見逃すなど絶対にありえない。会長の憤怒《ふんぬ》はもはや狂気の域にまで達している。その怒りを抑制するつもりなど最初からない。

航は横目でちらりと匡海を見やった。彼もタツによって背後から押さえつけられ、首元にナイフを当てられている。その表情を見るに、やはり彼も気づいているようだった。二人とも、残り数分の命だということに。

「……会長、本当のことを、話します」航はつぶやいた。

頬をなでる死の感触。航の恐怖は際限なく膨らんだ。が、その一方で、心の一部は驚くほどに冷静だった。その部分は、妹の鈴音に見破られた、氷のように冷たい航の本性にほかならない。

航は今日、この瞬間までの人生を振り返る。

親から教わったのは理不尽な痛みだけだった。唯一の心の拠《よ》り所《どころ》だった妹も、のちに里子に出され、自分のもとから去った。その反動か、航は人一倍、孤独に弱かった。つねに他者とのつながりを強く求め、そうして得たものを心から大切にした——いや、してきたつもりだった。

しかしこの人生のなか、本気で誰かを想いながら流した涙が、はたして本当にあっただろうか。鈴音が自殺したとき、陸人が殺されたとき、いずれも自分は泣いたけれど、あれは心の底から溢れた真の涙だったのだろうか。

欠陥——。

鈴音に言われた言葉だ。ずっと頭の片隅にこびりついたまま、拭えなかった。

そう、あのときに気づいた。そしていま、認めざるをえない。

おれは人生のスタート地点でつまずいたんだ。怪我をした足を無様に引きずりながら、本来棄権すべきレースを、だらだらとつづけているにすぎない。ゴールなどできない。誰とも、何ひとつ、分かちあえない。結びつくことも叶わない。けっして、幸せになどなれない。それが、おれという存在なんだ。

イメージはいつだって、深い海の底だ。何も映さない暗い海へ身を沈める。たった一人で。そこで、はらはらと溶ける。跡形もなく。誰の目にも記憶にも残らないほど、小さな屑《くず》となる。たった一人で。

それだけが望みだと、いま気づいた。

「……陸人を殺したのは、おれです。おれが、あいつを殺しました。最近、おれとあいつは、どうにもそりが合わなかった。あいつの過激なやり方に、おれがついていけなくなったんです。言い争いも増えた。それが先日、とうとう爆発して、あいつとおれは取っ組み合いの喧嘩になった。陸人のほうが強くて、あっさりマウントをとられて、首をぐっと絞められて……。このままじゃ殺されるって思った。だからとっさに、床に落ちていたボールペンを手にとって、反撃した。二の腕を狙ったつもりだったけど、あやまって首を刺して……」

航は言った。

妹も、親友も、見捨てることができた薄情な人間だ。鈴音のＳＯＳに気づきながら、親身になることから逃げ、あげく死なせた。いつも強いまなざしで自分を導いてくれた陸人の死を嘆きながら、その遺体を利用することを結局ためらわなかった。自分が許せないと思う一方で、それを受け入れる静かな感情も把握していた。だからこそ、いまなら、おのれの命を投げ出すこともさほどむずかしくはない。

――どうせ死ぬなら、最後の最後、大切な誰かのために……。

航はそう思った。ほとんど自己満足的な罪滅ぼしだが、そうなればいい。最後に誰かをかばうことで、守り抜くことで、見捨てた者たちへの、せめてものつぐないにしたい。

本当の自分を知ったいま、あとは選択と行動で、それを打ち破るしかなかった。

「……匡海は、なんの関係もないんです。陸人が死んだときも、その場にいなかった。おれが無理やり巻き込んだんです。どうにかしてごまかしたい、協力してくれ、と。おれは死んだってかまわない。それが報いだから。だけど匡海は、見逃してやってください。こいつまで裁きをうける理由はない。陸人だって、そこまでは望んでないはずだ」

決死の訴えである。さらに航は頼みます、頼む、と強く言った。

「おい、航、よせ」匡海は弱々しく首を振る。

玉山会長はため息をついた。

「いずれにしろ、おまえと揉めたうえで、俺の息子は死んだんだな？　そこは間違いねえんだな？」

「……はい」

「わかった」会長は鼻孔を大きく膨らませ、矢塚吉治のほうを見て頷いた。「矢塚さん、そのクソを殺してくれるかい。いまここで」

匡海は目を剝いた。

矢塚吉治はその言葉を想定していたかのようにゆっくり自身の顎をなでた。

「床が汚れちまうけど、いいか？」

「かまわんよ。すでに俺の脚の血で汚れちまってるし」

「了解」矢塚吉治はさっと手を振った。「タツ、いいぞ」

「ちょっと待って！」航は必死に声を張った。「お願いだ、殺すならおれだけを、おれだけを、匡海は関係ない、おれが、おれが……」

「航」

背後からタツに押さえつけられたまま、匡海は歪んだ笑みを浮かべた。そして、彼は首を振りながら何かをつぶやいた。その声はあまりにも小さく、航は聞きとることができなかった。

「シマ荒らしの報いだ」タツは言いながら、匡海の体をくるりと回し、自分の正面に向かせた。「悪く思うなよ」

タツはナイフを持つ手を匡海の首のところで横一線に振った。航の目には、不自然によろめく匡海の背中がしっかりと映った。それから彼は踊るように反転し、わずかながらこちらに歩み寄りつつ、片手で喉を押さえて床にくずおれた。匡海の手の隙間から、どぼどぼと赤黒い血が溢れ出ている。

「うあ、そんな」

航は手を伸ばした。しかしその手が親友に届くことはない。

真っ青な空の下、子供たちのはしゃぐ声が響きわたる公園——あの日出会ったかけがえのない親友が、いま無残な姿で朽ち果てようとしている。航は心身が灼熱《しゃくねつ》にあぶられたかのように、辛かった。

わかっていた、こうなるであろうことは。しかし場面はいつまでも硬直を許してはくれない。苦しまぎれでも賽《さい》は振られる。そして目は死を出した。

匡海は床の上で、体をくねらせた。目の焦点も合っていない。頭を左右に激しく振り、足をがたがたさせ、自身の頬を流れた血の上で滑らせた。

「まさあ、まさうみい……」航は幼子のように声を濁らせた。

やがて、匡海の痙攣にも似た動きはぴたりと止まった。

タツがそれを見下ろし、「死にましたね」とつぶやいた。

矢塚吉治は咳払いをしてから、言った。「こいつの後処理もこっちでやっとくよ。あとは、そちらのご自由に。俺たちはもう引き揚げるが、いいかい？」

「ああ」玉山会長は静かに頷いた。「煩わせたな。すまん」

「いいさ」矢塚吉治は肩をすくめた。「普段は仲良くできない間柄だ。こんなときくらいは、お互い円満にすまそうや」

矢塚組の者が二人がかりで匡海の遺体を運び出し、さらに組長の合図でほかの者たちも退散していった。それを見届けたうえで、矢塚吉治も「じゃあな」と手を振り、あっけなく帰っていった。

ラウンジには玉山会の者だけが残った。敵意と殺意、そして虚無の混ざりあった異様な雰囲気である。会長は陸人の遺体の前であぐらをかいて座ると、こらえていたものを解放するように、おうおうと嘆きを響かせた。そして語りかける。父と子の思い出を。俺は父親失格だった、でもこれだけは言える、俺は誰よりもでっかい夢をおまえに見ていた、それこそ、おまえ以上に――。

「安らかに眠れよ、陸人」会長は片手で陸人の頬に触れた。「さてと」

ついで彼は涙を拭き、よいしょと立ち上がると、航のほうへ近づく。そして上から航の髪の毛をわしづかみにし、顔をぐっと上げさせた。次は自分が死ぬのだろう、と航は思った。わかっている。しかたない。

だが、玉山会長は据わった目を向け、こう言った。

「死ぬのはまだ早い。まずは、死にたくなるほどの苦しみを味わってからだ」

戦慄が体を突き抜ける。航はすがるように、ズボンの上からそれに触れた。

＊＊五年後＊＊

深夜二時、柳内はうめくようなため息をつき、瞼を揉んでいた。

署の一室を使い、東辺と石垣を加えた三人で、いくつかの資料を読みあさっていた。例の焼死体から出てきた遺留品についての調査である。

「ダイビング用のライト」石垣は言う。「たしかに密漁の際に使う道具のひとつ——というか、あたりまえですよね。だって海に潜るわけだから。ただ、だからといって、あの焼死体の男が密漁者だったと考えるのは早計でしょう。言い出しっぺの僕が言うのも何ですけど」

もちろんだ、と柳内は顎を引く。当然、海に潜るたぐいの仕事はほかにもあるし、それ以外の可能性だって、いくらでも考えられるだろう。が、柳内は例の焼死体について自身が最初に抱いた印象を思い起こしていた。殺して、燃やして、埋めた。あるいは焼き殺したあとに、埋めた。どちらにせよ、このやり方は堅気じゃない連中、つまり「無法者」のそれを連想させる。その直感に従い、被害者は密漁と何かしら関係の深い人物だったのではないかと仮定して、調べてみることにしたのだ。

「十年さかのぼってみても、中越地区の密漁にかんする事案はそう多くないぞ」

東辺は資料をにらみつけながら言った。

まずは遺体が発見された場所から考察し、中越地区の海と限定した。鯨波《くじらなみ》、石地《いしじ》、薬師堂《やくしどう》、野積《のづみ》、寺泊——。これらの海で密漁をおこない逮捕された者と、その疑いを持たれたまま溺死した者の記録が、それぞれ数件ほど残されている。資料によると、検挙されたのは素人の密漁グループ、一般の漁師やダイバーなど。プロの犯行は記録されていないようだが、ここでいうプロとはヤクザ系列の密漁団のことであり、彼らは大抵、警察に捕まったとしても自身の所属する組については口を割らず、あくまでも一般の不良漁民を装うようだ。一応、注意書でそう記されている。

「正直、俺が知りたいのはプロの密漁団の記録なんだが、これじゃあ、たしかめようがないな」

柳内は椅子に座ったまま、ぐっと伸びをした。

「資料には記されていなくても、取り締まる側はちゃんとわかっていたと思いますよ。相手がプロかどうか、ということくらい」

石垣はつづける。「ただ、連中も狡猾《こうかつ》ですからね。現行犯逮捕という状況でも、密漁をやったのははじめてだ、とか何食わぬ顔で偽証するでしょう。その件にかんしては自供しても、これまでの密漁のこと、さらには直系ヤクザについては絶対に自白しない。しかたないから、こっちだって目に見える違反で検挙するしかない」

僕が過去にかかわった密漁の犯人もそんな感じでした、と彼は言い足した。

つまりこれ以上、資料とにらめっこしていても時間の無駄、というわけか。

「取り締まる側はわかっている、か」柳内は言った。「なら、海保に話を聞いてみるか」


翌日、柳内と東辺は新潟市内の海上保安部をおとずれた。仕事上、石垣はふたたび別の班に戻ったが、「何かあったら呼んでください。すぐに駆けつけますから」と、未練たらたらの表情を浮かべていた。

この手の事案にくわしい職員を当たり、来客用の部屋で話を聞いた。応対してくれたのは鳶田《とびた》という小柄な中年男性だ。暑苦しそうな濃い顔立ちだが、話してみると一転してひかえめな印象を受けた。

「中越地区の密漁ですか？　近年じゃプロの密漁団の情報はほとんど入ってきませんな。ここ数年で規制もかなり厳しくなっていますし、チンピラのダイバーが遊び半分でやっている現場を地元漁師に通報され、警察が出向くといったケースばかりかと。海保が内偵に入るような事案は、とくに報告されていません」

と、鳶田は言った。柳内はすかさず、「過去にはどうだったのでしょう？　たとえば、この十年間を振り返ったとして」と訊いた。

「それなら数年前の話になりますが……寺泊の海ですね。しかもダントツで。あの時期、あの海での密漁は本当にひどかった。まさしくプロの犯行。幾度も追い回し、内偵の末に何人かは摘発しましたが、結局は連中の属する組織までたどりつくことは叶いませんでした」

「それでも、どこの組織なのか大方の見当はついていたのでしょう？」

「もちろん」鳶田は厳格そうに頷く。「ランズという比較的若いヤクザの集団で、寺泊の密漁はほぼ、この連中のしわざだったと思われます。やつらはとにかく、ハズシが抜群にうまかった」

ランズ。ヤクザの組名らしくないな、と思った。

「ハズシとは？」

「あなたがた刑事も同じでしょうけど、立件のむずかしい事案にかんしては、やはり物的証拠を押さえる必要がある。密漁なら現行犯逮捕が一番だ。人もブツも道具もすべてそろってる。そのため、まずは内偵から進めるんですよ。相手の行動パターンを知り、分析し、確実に逮捕できる場所や時間を突くわけです」

「ふむ」

「とはいえ、相手だって自分たちの弱点など重々承知していますからね、独特の嗅覚をもってして、その場所や瞬間を避けてくる。これが、いわゆるハズシというやつです」

なるほど、と柳内は喉を鳴らした。ランズという密漁団は、その処世術にたけていたらしい。

「ランズか……」柳内の横から身を乗り出すように、東辺が口を開いた。「鳶田さんよ、さっき、やつらの何人かは密漁で摘発したと言っていたけど、結局のところ、その組織の壊滅には至らなかったわけだな?」

「ええ。それも、さっき言ったとおりです。連中はそのときの密漁は認めても、素性にかんしては一般のチンピラ漁民を装って、属する組織を頑《かたく》なに隠していました」

「じゃあ、現在そのランズの連中はどうしているんだ」東辺はさらに訊く。「あんたの話だと、近年の中越の海にプロの密漁団はいねえんだろ?」

鳶田はふと考え込むようにうつむいてから、言った。

「やつらはいつからか、ぱたっと姿を見せなくなったんですよ」

「それは密漁をやめた、ということでしょうか」

柳内は訊きながら眉間に皺を寄せた。

「はい」鳶田は頷く。「私は地元警察じゃないのでくわしくは知りませんが、いくつかの噂は耳にしました。別のビジネスをはじめた、活動拠点を移した、ライバルのヤクザと揉めて消滅した――など」

なるほど、と柳内は腕を組んで天井を見上げる。何かが結びつきそうな予感がした。

「まあどんな背景があるにせよ、海の平和が一番なので」鳶田は言う。「ただ密漁団にかんしては、こちらの捜査によって壊滅させたかったというのが本音ですが」

ふと思い、柳内は訊いた。「そのランズというヤクザは、密漁以外で問題を起こしたことは? それほど密漁の術にたけて、好き勝手やっていたのなら、ほかにも何か問題を起こしていそうなものですが」

　鳶田は目を光らせ、そうですなあ、とひとさし指を立てた。

「いっとき、地元漁師とかなり派手に揉めていたと記憶しています。当然ですな。密漁団は漁師たちの天敵だ」

　いわく――魚価が少しずつ低迷していくなか、厳しい経営状況におちいる漁業者は年々増えている。その中で必死に育て養殖したナマコなどの宝が奪われていくのだ。彼らだって人生と命を懸けて漁に出ているのだから、密漁という違法行為を黙って見過ごすことはできない。当時、地元漁師たちは自警団を結成して、夜ごと見回りに出ては密漁団を見張る活動をおこなった。連中が密漁しづらい環境をつくるのだ、と。しかし、それに励み一睡もしないまま漁に出る、といった無理がたたり、体調を崩したりそれが原因で仕事のミスをやらかす者が出てきてしまう。つまり漁師たちがその理不尽な悪環境にいらだちを覚えるのは、必然のことだった。

　誰のせいだ？　やつらのせいだ、密漁団を許すな――。

「居酒屋での乱闘騒ぎもありましたし、たしか、些細だがデモ活動もやったはず」

「でも漁師たちは結局、引き下がったわけですよね」柳内は言った。「ランズの密漁は長年、跋扈《ばっこ》していたのだから、そういうことだ」

　鳶田は神妙に頷く。

「対立がつづく中で、地元漁師の一人が行方不明になったんですよ。あのとき、その人を捜索するのにうちも船を出しましたからね、よく覚えています」

　ランズと地元漁師たちの対立が熾烈《しれつ》を極める中で、あるとき一人の漁師が行方不明になったという。

その夏の夜、彼は妻と高校生の娘、さらに夏休みを利用して遊びにきていた甥《おい》っ子たちを連れ、寺泊の浜辺へ出かけた。歩いていける距離だ。コンビニで買った花火で子供たちを遊ばせ、その様子を眺めながら、彼は妻と一緒にのんびりと缶ビールを飲んで過ごした。途中、トイレにいくと彼は言い、その場を離れた。しかし彼はそのまま戻ってこず、姿を消した。

「アルコールも入っていたようなので、あやまって海に落ちて溺れてしまったんじゃないかという憶測が立って、すぐに地元の漁師仲間たちが船で捜しに出たが見つからず、のちに海保もその捜索隊に加わりましたが……」

鳶田は沈痛な面持ちでかぶりを振った。溺死体は浮かばなかった。

では何か事件に巻き込まれたか、あるいは、本人の意志で失踪した可能性もある。家族はすぐに捜索願を出したが、その後も彼が見つかることはなかった。

「海に溺れたわけではなく、みずから姿を消したわけでもないのだとしたら……」

柳内は恐々とつぶやいた。鳶田はうむ、と頷く。

「相手はヤクザですからね、当然そういう噂も立ちましたよ。事実、仲間が一人、不可解に姿を消したことで、怒っていた漁師たちはみな怖気づいて対立は沈静化しました」

以降、寺泊の海は密漁団ランズの帝国と化した。漁師たちを退けた連中はさらに勢いをつけ、警察や海保の捜査の網を何度となくかいくぐりながら、長らくその海を支配しつづけたという。

「しかしいま、そのランズはいない」柳内は言った。「連中が姿を消した時期についてですけど、どのくらい前だったのか、正確に記憶していますか?」

鳶田はしばし考え込んでから、「えぇーと数年……たしか五、六年ほど前だったかと」とこたえた。

柳内は思わず、東辺と目を合わせる。彼の瞳にも独特の光が宿った。ついで柳内は、行方不明になった漁師の名前を尋ねた。鳶田はそうくると思っていた、といわんばかりの素早さで、手持ちのノートパソコンを開いた。「捜索記録が残っていますので、データベースにアクセスすればすぐに……」

やがて鳶田は言った。「藤北篤彦《あつひこ》さん、という方ですな。当時、四十五歳」

柳内は礼を言いつつ、即座にそれをメモする。名前と、当時の住所も——。

が、そのとき、はっとして息を止めた。

「その藤北篤彦さんですが、くわしい家族構成などは？」

「とくに記録されていませんな。ただ先ほども言いましたが、妻と高校生の娘さんがいたことは間違いありません。なぜ覚えているのかというと……」

——お願いします、もう一度、船を出してください、お父さんを捜してください！

「当時、そういう娘さんからの通報というか、電話が何回もあって、じつは私も一度、受けました。ただ、最初の捜索の段階で海保の役目はほとんど終えていたんでね、断らざるをえないのが心苦しかったと記憶しています」

鳶田はひたいに皺を寄せ、宙を見つめた。

海上保安部をあとにして、柳内はひたすら貧乏ゆすりをしていた。運転中の東辺が顔をしかめつつ、

「柳内よ、それやめろ。車が変な揺れ方してるだろうが」と言った。

「すまん」柳内はかすかに乱れていた呼吸を整え、言った。「藤北篤彦という名前にぴんときたんだ」

「なんだよ」

「おそらく、例のバンドメンバーの中に、藤北篤彦の娘がいる」

「バンドメンバー？　ああ、隈川のか」東辺は言ってから、軽く咳払いをした。「藤北……たしか、ベースの女の子だな」

「そうだ、藤北瑞希」

柳内はスマホを取り出すと、先日、阿多から送ってもらった例のバンドメンバーの履歴書の画像に再度、目を通した。記されている当時の彼女の住所は寺泊町とは異なるものだが、これは、そのとき実家を出ていたと考えればいいだけで、さほど問題ではない。そして、履歴の欄に卒業した高校名が書かれている――県立寺泊高等学校。

「まじかよ」東辺は言う。「こんなアクロバティックなつながり方あるか?」

柳内は腕を組んだ。焼死体から出てきた二つの遺留品――腕時計と小型ライト。この二つを別々にたどっていったら、ここにきてわずかな交わりを見せたのだ。

「まだ完全じゃないぞ。だが、この娘は捜しあて、話を聞く必要がある」

柳内は言うと、履歴書の藤北瑞希の証明写真に視線を落とした。当時、二十歳と書いてある。ややタレ目で、涼しげな茶色の瞳が魅惑的だ。ゆるめた頰がよく似合う、くしゃっと笑った顔はさぞかしかわいいだろうと想像させる。

「このまま寺泊にいく。藤北篤彦の家を訪ねよう」

柳内が言うが早いか、東辺はスピードを上げた。

藤北篤彦の家は空家となっていた。

彼はいまだ行方不明のままで、妻は数年前に病気で他界し、娘も十八歳で家を出たきり戻っていない。現在、篤彦の妻の妹がその空っぽの家の管理を担っていた。森品塔子《もりしなとうこ》。さいわい近所で花屋を営んでいるので、柳内と東辺はそちらを訪ねた。美しい海を広く見渡せる坂の上にあって、その鮮やかな輝きに目を細めた。

柳内は店先で簡単に事情を説明し、藤北瑞希について訊く。森品塔子からすれば姪《めい》っ子にあたる。

彼女は困ったように眉を下げた。

「あの子なら……週一で電話をくれます。私は独り身で持病もあるので、たぶん安否確認のつもりなんだと思います。ただ、いつも非通知。電話番号も、どこで何をしているのかも、はっきりとは教えてくれません。一度しつこく尋ねたらすごく嫌がったので、以来私からは何も。定期的に声を聞かせてくれるし、元気ならそれでいいかなって」

「彼女がそれらを明かさないことについて疑問を抱いたことは？」

「一応ありますけど……たぶん、瑞希は空っぽになった実家の問題を背負いたくないんだと思いますよ。若い子にとって、両親がいなくなったあとに残った実家って、相当負担ですからね」

ふむ、と柳内は顎を引く。「では、居場所に心当たりは？」

塔子はしばらく考え込んだあと、「やっぱり養蜂場《ようほうじょう》かなあ」とつぶやいた。柳内は首をひねる。

いわく——数回程度だが、瑞希の母の墓前にハチミツやハンドクリームを詰め込んだ箱が供えられていたことがあった。箱や瓶に商品としての印はなく、すべて手作りのようだった。そのとき塔子は、行方不明の篤彦のことを思い出した。彼は漁師で、素手で網を引き上げるなど、つねに水仕事で手を酷使していた。過去、手荒れがひどく、いいクリームはないかと悩んでいて、そのうち同僚の漁師に紹介してもらった養蜂場から特注するようになった。年配の肌にもよく効く、なかなかいいハンドクリームだと、塔子も姉を通して何回か貰い受けたことがある。

何やら蜂の巣からとれる蜜蠟《みつろう》が、ハンドクリームの材料として使えるらしい。

「しかし、それだと篤彦さんの可能性もありますよね。なぜ瑞希さんが供えたと？」

「直感ですね」塔子は言った。「なんとなくですけど、篤彦さんはもう、この町に戻ってこないような気がしています。戻ってくるとしたら瑞希のほうかなって」

彼女がどういう感覚でそれを言っているのか図りかねたが、身内にしかわからないものがあるのかもしれないと柳内は納得した。

——だとしたら瑞希は母親の墓前に、なぜか父親の愛用品を供えたことになるが……。

「その養蜂場について、瑞希さんに直接確認したことはありますか」

塔子はかぶりを振る。「それを訊いちゃったら、あの子は二度と電話をかけてこないような気がして」

「なるほど」

「あの、瑞希が何か悪いことでもしたんでしょうか」塔子は不安の色を浮かべる。「あの子は本当にいい子なんですよ」

「まだ捜査中ですので」

柳内はその養蜂場の名称と場所を聞き、メモすると、すぐさま退散した。

署に戻ってから電話で問い合わせてみると、その養蜂場に藤北瑞希はいなかったが、彼女の現在の居場所はつきとめることができた。何やら、四年ほど前に顧客だった父のよしみで働かせてほしいとお願いしてきたが人手が足りていたので、ほかの養蜂場を紹介してあげたのだという。

柳内は電話を切ると、凝り固まった首を回した。「群馬か」

その直後、自席の内線電話が鳴った。即座に受話器をとる。鑑識課の織原ミチだった。

「焼死体の司法解剖だけど、途中経過でいいなら教えてあげるよ」

翌朝、風邪をひいて寝込んでいる妻のかわりに朝食をつくった。フライパンでハムエッグを焼いて、トマトやレタスを無造作にそえた。結衣子はリビングのソファに座り、ぼんやりと鳥が飛んでいるだけのＤＶＤを観ていた。

「ハムが焦げた。すまん」

柳内は言うと、リビングのテーブルの上にそれを置く。結衣子は無言でソースをかけてひと口食べた。柳内もソファに座り、苦味のあるハムエッグをかじった。極力、娘には声をかけない。何を言っても負担になるような気がするからだ。とくに俺みたいな父親はだめだな、と柳内はこの三年間で痛感した。すぐに説教くさくなるし、気遣っているつもりでも、早く立ち直ってくれ、という自身の願望の押しつけが意図せずにおこなわれていたりする。

ずいぶん猫背になった。柳内は娘の姿を見やって、ふいに切なくなる。そして、こういった感情はすべて消えてなくなればいいのに、とも思った。ただ生きているだけで充分なのだと、そう思えたら――。

「お父さん」結衣子が唐突に口を開いた。「ごめんね」

めずらしい。娘から声をかけてくるのは月に一度あるかないかだ。

「どうした、急に。ハムを焦がしたのは俺だろ」

「ううん。ブランケットのこと」

ああ、そっちか。

昨日の晩、誕生日にあげたブランケットを結衣子に贈りなおした。先日プレゼントし、娘はすぐにそれを使ってくれたのだが、同時にほとんど無意識的に毛糸をむしってしまい、ぼろぼろになったあげく小さな穴が開いた。新しいものに買い換えることも考えたが、なんだかぬくもりを感じない行為のような気がして、ためらった。妻に修復をお願いしようと思ったが、いやいや、と柳内は首を振った。

裁縫なんてやったのは小学校の家庭科の授業のとき以来だった。指先から血の粒がぷくっと出るたび自分の不器用さが嫌になったが、なんとか最後までやれた。パンダ模様のアップリケをブランケットステッチで穴の開いた箇所に縫いつけてみた。

娘は幼いころ、動物園から連れて帰りたいと駄々をこねるほどパンダが好きだった。忘れているだろうが。

「とれたりしたら、また言ってくれ。何回でも縫ってやるぞ」

「ありがとう」

「いいんだ。裁縫はへたくそだし、朝食づくりだってままならん。母さんの偉大さがよくわかるよ」

「あのねお父さん、いつも伝えられるわけじゃないけど」結衣子はか細い声で言う。「いつも感謝してる。それだけは本当」

胸がつまり、柳内は目を伏せた。

「それだけは本当って、ときどき嘘もつくのか」

結衣子は何もこたえず、また黙ってハムエッグを口に運んだ。

ゆっくり待つさ、と柳内は思う。こうなってみて、時間というものが思いのほかやさしいことも知った。いつかまた笑える日が——などと、ありふれた言葉を思い浮かべてみた。

「それじゃ仕事にいくよ。母さんの看病、頼むな」

柳内はそう言って自宅を出る。

それから四時間後、車は群馬県の公道を快適に走っていた。田舎道で建物もまばらだ。青々とした山と森林が一帯に広がっている。やがて駄菓子屋のような古い店の前で車を停めると、二人の刑事は厳かな面持ちで降り立った。

「どうも」柳内は言いながら店の中に入る。

いくつかの小瓶が棚の上に並んでいる。商品のハチミツらしい。レジに立つのは初老の女性で、軽く会釈をしてきた。柳内は警察手帳は見せず、ここに藤北瑞希さんという女性はいますか、いるならぜひお会いしたい、と単刀直入に言ってみた。

「瑞希ちゃん？　うん、いますよ。ちょっとお待ちくださいね」

女性はとくに不審がる感じもなく、奥のドアから外へ出ていった。

ここは売店で、どうやら裏手が養蜂場になっているようだ。事前に調べたところ、初老の夫婦が営んでいるという。いまの女性はおそらく奥さんだろう。

窓をのぞくと、養蜂場の様子を眺めることができた。二人いる。養蜂用の防護服を着て楽しそうに作業をしていた。そこへ奥さんが駆け寄って、何やら呼びかける。それに応じた一人が、面布をとりながら、こちらの店のほうにやってきた。

「こんにちはー」彼女はひたいの汗を拭いながら、微笑む。「瑞希はわたしですけど、何か？」

「新潟の警察の者です。柳内と言います、こっちは東辺」

柳内は警察手帳を見せる。瑞希の背後にいる奥さんが目を見開き、あらまあ警察だったのね、と肩をすくめた。

「はあ」瑞希はあいまいに首をひねる。

「いま、うちのほうである事件を捜査していまして、その過程で出てきた物品について、ぜひあなたに話を聞きたいと思い、こうして訪ねたしだいです。この場所については勝手ながら、あなたの叔母である森品さんから得た情報を頼りに捜しあてました」

瑞希は表情を曇らせる。自分の知らないところで刑事が身内にあたっていたのだから、当然いい気はしないだろう。

柳内はついで、資料の腕時計の写真を取り出して掲げた。瑞希はいちべつして、「なぜ、わたしに？」と言った。

「この腕時計、平永莉瀬さんという方の私物でして、彼女はもちろん、その交友関係にあたる方々にも話を聞いて回っている、という状況です」

瑞希はふーん、と軽く頷いた。「莉瀬ちゃん……うん、思い出した。でも、あの、わたしが彼女と知り合いだったのはかなり前の話ですけど？」

「承知しています」柳内は再度、写真を掲げる。「見覚えありますか」

「いえ」瑞希は短く首を振った。

「本当に？」

「はい。莉瀬ちゃんのこともよく覚えていないのに、その私物を見せられても……」

「もう少しだけ話を聞かせてくれますか」柳内は言った。「場所を変えて」

「仕事中なので……」

瑞希は少々困ったように、肩越しに奥さんを見やる。奥さんは話がよくわからないながらも軽妙に頷いて、「べつにいいよ。休憩がてら、捜査に協力してあげなさいな」と言った。

柳内と東辺、そして瑞希の三人は車に乗ると十分ほど走り、目についたファストフード店に入った。席につくと、瑞希は膝の上で忙しなく手を揉んだ。東辺はジンジャーエールを注文し、ひと口飲むと、いつもどおり柳内に任せるといった感じに腕を組んだ。

「まず平永さんや腕時計のことは脇に置いて、あなた自身の話を聞かせてもらいたい。叔母である森品さんと連絡をとっているようですが、どうして居場所や電話番号を秘密にしておくんです？」

すると瑞希はくすりと笑う。「もしかして、わたし、何か疑われてます?」

「いや。ただ、本題に入る前に疑問はなるべく減らしておきたいので」

「実家に戻りたくないんです。父も母もいないし。残った家だって、わたしにはどうしたらいいか……。居場所を教えたら、塔子叔母ちゃんのことだから絶対会いにくると思う。そのまま流れで実家に戻ることになったら面倒なので」

「さりとて独り身で持病のある叔母さんが心配でもあるから、定期的に連絡をとっている――そういう感じでしょうか」

瑞希はこくんと頷く。

「では次に、あなたのお母さんは病気で他界したと聞きましたが、過去その墓前にハチミツやハンドクリームを供えたのは、やはりあなたですか?」

「ええ。塔子叔母ちゃんに勘付かれることは想定していましたけど、まさか警察の人が訪ねてくるなんて」

「ハンドクリームは、漁師仕事で手が荒れやすかったお父さんの愛用品らしいですね。なぜお母さんの墓前に、お父さんのための物を?」

「とくに意味はありません。たしかにハンドクリームは父が重宝していたけど、必然的に母も一緒に使っていたので、どっちのためとか考えたことはないです」

「なるほど」

「あの、この話、何か関係あります?」

柳内はかまわず、なかば冷淡な口調で話を変えた。「あなたが高校生のとき、お父さんが行方不明になったと聞きました。お父さんはいま、どこにいると思いますか」

「それは……わたしが教えてほしいくらいです」

「密漁団ランズ」柳内は言う。「という連中のことはご存じですか」

パチクリしていた瑞希の瞼が、ぴたりと動きを止めた。

「調べたんですか？」

「偶然にね。ある事件を捜査していたら行き着いた、というわけです。先ほど見せた腕時計と同様に」

瑞希は唇を舐めた。「それで、わたしに……」

「過去、寺泊の海をめぐって、地元漁師たちは密漁団ランズと激しく対立していた。そのさなか、あなたのお父さんは行方不明になった。なのでランズのしわざじゃないか、という噂まで流れたそうですね」

「はい。わたしも母もその噂自体は信じていなかったけど、ただ、父はそういう対立や騒動に疲れ果ててしまって失踪したのかも……なんて考えたりもして」

「みずから失踪した、と？」

「もしかして、その、ある事件って父が関係しているんですか？」

瑞希は妙な問い返しをする。

「いや」柳内はそれを否定し、頭で整理しながら言う。「話を最初に戻しましょう。例の腕時計ですが、あなたは見覚えないとこたえましたね」

「はい」

「違和感すら覚えませんでしたか？」

「どういう意味でしょう」

「これまで捜査協力のため、何人かに腕時計の写真を確認してもらいました。もちろん、もともとの所有者である平永莉瀬さんにも。すると、ほぼ全員が最初に同じ反応を見せたのです」

「同じ反応？」

「この腕時計、真っ黒に汚れていてよくわからない——と」

瑞希の頬が引きつる。柳内はふたたび、例の資料を取り出した。

「これ、焼けたものの中から発見されたんですよ。洗浄して炭や灰などの汚れは取り除いたが、焦げた色は残りました。木製なので」

「ああ、それで真っ黒だったんですね」

「そこにまったく疑問を挟まず、あなたは即座に見覚えないとこたえました。なぜでしょうか」

「単純にそういう色の時計だと思ったからです。おかしいですか」

「ならば、もともと木製の茶色だったとして、もう一度、よく思い出してみてください。この腕時計に見覚えはありますか」

「ないです」瑞希は真顔でこたえる。「どっちにしても」

柳内は首を振りながら、長いため息をもらした。

「あの……」瑞希は恐々と声を発した。「焼けたものの中から発見されたって、一体どういうことですか。そろそろ、どんな事件を捜査しているのか教えてください。でないと、何か知っていても正確にこたえようがない」

柳内は東辺のほうを見やり、目だけで相談する。東辺はおまえが決めろ、といわんばかりに、ふっと目を閉じた。

「身元不明の焼死体です」と、柳内は言う。「そのポケットの中から出てきました」

「焼死体……」瑞希の表情が固まる。「え、その人は、なぜ……」

「なぜ死んだかって？　だから、われわれはそれを調べています」

「その人は、誰かに殺されたってことですか」

「さあ、どうでしょうね」

瑞希のこめかみから一筋の汗がつーっと流れ落ちた。彼女はゆっくりと右手を口許に持っていき、こう言った。

「……えっと、その人は、死んでから焼かれたの、それとも、焼き殺された？」

その言葉は本能的に発したかに見えた。

「なぜそんなことを訊くんですか」

「え、だって、前者と後者じゃまったく意味が違うし……」

瑞希は言いながらも、すぐに前言撤回するように首を左右に揺らした。

その態度に柳内は、視界が歪むような驚きを覚えた。

「気になりますか」

「いいえ。なんとなく、訊いてみただけです」

「焼死体について心当たりは？」

「まったく」

心なしか、瑞希の瞳は潤んでいるようだった。


「藤北瑞希は何か知っているな」と、柳内はネクタイを外しながら言った。

高崎駅前のビジネスホテルの一室。今日はここに泊まることにした。東辺はすでに靴下まで脱いでおり、缶ビールを片手に顔をしかめた。

「俺にはそうは見えなかったぞ。根拠は？」

「腕時計に対する反応が、ほかのやつらと違った」

「それだけかよ」東辺は鼻で笑う。「根拠としちゃ弱すぎる」

もちろんそれだけではないが、あの点にかんしては柳内独自の感覚であるだけに、口にするのはためらわれた。

焼死体、腕時計、行方不明の父親、密漁団――。

これらがどんなふうに絡み合い、その先に何が潜んでいるのか、現時点ではさっぱりわからない。だが、理屈ではなく、藤北瑞希はほかの者たちとは異なる何かを感じさせる。

焼死体のことを話したとき、ほんのわずかだが、彼女の中の無防備で、生の部分が垣間見えた気がしたのだ。

「明日もう一度、彼女に話を聞く」柳内は言った。「どうしても確認したいことができたからな」

東辺はビールを飲み干してから、軽く缶をへこませた。「あくまでも冷静にな。ほかに疑う対象がいないからそいつに固執しちまう――ていうのが一番よくねえぞ」

そして翌日。

朝から雨が降っていた。道路には煙幕のような霧が漂い、視界が悪い。空は薄暗く淀んでいて、ときおり雲の隙間をピカリと光らせた。柳内と東辺は再度、例の養蜂場をおとずれ、出勤したばかりの瑞希に声をかけた。経営者の老夫婦もさすがに怪訝そうにしており、瑞希は彼らに切なそうな笑みを向け、「面倒臭い刑事さんだよねえ。まだ訊きたいことがあるみたい。ちょっと出てくるね」と言った。

傘をさしながら近くの公園まで歩き、屋根付きベンチのところで立ち止まった。瑞希は陰鬱そうに目を伏せながら傘をたたむ。

「最初に言っておきますが」柳内は言った。「俺は、例の焼死体についてあなたは何か知っているのでは、と疑っています。まあ疑いといっても個人的な勘レベルですが。もしも不愉快に感じたなら──」

「不愉快です」瑞希はつぶやいた。

だろうな、と柳内は肩をすくめる。「申し訳ない。それじゃ手短にすませましょう。俺自身の話をしてもいいですか」

はあ、と瑞希は眉をひそめた。

「じつは焼死体が発見されたとき、俺もあなたと同じことを考えたんですよ」

「同じこと？」

「昨日あなたは言いましたね。その人は死んでから焼かれたのか、それとも、焼き殺されたのか、と。それです」

瑞希は覚えていない、というふうに首をひねった。

「俺がなぜそう考えたのかというと、ちゃんと理由がある」柳内は語調を強めた。「世の中にはあえて残酷な殺し方を活用する輩がいます。それは猟奇や愉快犯といった個人の嗜好《しこう》とは異なる、たとえば世間や第三者に対する警告、脅迫、力の誇示としておこなっている場合です。つまり見せしめだ。マフィア映画など観たりしますか？」

「いえ」瑞希の顔色は悪く、唇も青かった。

「そうですか。とにかく、この日本にも堅気じゃない連中はたくさんいまして、彼らは例によって、ときに残酷なやり方で他者を死に至らしめる。で、俺の娘は過去、そういった連中の被害に遭いました。ちょうど、あなたと同じくらいの歳の娘です」

瑞希は目を見開き、びくっと震えた自身の二の腕を押さえた。

「殺されたのは娘じゃありません。婚約者の男性と、娘の学生時代の友人です。見つかった二人の遺体は見るにたえない、むごいものでした。そして……それは悪夢となって娘の心をいまだに苦しめている。娘が笑わなくなって、もう三年になる」

「わたしには、関係ない話です」

蒼白の顔とは裏腹に、瑞希の目はどんどん赤くなっていく。一体どうした、と柳内は思った。関係ないのなら、なぜ隠し切れないほど動揺しているんだ、と。

「たしかにそうだが」柳内の声も自然と震える。「俺が何を言いたいのかというと、今回の焼死体はそういう輩のしわざ……つまり生きたまま焼かれたんじゃないかと考えていて、だとしたら、絶対に許さないってことです」

屋根を叩く雨脚が強くなる。

「もしも、もしもだ」柳内はつづけた。「あなたが焼死体の人物について知っていながら黙っているのであれば――」

「知りません」

「いいかい。本当のことを知っているのに話さないというのは、そういう輩の犯罪に加担――」

「一緒にしないでください！」瑞希は地面に向かって吠えた。「一緒にしないで……。わたしは、関係ない。あいつとは……違う」

あいつ？　柳内は思わず東辺と顔を見合わせる。彼も不意打ちをくらったように組んでいた腕を解き、眉間に皺を寄せた。

「藤北瑞希さん」柳内は訊いた。「誰と一緒にされたくないんですか?」

瑞希ははっとして、顔を上げた。大粒の涙がひとつ、片方の目から流れた。

「……なんでもない。刑事さんがあからさまにわたしを疑うから、ちょっと頭にきて叫んだだけ」

柳内の全身に痺れるような痛みが走る。いまの瑞希の様子が、なぜかあのときの娘の姿と重なるのだった。

――せめて普通に死なせてあげてほしかった。どうして、あんな……。ひどすぎる。

婚約者と友人がどんなふうに殺されたのかを知って、苦しみ悶えていたときの結衣子の姿が、いまの瑞希を通して、柳内の頭の中に鮮明によみがえってくる。

くそ、俺のほうが動揺しそうだ――。

「申し訳ない。あることを隠しながら話をすすめていました」

柳内は呼吸を整えてから言った。瑞希はにらみつけるような顔だ。

「焼死体ですが、じつはここ群馬へ向かう直前に、司法解剖の途中経過の情報が入りまして、それによると、どうやら被害者は焼かれる前に死んでいたようです」

生体反応の有無だ。生前の焼死であれば呼吸道に煤《すす》を吸い込んでいたり、血液に反応がみられたりするらしいが、それがなかったという。

「あなたの動揺の正体を知りたくて、隠していました。すまない」

「べつに」

わたしは関係ない。そう言おうとした声が途切れ、むせび泣きに変わった。決定的だった。東辺もとんでもない展開になったな、というように口をあんぐりと開けている。柳内は腹に力をこめて言った。

「それはなんの涙ですか」

「あするしか……」瑞希はつぶやいた。「絶対後悔しないって決めて……なのに……ずっと」

彼女はまるで、長年ためこんでいた苦悩を吐き出そうとしているように見えた。柳内はこの瞬間を逃すまいと思った。

「あらためて訊きますが、あなたは焼死体の人物について何か知っていますね？」

「最初から……なかった」瑞希はその場にしゃがみこんで両手で顔を覆った。「わたしに……彼を……理由なんて」

「藤北さん」柳内は急くように訊いた。「焼死体は誰ですか」

「日高航」

瑞希はつぶやいた。それは観念したというよりも、ようやく解放された、というような小さな声の響きだった。

「わたしは、あのとき、受けとらなかった……最後まで彼の心が折れないようにって、わざとあずけたの……だから関係ないなんて嘘……ごめんなさい、ごめんなさい」

第三章

殺人罪。懲役十三年。服役中。

沖匡海が物心ついたとき、母から最初に教えられた父についての情報である。父は、母が妊娠しているときに浮気をし、相手の女性を些細な口論の末に鈍器で殴り殺したという。

「棚の五百円玉がなくなってる」「俺じゃない」「あんたでしょ」

――こんなくだらない口喧嘩でもエスカレートすれば人は人の命を奪うんだ、馬鹿同士なら尚更よ、匡海あんたは父親と違う、絶対に馬鹿になっちゃだめよ。

当時の母は、父とその不倫相手のことを恨み節全開で語っていた。幼い匡海はまだ、その良し悪しに理解が及ばず、とにかく父は警察に逮捕され、刑務所という場所で厳しい暮らしをしているのだと単純に考えた。

正直、幼い匡海にとって最初に厄介だったのは父ではなく、母のほうだった。

痩せぎすで、長身。明るい茶髪。目つきは悪く、無愛想だ。いつも玄関前で腕を組み、煙草を吹かしている。道ゆく子供たちが無言で通り過ぎようとすると、「おい挨拶は」と言ってにらみつける。庭先に停まっている母の軽自動車の中は、気持ち悪いほど車用品のハイビスカスで埋まっていた。そのすべてが、匡海はたまらなく嫌だった。

もともと気性の荒い母は、相手の悪意に過剰に反応してしまうところがあった。勤めている工場で陰口を叩かれたとき、ドライバーを投げつけて怒った。スーパーで近所の主婦と出くわし、すれ違いざまに嫌味を言われたとき、大根で相手を殴った。公園で遊んでいる子供たちの口から「匡海」や「人殺し」といった単語が出たとき、「いまうちの子を侮辱したのは誰？　ちょっときな」と言ってその子供を無理やり引っ張ると長々説教した。

父が殺人罪で服役中であることは、地元の人間のほとんどが知っていた。ゆえに沖家は多くの住民から畏怖され、敵視され、毛嫌いされていただろう。悪口などに加え、無言電話や不幸の手紙といったいたずらも受けた。しかしながら幼い匡海の印象だと、最初は「その程度」ですんでいたのだ。

匡海が小学校に上がるころ、これらの行為が、いつしか強い面罵や直接的な暴力に変わっていた。それは間違いなく母のせいだった。母が、ほんの少しの揶揄や嫌味、拒絶を受け流すことができず、しつこく対決を煽ったことで、よけいに地元住民の反感を買ってしまったのだ。周囲は沖家の嫁と息子に対し、「こいつらは直接罵倒してもかまわない。だって、あっちもやり返してくるから」という意識を持ったに違いない。

それによって、たんに避けられるだけの存在だった匡海は、直接いじめられるようになってしまう。家の壁にらくがき、学校の机にらくがき、ランドセルにらくがき――文字はほとんど、「人殺しの子」だった。言葉のいじめだけではない。痣やすり傷を付けて家に帰ることもめずらしくなかった。そして、匡海の体にそれを見つけた母は、どんなに夜遅くともやった相手の家に乗り込んでいき、激しく謝罪を求めた。

母と地元住民の不毛な対立は延々とつづき、匡海が小学四年生になるころ、沖家は完全に孤立していた。地域の集会やイベントには呼ばれず、学校の授業参観でさえ、担任の先生は母がくることに難色を示した。

匡海は毎日泣いて、怒って、何かから逃げていた。なぜ自分がこんな理不尽な目に遭わなければならないのか。なぜ母は、自分たちが傷つくだけと知りながら無駄に暴れまわるのか。理解不能だった。そして、この苦しみの根底にいる父という殺人犯の存在が、ひたすら憎かった。

やがて匡海は、自転車で隣の地区までいき、知らない子供たちの群れにまじって遊ぶようになる。が、それもすぐにぶち壊された。地元の年上の連中に見つかり、あっさり人殺しの子だとばらされてしまう。まわりの子供たちは去っていき、また匡海は独りとなった。

そのときだ、陸人と航に出会ったのは——。

「正直に話せよ。それくらいじゃ驚かないからさ。おれらのとこも似たようなもんだし」

出会ったとき、最初に陸人が言ったセリフである。衝撃だった。

匡海の境遇に対し、「驚かない」「似たようなもん」と、彼はその二つの言葉を使い、行き場をなくしてさまよっていた自分を、がっしり受けとめてくれた。この感情は何か。じんわりとした温かみが広がる。でも少し切なくて、痛い。そして、吸い寄せられるようなまばゆい光に満ちていた。

匡海は必然のごとく彼らの仲間に加わった。以来、地元でどれだけ孤立しても、いじめられても、彼らと会えばその辛さを忘れられた。匡海にとって、一日のはじまりは放課後からになった。寺泊海岸で、水平線に沈む夕陽を眺めながら釣りをした。浜辺で素足になって短距離走を競った。テトラポッドの隙間にいる小さなカニを捕まえ、航の顔に近づけて泣かせたりした。陸人は大胆不敵に年上の子供に相撲対決を挑み、負かすと、航や匡海のぶんまで相手に缶ジュースをおごらせた。それを飲みながら、浜辺に寝転がって眺める日暮れの薄い月は、匡海にいっときの安らぎを与えてくれた。

さりとて、苦難の日々はつづく。中学校に上がるとほぼ同時に、父が刑務所から出て、うちに帰ってきたのだ。角刈りで、つぶらな瞳。こめかみに濃いシミを浮かべ、頬には団子のような肉がついているが、体は痩せている。体臭がきつい。

「これ、俺の子？　ふうん」

初対面。父は匡海をいちべつし、そう言うとすぐに視線をそらした。

匡海は頭を抱えた。父だというだけで、実際はまったく知らない中年男である。しかも殺人犯だ。そいつがリビングで平然とあぐらをかき、煙草を片手に黙ってテレビを観ている。一体何が起こっているのか？

当然、地元住民たちの風当たりは強くなる。どうにかして地域から沖家を追い出そうとする住民運動が水面下でおこなわれた。とはいえ結局、出ていく、いかないはこちらが決めることなので、どんなに図々《ずうずう》しく思われようとも周囲のアクションを無視することで、やりすごした。つまり母はこの段階になってようやく、対立を煽るような行為をやめたのだ。

一方、帰ってきた父はとくにまじめに働きに出るわけでもなく、ほとんどの時間、家でテレビを観て過ごしていた。母はそんな父に対して強い憤りを見せ、ほぼ毎日、奇声に近い声で罵倒した。しかし父は、そんな母の言葉をすべて受け流した。表情ひとつ変えず、自分は道端の石ころだといわんばかりに、無反応を貫いたのだ。すると、あるとき母は、やかんで湯を沸かすとそれを父の背中にぶっかけた。あっちぃ！　と激しく悶える父のかたわらで、母は静かに泣いた。しかし、それでも父の態度は変わらなかった。以降、母もあきらめたように何も言わなくなった。そして、どんどん老け込んでいった。

あとから知った話だが、父の服役中、母は何度も離婚を考え、実際に言い出したこともあったらしい。しかし父は合意しなかった。母は弁護士を雇い裁判を起こすことも検討したのだが、結局何をするにも金が必要で、うちにそんな余裕はない、という結論に至るのだった。母は派遣やアルバイトで生計を立てていたし、息子を連れて家を出る、という選択にしても同じことだった。それに、母にも意地があった。自分たち母子は何ひとつ悪くないのだから堂々としていればいい、と。

くだらない意地だ、と匡海は思った。結果的に安心や幸福を得ることこそ人生の最優先事項じゃないのか、そのためなら妙なプライドは捨てろよ、と。

匡海は、父も母も大嫌いだった。なるべく二人から離れたかった。高校生になると、公園や道の駅の駐車場で野宿することが増えた。未成年だから警察に見つかれば即刻家に帰されるため、帽子などで顔を隠し、自転車のカゴには〈絶賛　日本横断の旅　真っ最中！〉と書いた看板をぶら下げてごまかした。そんな窮屈な生活のなか、とくに理由も訊かずに付き合ってくれたのが、やはり陸人と航だった。彼らは匡海が野宿している場所にやってくると、食料や漫画本を差し入れた。三人でひとつのカップラーメンを回して食べたこともあった。風雨がひどい日は、さすがに野宿に付き合わせるのが申し訳なくて帰るよう言うが、そういう日にかぎって、彼らはかならず朝まで一緒にいてくれた。

「俺は将来、教える人か正す人になるよ」

「真逆の世界を目指そうぜ。俺たちが心から最高じゃんって言える世界」

「三人のうち誰か一人でも、この夢を実現できたらいいなあ」

陸人はよく、そう言っていた。航はえへへ、と笑っていた。匡海はいつも欠かさずにあいづちを打った。そして、いつしか思った。オレはこいつらのために生きよう、オレの人生はこいつらのためにある、と。

命を懸けて三人の夢を叶える――。

それこそが、父という負の遺産にがんじがらめにされ、薄暗い場所で人知れず嘆くしかなかった自分に温かな光を照らしてくれた友に対する、最大の恩返しなのだと思ったから。

いくつかの大きな出来事を経て、やがて本格的にヤクザの世界の住人となる。正直、匡海は不本意だった。その仕事の過酷さ以上に、このままアングラの泥沼にはまって抜け出せなくなることを懸念していた。しかし同時に、陸人を強く信じてもいた。ときおり見せる彼の危うさも、自分がかたわらに立つことでうまく抑えこみ、暗に導こうと思った。実際、匡海のそういう努力の甲斐もあって、陸人は柔と剛をかねそなえたいいリーダーへ成長しつつあると感じていた。最初にあった懸念も、そのうち杞憂《きゆう》に終わった。

だが一方で、気づかぬうちに自惚《うぬぼ》れは育っていた。そのころ匡海は、万能感に浸りはじめていたのだ。密漁ビジネスをはじめる直前だったが、厳しい環境ながらも確実に成果を上げていく過程で、きっと次に取り組むビジネスもうまくいくはずだ、という過度の自信があった。

密漁ビジネスの計画をすすめるさなか、匡海の気持ちは妙に高ぶっていた。それを、ひとまず鎮めたかったのかもしれない。久々に実家をおとずれ、父と母の様子をうかがうことにした。十代のころは何もできず、二人から逃げるように家を出たが、いまは違う。オレに対し、あのころと同じ舐めた態度をとってみろ、ただじゃおかないぞ——そんな感情があった。

「あら。ひさしぶりね。あんた、いまどこで何してるのよ」

そう言って苦笑する母の腕や首には、色濃い痣があった。というか、顔にもあった。体はさらに痩せ、お迎えを待つだけの老婆のような哀調を帯びていた。

父はあいかわらず、リビングの置物だった。前より少し太っていた。体臭はさらにきつくなり、そこそこ離れていても鼻をつまみたくなるほどだ。

匡海はかっと熱くなって、父に近づくとその髪をわしづかみにし、引きずりまわした。「母ちゃんを殴ったのか、てめえ！」

父は怯え、赤子のように顔をしかめながら、「よせ、よせ」と泣いた。母も即座に割って入り、やめなさいと匡海を制した。

「この人はもうだめなのよ。だめなの」と、母は言った。

「でも母ちゃん、その痣……」

「大丈夫。たいしたことない。こうやってバランスをとっているだけ。心配ない」

しかし匡海は納得できなかった。というか、許せなかった。何が大丈夫だ。父は何も変わっていない。母もそうだ。いまだに二人ともいびつな環境に支配されている。むしろ悪化している。一体どうなっているのだ。匡海は大きな憤りを覚えた。

――だめな人間ていうのは、ほうっておくと、もっとだめになるんだな。きちんと終止符を打ってやらねえと。

匡海はそう思った。そして、知り合いの半グレを二人ほど雇い、ある日の夜道、単発のアルバイトを終えたばかりの帰宅途中の父を襲わせた。シンプルに殴る蹴るの暴行だったが、骨折は多数……。

匡海は入院中の父を訪ねた。父は傷の痛みにうなされながらも、何かを察したかのように怯えた目を向けた。匡海はその耳元で囁いた。

「あんたを襲わせたのはオレだ。いいかよく聞け。傷が治って退院してもあの家には帰るな。どこかへ消えろ。二度と母ちゃんに近づくな。約束だ。もしも破ったら、次は死ぬと思え」

父は顔を歪め、ぶるぶる震えながら目に涙を浮かべた。「わかった、わかったから、そんな能面みたいな目で俺を見ないでくれ……」

匡海は妙な心境におちいる。一体なんだろう。こいつの顔、声、言葉のすべてが癪《しゃく》に障る。無性にいらいらする。生まれながらにして人殺しの子、という重荷を背負わされた恨みがあるのだから当然だろう。いや、このいらだちはそれとは種類が異なる。もっと直接的な、いま感じる何か……。

「そんな目で俺を見るなって？　こっちのセリフだ、くそったれ」

匡海は父の頭をひとつ、ばしんと叩いた。まあいいや、と鼻を鳴らす。こんなクズのために割いた時間がもったいなかった。

しかし、それから一ヵ月後のことだ。

突然、匡海のスマホが鳴る。母からの着信だ。もしもしと出ると、母の鋭い叫び声が耳を貫いた。

「マサ！　あんた、あの人に何したの！　やだ、ちょっと、ドアが……ぎゃ」

「母ちゃん？　どうした」

電話の向こうでは激しい物音が響き、戸惑っているうちに通話は切れた。匡海はすぐさま実家へ向かった。

家の中に入ると、派手に破壊された家具や食器などの残骸がいたるところに散らばっていた。ガラスや花瓶も割られている。リビングのテレビ画面もひび割れており、物が激しく飛びかった様子が容易に察せられた。一階に人の気配はない。匡海はおそるおそる、二階へ上がった。そして物置部屋で、父と母を見つけた。母は床に倒れ、耳の中から少量の血を垂らしていた。頬やこめかみにも、殴られたような痕があった。父はその横でへたりこみ、脱力したように放心していた。口の端から長細い唾液がこぼれている。匡海のほうを見ようともしない。

「母ちゃん？」その呼びかけに、母は反応しなかった。死んだように目を閉じていた。

匡海は即座にスマホを取り出すと、コールして救急車を頼んだ。到着まで十数分。

脳内が真っ赤に染まる。まさに忘我の瞬間。匡海は無言のまま、ゆっくり父の背後に回りこむと、首をぎゅっと絞めた。意識を落としたあと、指を一本ずつ折ってやる。父はまったく抵抗しなかった。

かすかにうめいた程度で、ほかは小指ひとつ動かさない。

「殺し……れ」そのとき父が何かをつぶやいた。最初、殺さないでくれ、と言ったのかと思ったが、再度こぼれたその言葉をよく聞くと、違った。

殺してくれ——。

父はそう言っているのだ。匡海はわれに返り、とっさに父から手を離した。

「頼む、殺してくれ。俺はもう、こんなの、いやだあ」

父はぎゃあぎゃあ泣き出した。

一体何なんだ、こいつは。

父の汚い泣きっ面を見ていると、また別の怒りがわいてくる。先日、病院で感じたいらだちと同じたぐいのものだ。あのときはその意味がわからず戸惑ったが、いま、はっきりとわかった。匡海は父の胸倉をつかみ、ぐいと顔を近づけた。

「おい黙れ。泣くな。口を閉ざせ。てめえこそ無表情でいろ。能面みたいに」

殺人犯の息子。その重荷に耐え忍ぶように生きてきた。顔に浮かぶ苦悶の色を誰にも見られないようにと工夫して。そうしなきゃ、ちゃんと歩めなかったからだ。いつしか感情をうまく出し入れするすべを身につけた。辛くても笑い、泣きたくても笑い、怒っても取り乱さず、あるいはどんなに嬉しくても無表情でいること——。本当の心に押し潰されないよう、いつも必死だった。

悲しい性《さが》。しかたない。だが父はそれを見て、「能面みたい」と言ったのだ。そしていま、自分のほうが「人間くさい」といわんばかりに、ためらいなく感情をあらわにして泣きわめいている。

「てめえに泣く資格があると思うな！」

許せるわけがない。一体誰のせいでこうなったと思っているのか。

匡海はポケットからハンカチを出すと、それを丸めて父の口に無理やり詰め込んだ。そして救急車がくるまで、ひたすらその顔を床にぐりぐりと押しつけていた。

そのあと、母はすぐに病院に運ばれた。命に別状はなかったが、父の打撃によって脳に強い衝撃を受けたようで、のちに聴力と平衡感覚がいちじるしく低下した。匡海自身、そんな母の面倒をみる余裕はなかったので、専門の施設にあずけることにした。いや余裕がない、というのは言い訳だろう。本当は、ぼろぼろになった母の姿をこれ以上見てはいられなかったのだ。自業自得だと母を責めたい気持ちと同じくらい、おのれの無力を思い知らされるから。

父はというと、当然ながら警察に逮捕された。傷害罪。あとは何も知らない。どこかから連絡がきても、父にかんすることはすべて無視した。関係を完全に絶ったのだ。ムショに入ろうが出てこようが、知ったことではない。父にしてもその事件以降、実家には帰っていないようなので、どこかで野垂れ死んでいればいい、と思った。

そして匡海の心にはひとつの黒い塊だけが残った。

さらに月日は流れる。密漁ビジネスが成功し、ランズが最初の上昇気流に乗っていたころの出来事だ。仲間の一人が女関係で揉めていると一報が入り、匡海は仲裁するために出向いた。事前情報によると相手の女は二十歳くらいで、〈ルチル〉というクラブで働いている。うちの連中のたまり場だ。

現場に駆けつけると、ドラッグストアの駐車場の車の陰で、うちの後輩が地面に伏せる若い女を白昼堂々オラオラと蹴っていた。匡海は呆れた。その目立ちたがり屋の馬鹿をすぐに押さえつけると、とりあえず事情を訊いた。

「なんでも言うことを聞くと思ったんすよ。そんな感じで誘ってきたから……」

だから売春で稼がせようとした、でも女は拒否した、それどころか自分にさえ一度もやらせようとしなかった、むかついた、つい手が出てしまった……。

そういうことらしい。匡海はふと、この女の素性が気になった。藤北瑞希という。

「こいつはオレが引き受ける。おまえは家に帰って少し反省しろ。真昼間からこんな目立つ場所で女に暴力を振るう馬鹿がどこにいる」

へーい、と後輩は言いながら、すねたような顔つきで立ち去った。

女は顔をしかめて脇腹を押さえているが、一応は大丈夫そうだ。匡海はなかば強引に女を車に乗せると場所を移動した。海岸沿いの、すたれた海の家の裏手。ここなら人目につかないだろう。匡海は尋問をはじめた。

「いろいろ聞かせてくれよ。〈ルチル〉のキャストらしいな。いつから働いてる？」

瑞希は黙っている。

「こんなの調べればすぐにわかるぞ。黙秘なんて無駄だから早く話せ」

「……一ヵ月前から」

「たった一ヵ月で、客の男を誘ったのか？」

「口説いてきたのは、あなたの仲間のほう」

「あいつは、おまえから誘ってきたと言ってたぞ」

「でたらめ」

「まあいい」匡海は質問を変えた。「で、こっちが堅気じゃないことは、最初から知っていたのか？」

「知らなかった」

「店の女たちがそれとなく噂してるだろ」

「あれは冗談半分で聞いていたから」

「とにかく知っていて、こっちに近づいてきたわけか。目的は？」

「だから言い寄ってきたのは、あいつのほう」

「てめえ、舐めてんのか」匡海は凄んだ。「こっちがいつまでも穏やかに話を聞くと思ってんじゃねえよ」

「あなたに話すことなんて何もない」

匡海は、この女がどこかの組織の回し者である可能性を考えて尋問していたが、どうやら違うらしいと感じた。瑞希の目から滲み出ているものは敵意というよりむしろ、憎悪に近かった。

「おまえの素性を、おまえ以外の人間に訊くという手もあるぞ」

すると瑞希は目を細めた。とたんに脱力したように肩を下げ、ゆらりとこちらに近づいてきた。

「……ごめんなさい。それだけは勘弁してください」と彼女はつぶやき、匡海の肩を指先でそっとなでた。なんだ、このへたくそな色仕掛けは……。匡海はなかば呆れつつ彼女を振り払おうとした。が、瞬間、首筋に鋭い痛みが走った。

「いてえよ！」

匡海は瑞希を両手で突き飛ばす。彼女は地面に転がった。浜の砂がふわりと舞う。

首筋に触れると、かすかに血が出ているとわかった。いきなり噛みつかれたのだ。相手に食いちぎるような力は当然ないが、それくらいの意志を感じさせる噛みつき方だった。匡海は戸惑いつつも、俄然、彼女の目的に興味がわいた。

「なんだ、おまえ。いかれてんのか。いってえ……」

瑞希は地面に手をついて顔を伏せた。

「何か理由がありそうだな。まあ、おまえが話さないなら家族に――」

「家族はいない」

「じゃあ友人に訊くさ」

「それもいない」

「誰かいるだろ。親しい人間がまったくいないはずはねえ」

「……殺してやる」

「あ？」

瞬間、瑞希は短く叫ぶとふたたび立ち上がり、血走った目で突進してきた。匡海はそれをかわしたが、彼女は器用に体の向きを変えると、今度はこちらの両目に狙いを定めて鋭い爪をシュッと伸ばしてきた。匡海はそれを避けるついでに、しかたなく相手の背中をグーで強く叩いた。

瑞希はうめいて、また地面に伏せた。

「すまん」匡海は言った。「ていうか、なんだよ殺してやるって。いくらなんでも怒りすぎだろ。家族や友人の話はタブーなのか？」

「あなたに話すことなんて……」

「オレが納得できたら、おまえを解放してそれで終わりだ。何もしない。だから早く話せって。一体何が目的だよ」

「もしも、わたしの話に納得できたなら……あなたは死にたくなるよ、きっと」

「どういう意味だ」

「木彫りの人形」瑞希は顔を上げた。「わかるでしょ」

「さあね」

いや、いま問われたことによって、ふと何かが脳裏をかすめた。

「本当に覚えてないの？」瑞希は血が出るほど下唇を強く噛みしめた。「……だとしたら、あなたたちは悪魔だ」

匡海の心にわずかながら不安の煙が舞う。「それがどうした。くわしく話せ」

瑞希は声を震わせた。「……わたしのお父さんは、寺泊で漁師をしていた」

匡海は思わず、びくついた。

「……無茶する人だった。昔気質《かたぎ》っていうか、正義感も強かったし、何よりあの海が好きだったから。いつもみんなの先頭に立って、あなたたち密漁団と喧嘩してた」

「寺泊の漁師……」

この言葉を聞き、おそらく無反応を貫ける者はランズにはいないだろう。

瑞希は頷く。「すごくうっとうしかったでしょ、わたしのお父さん。きっと消したい漁師リストのトップだったよね。名前、覚えてる？　藤北篤彦っていうんだ」

匡海は唇を舐めた。こいつ漁師の娘か――。

「なんとなく覚えてる。だけど、その人はたしか……」

「そう、三年ほど前に行方不明になったの。地元じゃ密漁団のしわざじゃないかっていう噂が立った」

「ちょっと待て」匡海はあわてて手を振った。その噂のことも知っている。そして彼女が何を言わんとしているのかを察した。「たしかに寺泊の漁師とは当時、激しく対立していた。でもな、おまえの親父さんの失踪とうちは関係ねえぞ」

当時、あの町の漁師が一人、行方不明になったことは匡海も知っていた。ランズの関与が囁かれたことも覚えている。だが、うちは無関係という認識だ。うるさい漁師が勝手に失踪し、それを機にほかの連中もトーンダウンしただけだと。

「嘘つき」瑞希は憎しみに満ちた目を向ける。

「嘘じゃねえよ。本当にオレたちとは関係ねえ」

瑞希はかまわずつづける。「わたしだって最初は信じなかった、密漁団がお父さんに何かしたなんて。お母さんもそう……」

わたしとお母さんはまだ、お父さんが生きて帰ってくると信じていたから――。

「だけど帰ってきたのは……」瑞希は苦しそうに顔を歪めた。「ある日突然、うちに木彫りの人形が送られてきた。差出人は不明」

「どんな人形だよ」匡海はそわそわした。

「上半身だけの人形。ハチマキをして、両手に大きなマグロを抱えていて、まるで漁師を馬鹿にしたみたいな不細工なものだった。木彫りなんだけど、よく見ると、そうじゃない部分もあって……」

瑞希はいっきに話した――目の部位には本物の目玉が埋め込まれていた、口の中には砕かれた歯の破片が詰め込まれていた、そして魚を持つ手には、切り落とされた本物の指がくっついていた。

「思い出してくれた？」

匡海はおろおろと首を横に振った。あまりの動揺に心臓が破裂しそうだった。

「それは本当の話なのかよ。おまえの作り話じゃないのか」

「あなたバカじゃないの」

わかっている。彼女に嘘をつく理由はない。しかも、この話は真《しん》に迫りすぎていた。嘘や勘違いと断ずることができないほどに、訴えかけるものがあった。

──いや、そうじゃない。オレはその木彫りの人形とやらに心当たりがあるんだ。かなり前のことだが、知り合いの彫刻工房の店主がめずらしく事務所に連絡をよこし、それを、たまたまオレが受けとった……。

「おまえの話が本当だとしても、オレたちは関係ねえよ」

「あなたたち以外に誰がこんなひどいマネをするっていうの」

匡海は言葉を失った。

「人殺し」瑞希は金切り声を上げ、海のほうを指さした。「くそばかの密漁団め。その海に溺れて、くたばれ」

匡海の呼吸が荒くなる。ふいに強いめまいに襲われ、足元がふらついた。尋問して追いつめていたはずの相手から、逆に逃げるようにしてその場を立ち去った。

嘘だ、違う、何かの間違いだ、といくら自分に言い聞かせてみても、確信がなければ意味がない。匡海は腹をくくった。

その日から、極秘かつ単独で、ランズの内部調査を開始したのだ。例の漁師が行方不明になった夜の、仲間たちのアリバイをこっそりと調べてみた。話は約三年もさかのぼるため、不明瞭な点も多くなると思われたが、さいわいほとんどのメンバーがひとつのクラブイベントに参加していた夜だったので、思いのほか調査はスムーズにすすんだ──。

そしてある夜、匡海は久々に陸人を飲みに誘った。薄暗いバーのカウンターで昔の出来事を語らいながら、その流れでひとつ、訊いてみた。

「なあ陸人。何年か前に、オレたちと揉めていた漁師の一人が、行方不明になったろ。あれさ、当時うちのやつの誰かがこっそり始末したんじゃないかっていう噂が立ったこと、覚えてるか？」

「突然どうした。覚えてないよ」

「ふいに思い出したんだ。そういや、あのへんからランズの勢いが増したなって」

「懐古の情に浸るのはまだ早いな」

「でもさ、もしもその話が本当なら、やったやつを破門にしなきゃ……。オレたちは殺人集団とは違う。線引きはしっかりしねえと」

「かまわないよ。暗殺に成功して、いまだにばれずにいるのなら、それはそいつの立派な功績だ。悪事をうまくごまかせるのも稀《け》有《う》な才能だからな」

「本気で言ってるのかよ、それ」

「ああ。何か問題あるか」

「いや、昔のおまえなら、そのセリフは出てこないと思って……」

「人は変わる。むしろ変わらなきゃ、やっていけない。とくにこのアングラの世界じゃあな」

「オレが……人殺しをどうしても許せないことは、おまえだってよく知っているはずじゃねえか」

「どうした、匡海。今日は様子がおかしいな。あと一杯飲んだら帰ろう。ゆっくり休め」

「陸人……」

「変化は必要だろ。だけど俺たちの絆は変わらない。それで充分さ。違うか?」

匡海の心はどす黒い霧に覆われた。適当に話を受け流されたことにくわえて、陸人がうっすらと浮かべた卑しい笑みの中に、剝き出しの本性を見たような気がしたからだ。

匡海は先日極秘でおこなった、ランズのメンバーに対する内部調査のことを思い返していた。漁師の行方不明にかんして、仲間たちはほぼシロだと判断できた。ただ一人をのぞいては……。

木彫りの人形。どうしてもそれが気になった匡海は、例の彫刻工房を訪ね、過去の依頼記録などを見せてもらったのだ。やはり名前があった。玉山陸人。彼がどんな品をオーダーしたのか、完成写真はあるか、と訊くと、彫刻家の店主は頷いた。数千ある作品の写真をファイルしたものの中のひとつに、大きなマグロを抱えた漁師を思わせる、木彫りの人形があった。店主いわく、わざと不細工につくるよう依頼されたという。

瑞希の話と一致する――。

たしかに陸人には危うさがあった。年々、凄味とともに父親ゆずりの残忍性や冷血な面を見せるようになった。しかし、それでも匡海は彼を信じていたのだ、心根は何ひとつ変わっていないと。まっすぐで、仲間おもいで、人を束ねるのにふさわしい男だと。

若き日の記憶がよみがえる。中学生のとき三人で自転車旅行に出かけた。旅館につき、温泉につかり、そして夜の繁華街から瓶ビールを盗んで走った。旅館に戻る途中、人を殺しかねない勢いで暴れている太った親爺と遭遇した。匡海はその光景に怒りがわき、そいつの背中を瓶でおもいきり叩いた。さらに数発、怒りにまかせて相手の顔をグーで殴りつけた。どうしても許せなくて、抑制がきかなくなった。そんな自分を力強く止めてくれたのが、陸人だった。憤怒と恐怖の狭間《はざま》で激しく震えていた自分を、陸人はそっと抱きしめてくれた。子供をあやすように、よしよしと。大丈夫だ、おまえは何も間違っちゃいない、おまえは殺しを憎む、俺たちも同じだ、だから今日はこのへんにしとけ、と。

あれほどの安心感に包まれたことはない。後にも先にも。

なのに、なぜだ、陸人――。

匡海は魂が無造作に引き裂かれるような痛みを抱えたまま、表向き日常生活へ戻った。それから、時間は鈍い悲鳴を上げながら進んでいった。匡海は密漁ビジネスを手伝うかたわら、新たなシノギを探しては陸人と相談を重ねた。プライベートでは女にふられて落ち込む航を飲みに誘い、ひたすら慰めた。匡海自身は近距離の引っ越しをすませ、その際に不要なものをすべて処分した。なのでいまの部屋は殺風景で、ダークブラウンの革のソファが唯一目立っている。

あるときランズのメンバーの三吉が、「密漁のダイブ班から外してほしい」と相談してきた。しんどい、体がもたない、と。たいして役に立っていないくせに弱音だけは一丁前だな、と匡海は呆れた。

「まずは陸人に相談しろよ」

「リーダーが何を言うかはだいたい見当がつくんだ。怖くて相談できねえよ……」

「三吉。まだ借金が残ってるだろ。あと一年くらいがんばってみろ。いま辞めたいなんて言ったら、あいつはたぶん切れるぞ」

実際いつだろうと辞めたいなんて言ったら陸人は怒るだろうな、と匡海は思った。三吉は暗い顔でため息をつく。「あと一年やって無理ならリーダーに頼んでみるわ」と彼は言った。いくら憂鬱な表情を浮かべても、まだまだ溺死が心配されるほど顔色は悪くない。

そうして三ヵ月が過ぎたころ、ある夜、匡海はだらだらと車を走らせていた。長岡から出発して八号線をしばらく進むと、途中、左に折れてから一一六号線に入り、またしばらく走る。西川町《にしかわまち》のあたりで若い女を一人、車に乗せた。彼女とは週一のペースで会っている。毎回匡海が車で彼女を拾うのだが、そのあとどこへ行くわけでもなく、大抵はドライブに終始している。ときどきホテルにも入るが、性行為はしない。雑談するだけだ。

その日の夜は聖籠町《せいろうまち》のほうへ向かった。春になると満開の桜が見られるという公園の駐車場に車を停め、車内でテキトーな音楽を流しながら過ごした。彼女との会話が特別楽しいわけではない。笑い声など皆無だ。それでも話す必要がある。ひとつの「終わり」に向かって。

その雑談のさなか、匡海はあることを思いついた。

「瑞希。おまえ、オレたちに誘拐されてみるか」

＊

思えば、あの日が分岐点となった。

三ヵ月ほど前、匡海はふたたび藤北瑞希に会いにいったのだ。彼女は〈ルチル〉をすでに辞めていたけれど、親しくしていたという同僚の女が瑞希の次のバイト先を知っていたので、そちらへ向かった。ライブハウスだ。

バイトを終えて帰路をたどる瑞希のあとをこっそりと追い、人のいない小道に入ったところで声をかけた。驚いて身をこわばらせる瑞希の目を見据え、匡海はこう言った。

「おまえが正しかった」

そして、その場で瑞希に土下座した。雨の日だったが、濡れるのも汚れるのもかまわなかった。匡海は何度も地面に頭をこすりつけ、本当に申し訳ない、と謝った。

「……どういうこと」瑞希は困惑していた。「本当にわたしのお父さんのこと何も知らなかったの？」

匡海はすべて正直に話すべきだと思った。彼女にはそれを知る権利がある。それに、何も語らず、ただ一方的な謝罪だけを押しつけて去るなどという卑怯な真似はどうしてもできなかった。

話を聞き終えた瑞希は、無表情のまま、その場に立ち尽くした。五分、十分、十五分と時間が過ぎても微動だにせず、中空を静かになでる雨を見つめていた。

匡海が何か声をかけようとしたそのとき、瑞希はようやく口を開いた。

「リーダーはどこにいるの。そいつに会わせて」

「会ってどうする」

「お父さんのかたきを討つ」

匡海は息を止めた。

「わたしに協力してほしい。その玉山陸人っていう男に会わせて」

瑞希はとんでもないことを口走った。匡海は大きく目を見開いた。

「何を言ってるんだ。オレはあいつの仲間だぞ。そんなことできるわけ……」

「あなたはお膳立てしてくれるだけでいい。直接やるのは、わたしだから。お願い」

瑞希は必死の形相だ。

「だめだ、だめだ」匡海は叫ぶように言う。「おまえの親父さんのことは本当に申し訳ないと思ってる。謝ってすむ問題じゃないが。ただ、オレがかわりに……できるかぎりのつぐないはする。それで勘弁してくれ」

「ふざけんな」瑞希はぐっとにらみつける。「わたしは家族を奪われたんだよ」

匡海は目を伏せた。

瑞希は嘆くような声だ。「お母さんはね……あの木彫りの人形を見て、ショックのあまり心を壊したの。怖くて警察にも通報できなかった。次は自分たちがやられるんじゃないかって……。お母さんは眠れなくなって、何も食べなくなって、家事もろくにこなせなくなった。外に出て誰かと話すこともできなくて、突然いらいらして派手に物を壊した。誰かを責めたかと思えば次の瞬間には自分のせいだって泣いた。夜中に突然起き出して壁に向かって朝まで土下座していたこともあった。ほんと、地獄みたいな生活……」

「おふくろさんは、いま……」訊くな、という内面の声に反して、匡海は口にした。

「死んだ」瑞希は言った。「わたしが十八のとき。お母さんは体調を崩して入院して、そのあと一度もよくなることはなかった」

匡海はもう、逃げ出したかった。わずかな通行人が立ち止まる二人を追い抜いていく。異様なまなざしを向けて。

「想像力って悪いほうに働いちゃうと、本当に残酷なんだよ。その人がどんなふうに、どんな気持ちで死んでいったのか、いつまでも考えこんで、頭がぐちゃぐちゃになる」

瑞希は頬を真っ赤にし、さらに感情を爆発させたようにまくし立てた――お父さんが殺されて、お母さんも死んだ。平穏な暮らしを理不尽に奪われ、突然一人ぼっちになった。さんざん泣いて、わめいて、叫んだ。手首だって切りつけた。物を食べては吐いた。夜ごと悪夢にうなされた。ひどい暴言を吐いて親しい人たちを遠ざけた。すべて切り捨てた。気づくと復讐だけが残った。それ以外に生きる意味を見出せなかった。

「ぜんぶ、そいつのせい。あなたのリーダーのせいだ」

瑞希はもう一度、今度は静かな口調で言った。だから玉山陸人に会わせて、と。

「それだけはできない」匡海は声をしぼり出した。

「なら、あなたも同じ人殺しだね。すごく近くにいながら、異常な殺人鬼を平気で野放しにしている」

殺人鬼。その言葉が匡海の心をひねり潰すかのごとく苦しめた。やめろ、と思った。オレの親友をそんなふうに言わないでくれ、と。

「わたしは絶対にあきらめないから」

瑞希は言うと、雨の中を駆けていった。一人取り残された匡海は、両手で顔を覆った。

かつてないほど憂鬱な日々だった。

航に相談しようか、とも考えたが、それにも強いためらいが生じてしまう。理由は、彼がときおり見せる儚《はかな》さにあった。航はいつも青臭く、ゆえに他者に対してやさしすぎる一面があった。それは彼の長所である。仲間以外の者にもしっかりと意識を向け、平等に思いやれる性格。しかし、そのすべてが演技ではないかと思えるほどに、ある瞬間、彼はすべてにおいて「うわの空」になるのだった。熱い気持ちを見せながらも、最後の最後で、嘘のように無感動になる。

それを決定付けたのは、彼の妹の一件である。あれほど長年にわたり追い求めていた妹がアングラの闇に沈み、腐り果ててしまったにもかかわらず、そのとき彼が見せた妹への執着はあまりにも薄っぺらいものだった。正直、妹を自殺に追い込んだのは航にほかならない、と匡海は思ってしまった。

航の無感動は、陸人の凶暴さと同じくらい危険だと感じていた。

自分たちの行く末を想像する。三人の夢。教える人か正す人になる。しかし実際、いま突き進んでいる未来に、それはない。このままいけば、自分たちはいずれ「壊れる」だろう。それは予感ではなく、確信だった。そして壊れたとき、今度はどんな悲劇が生み出されるのか。一人の漁師を殺し、肉体の一部をその家族に送りつけるような、いかれた行為がくりかえされてしまうのか。あるいは、それ以上の暴虐が……。

匡海はかぶりを振った。だめだ、あってはならない、絶対に。

よく晴れた日曜日の午後――。

「じゃあホットコーヒーを二つ」

匡海は喫茶店にいた。向かいの席には藤北瑞希が座っている。例のライブハウスの前で待ちぶせし、出てきたところで声をかけた。少し話がしたい、と。

テーブルに置かれた二つのコーヒーからいい香りが漂い、鼻をくすぐった。

「協力してくれるの」

瑞希は尋ねてきた。匡海が黙っていると、

「その気がないなら時間の無駄なんだけど」

彼女は軽く舌打ちをした。こいつ痩せたな、と匡海は思った。二週間ぶりだが、そのあいだに瑞希はすっかりやつれた顔になり、鬱っぽい影をその表情にはりつけている。

「親父さんとは仲が良かったのか」と、匡海は訊いた。

「関係ないでしょ」

「頼む、聞かせてくれ」

瑞希はため息をついた。

しばし黙っていたが、やがて呆れたように肩をすくめると、「お父さんとは全然仲良くなかったよ」とつぶやいた。

「あのころ、わたしは反抗期の真っ最中だったから。よく喧嘩してた。お父さんなんか大嫌いだった。不潔だし、魚くさい。すぐに怒るし、声もうるさい。手だって、いつも荒れてざらざらして気持ち悪かった。あの日も……」

「あの日？」

「お父さんが行方不明になった日」

匡海は口をつぐむ。瑞希はつづけた。

「あの日もお父さんと喧嘩してた。ていうか、ぎくしゃくしてたの。前の日、わたしの部活のやり方を無神経に批判してきたから、うるさいクソジジイって言い返したら、ちょっとしたどつきあいになっちゃった。で、その状態を引きずったままだった」

——おーい瑞希、みんなで花火すんぞ、だらだらしてねえで早く準備しろ。

「でもさ、ちょうど夏休みで、親戚の子たちが遊びにきていたから、いつまでも不機嫌な態度じゃだめだと思って……わたしはお父さんの呼びかけにしぶしぶ応じて、寺泊の浜まで一緒に出かけた。だけど口はきかなかった。あと一週間くらいは無視してやるつもりだった」

しかし、その浜で花火をしているさなか、トイレに立った瑞希の父は忽然《こつぜん》と姿を消し、二度と戻ってこなかったという。

「ずっとつづくと思ってた」瑞希は目を伏せた。「いつでも仲直りできるからって……」

嘆きや後悔が強くなるほど、大事なものを奪った人間への憎悪が、瑞希の中で煮えたぎるようになったという。密漁団ランズ。全員は無理だとしても、標的を絞れば——。直接お父さんに手を下した人間をこの手で殺してやる。瑞希はそう自分に誓ったらしい。

「で、まずはオレたちのたまり場のクラブで働くことからはじめたわけか」

「すぐに動けたわけじゃない。しばらくはうじうじしてた。でも、あなたたちがいまも寺泊の海を荒らしているのを知っていたから、なんとかしなきゃっていう気持ちもあって……」

瑞希はコーヒーに口をつけたが、すぐに顔をしかめ、それ以上は飲まなかった。

匡海はぼんやりと窓の外に視線を向けた。通りを歩く、若い夫婦が目についた。あいだに挟んだ小さな子供の手をそれぞれが持ち、せーのでジャンプさせていた。もう一回もう一回と子供は無邪気にねだり、父親は肩を回しながらも、楽しそうに応じている。

匡海はふと思う。自分が人殺しを許せない理由は、あの光景に憧れていたからだ。自分には与えられなかった。だからこそ、せめて、ふと目につく小さな平和くらいはいつまでも守られますようにと、ひそかな祈りを捧《ささ》げながら生きてきた。少なくとも、昔の自分はそうだった。

しかし、いまはどうだ。アングラの世界に身を投じ、多少の犠牲はしかたないと他人を不幸にし、目的達成のため、「いまだけ」と自分に言い聞かせながら誰かと傷つけあうたび、いつしか祈りを見失っていたのではないか。

終わりにしなきゃ――。

瞬間、強く思った。大きな痛みをともなうだろう。大量の膿《うみ》をひねり出すのに等しい行為だ。だとしてもやらなきゃ。それはオレにしかできないし、オレがやるべきことなんだ。

「協力するよ」と、匡海は言った。

瑞希ははっと顔を上げ、目を丸くした。「本当に?」

匡海はこくんと頷く。

「どうして急に、その気になったの」

「オレたちの中じゃ殺しはご法度だった。そのルールが破られたんだから……チームはもうおしまいだ。破った人間には責任をとってもらうしかない」

「矛盾してない?」瑞希は眉をひそめた。「あなただって、これから、わたしの殺しに協力するんだよ」

わかっている。その矛盾に気づかぬふりはできない。ただ、もうこうするしか……。

「いいんだ」匡海はきつく目を閉じた。「とにかく、おまえは自分の目的に集中してくれ。じゃないと……」

「わかった」

「そんな簡単に納得するなよ。そもそも、おまえはオレを信じられるのか？」

するとと瑞希は寂しそうな微笑を浮かべた。

「信じるも何も、わたしにはほかにすがるものがない」


それから匡海はランズの活動の裏で度々瑞希と会い、話し合いをすすめていった。すべては玉山陸人を葬るためだ。

瑞希は最初、まわりくどい殺害計画なんて必要ないと言った。人ごみのなか包丁でぐさり——それでもかまわない、そのあと自分がどうなろうとどうでもいい、お父さんのかたきさえ討てれば充分だ、と。

その破滅型の感情を、しかし匡海は即座に否定した。ただの殺しではなく、「暗殺」にこだわったのだ。

ターゲットは全国にその名を轟《とどろ》かせているヤクザの下位団体、玉山会——その会長の跡継ぎ息子である。後先考えずに殺せば、かならず足がつく。その場合、瑞希は各地に散らばるその系列のヤクザから追われる身となってしまう。生涯ヤクザの「おたずねもの」として、安息とは程遠い暮らしを強いられるだろう。捕まれば間違いなく殺され、その前にあらゆる種類の苦痛を味わわされる。さらに親族にも危害が加えられるに違いない。

それはけっして承知できないと、匡海は必死に言い諭した。

「本当に親父さんのかたきを討ちたいのなら、最後まで生きのびろ。終わったあとにこっちも死んだら相討ちも同然で、なんの意味もない」

瑞希は物憂げな表情を浮かべ、納得した。だが、百パーセント彼女を思って発した言葉ではなかった。なるべく死人は出したくない。オレたち以外は誰も。これは実際のところオレたちの問題で、だからオレたちだけでケリをつけたい。そういう感情が匡海にはあった。

しかし肝心の殺害方法にかんしては妙案が浮かばず、悶々とした日々を送った。そのあいだ、匡海は表向き陸人や航とあいかわらずの態度で接し——まるで自分がエイリアンに思えるほど凄《すさ》まじい自己嫌悪にさいなまれた。

「七百万なんて、ありえない」

ある夜、車の中で瑞希と話し合っていると、彼女は雑談のさなかにそう言った。

なんの話だ、と匡海が訊く。

瑞希のバイト先の同僚の話だった。金持ちの女がいるらしい。かの有名なヒラナガ製薬の一人娘。何やらその女がアマチュアバンドのボーカルに熱を上げていて、貢ぎまくっているという。瑞希はバイトがてら、そのバンドのベースをつとめているようだ。ボーカルの男は典型的なクズで、なので瑞希は何度もその貢ぎ女に対し、「お金は絶対に返ってこないから、やめたほうがいい」と助言していたが、もともとそれほど親しい間柄でもないため、結局は聞き入れてもらえず、気づくと総額七百万がそのクズに渡っていたという。

「あれほど言ったのに……」瑞希は悔しそうだった。

「よくある話だな」匡海はふんと鼻を鳴らした。「結局お似合いの二人なんだから他人が口を挟むことじゃねえよ」

いや待てよ、と思った。

瞬間、閃いた。金持ちの女か——。

「瑞希……」匡海は言った。「おまえ、オレたちに誘拐されてみるか」

「え、どういう意味」瑞希は怪訝そうに首をひねる。

「そうだ」匡海は独り言のようにつぶやいた。「偽装誘拐だ」

瑞希は啞然とした。

「べつの女になって、誘拐事件の被害者を演じるんだ。突然見知らぬ男たちに誘拐され、揉めているうちに、その犯人を殺す。連中にとってそれがまずい状況であるほど、隠そうとするはずだから……結果的に暗殺が達成されるっていう計画だ」

ここでいう連中とは、オレたちのことだ、と匡海は言う。オレと陸人、そして航だ。

瑞希は不安げな表情を浮かべ、喉をごくりと鳴らした。くわしく説明せずとも察してくれたようだ。

「べつの女になるって、どうやって」

「名前を変えるだけでいい。あとは、やっぱり金持ちの女だな。じゃなきゃ身代金の話ができない」

「架空の金持ちを演じるの？」

「いや、それだと作り話に無理が出そうだ。できれば実在する令嬢がベスト……」

匡海はすでに頭の中に一人、思い浮かべていた。この計画を思いついたきっかけ——瑞希が先ほど話していた女。

「さっき話していたヒラナガ製薬の娘はどうだ。それなりに知っているなら、演じやすいだろ」

「たぶん、いけると思う」

よし、と匡海は深く息をついた。これ以上進めば後戻りはできない、という暗澹たる予感に胸が締めつけられた。

「じゃあ、その女……平永莉瀬が第一候補だ。瑞希、おまえは金持ちの女と、誘拐の被害者の両方を演じなきゃいけない。想像以上にむずかしいぞ。できるか？」

瑞希は頷いた。「あいつを殺すためなら」

こうして、長らく計画を練る日々がつづいた。

途中、匡海は大きな壁にぶちあたった。しかしそれは瑞希に協力すると決めたときから避けては通れぬ道とわかっていたことだ。

犠牲が必要だ——。

計画どおり事態が進めば、陸人が死んだあと、匡海と航は二人で玉山会に出向くことになる。瑞希が演じる平永莉瀬をかばうためだ。しかし、それは非常に危険な旅である。おそらく二人とも生存率は十パーセント以下だ。つまり土壇場で死に直面したとき、その恐怖に耐えられず、「誰が陸人を殺したのか」を正直に白状してしまったら、すべてが台無しになる。

航……。

業火のような苦悩が、匡海の心を焼いていた。

航。オレはおまえの中の暗闇に気づいているよ。おまえの抱える果てしない虚無感。妹の一件で確信したんだ。最後は一人になりたい、一人で消えたい。おそらく、それがおまえの無感動の正体だろう。でも、かといってオレはおまえが他者との絆を大切にしてこなかったなんて、みじんも思わない。むしろ逆だ。誰かを大切に思う辛さや重苦しさをよく知るおまえだからこそ、それを断ち切ったときの解放感に憧れるんだろう。

そしてオレはすべてを承知したうえで、おまえを……。

「これを暗記してくれ」あるとき匡海は、瑞希に数枚の文書を渡した。「航の同情を誘うための作り話だ。莉瀬がじつは養子だとか、そういう嘘が書いてある」

瑞希は文書を受けとったあと、かすかに眉根を寄せた。

「あなたの話を聞くかぎりだと、この航っていう人は、べつに悪い人には思えないんだけど？」

「いいやつだよ、すごく」

「それなのに利用して……犠牲にするんだ」

「黙れよ！」匡海は吠えた。

瑞希はうつむいた。「わたしのためだもんね。よけいなこと言った……ごめん」

そうじゃない。匡海は小さくうめいた。そうじゃない。瑞希のためなんかじゃない。瑞希のことはしょせん、きっかけにすぎない。これは最初から最後まで、オレたち三人の問題だ。何もかも三人ではじめたこと、だから、三人で決着をつける。


着々と準備をすすめ、瑞希の所持品の偽装にもとりかかった。

彼女を誘拐したとき、こちら側は間違いなく所持品のチェックをおこなうだろう。免許証やカードなど。つまり、それらが平永莉瀬のものになっていなければならない。匡海は器用なので、細かく調べないと偽物だと気づかない、といった程度の工作なら、さほどむずかしくはなかった。

しかし、匡海が用意したそれらの物品を見て、瑞希は心許ない表情を浮かべた。

「このクオリティじゃ不満かよ」

匡海は免許証を掲げる。写真の顔は瑞希だが、ほかの記載はすべて平永莉瀬のものだ。

「ううん。ただ、チャンスは一度きりだと考えると、ちゃんと演じきれるか、最後まで騙しとおせるか、やっぱり心配で……」

瑞希は口早につづける。「偽装した所持品、もっと増やせないかな？」

「無駄に増やしたら、かえってばれるリスクが上がる」

「わかってる。でも、不安はなるべく少なくしておきたくて……」

瑞希の気持ちの問題か。だとしたら、これは案外重要な点かもしれない、と匡海は思った。こういう微妙な感情の揺らぎが、土壇場での成否を左右することはままある。彼女が百パーセント集中して臨めるように磐石《ばんじゃく》の態勢を整えるべきではないか。

匡海はふと、思いつく。「平永莉瀬の私物だが、盗めるか?」

「え」

「なるべく高価なものがいい。こっちじゃ到底用意できないような金持ちの女だと、より強く印象付けるためのものだ。数を増やすより、たったひとつ説得力のあるものがあればいい」

「いくつかある」

「どれかひとつだ。おまえが一番、自分は平永莉瀬なんだと錯覚できるような代物をとってくるんだ」

瑞希は苦笑しつつ、やってみる、と深く頷いた。そうして数日後、彼女が盗んできたのは木製の腕時計だった。中にブラックダイヤが入っていて、さらに裏ぶたにネームとメッセージが刻まれているという。しかし匡海は顔をしかめた。本当にこれでいいのか、と。もっとわかりやすい、きらきらのネックレスや指輪を想像していたのだ。いくらダイヤ付きとはいえ、初見で高級品だと判別しにくい。

「これがよかったの」と、瑞希は言った。

「なぜ」

「木だから」

「木?」匡海ははっとする。「ああ……」

あの木彫りの人形、か。

「矛盾してるよね。自分じゃない誰かを演じるために必要なものなのに、自分の恨みや憎しみを重ねるなんて」

いやそうでもないぞ、と匡海は思った。たとえ誰かのため、何かのためにと感情を封殺したとしても、その裏側にはかならず強烈なエゴがへばりついていて、むしろそれなしでは成立しなかったりもする。

「かまわない。一番大事なのは、おまえ自身が迷わないことだから」

まるで自分に言い聞かせているようだった。

そして時機は来た――。

ある夜、静まりかえった神社の中を瑞希と二人でだらだらと歩いた。願掛けだ。次に会うときは、誘拐犯と人質の関係になる。瑞希はこれから数日間、いつ誘拐されてもいいように、大学に通う平永莉瀬になりきって生活する。

「誘拐されたあとは、微妙に陸人の感情を刺激するような行動をとるんだ」

「たとえば？」

「逃げようとしたり、ひかえめに口ごたえしてみたり、だな」

「わかった」

「もしも暴力を振るわれて、それがエスカレートしてきたら……ためらわずにやれ」

「うん」

「しくじるなよ」

「あなたこそ途中で心折れないでね」

瑞希は少し不安そうだった。大丈夫、と匡海は言った。そして彼女の父親のことをあらためて謝った。瑞希は切なそうに眉を下げた。

「ひとつ気になっていたんだけど、あなたは生きて戻ってこられるの？」

「自分のことは自分でなんとかするさ。無事なら後日、連絡する。それがなかったら、そういうことだ。おまえが責任を感じる必要はねえよ。あとはすべて忘れて、普通に生きればいい」

「普通か」瑞希は苦笑した。「できるかな」

「じゃあな」匡海はさっと手を振った。

瑞希と別れ、事務所に戻ると、陸人と航がテレビのクイズ番組に釘付けになっていた。何やら正解の数を競い合っていたらしい。

「お、物知り大魔神が帰ってきたぞ」陸人は匡海を指さした。「おまえも参戦する？　一番正解の数が少なかったやつが罰ゲームで夜食をつくる」

「参戦って、もう番組終盤じゃねえか」匡海は頰を引きつらせた。

「大丈夫」航が笑った。「いまから参戦しても、たぶん、おれには勝てるよ」

匡海はしぶしぶクイズ対決に参加したが、思いのほかむずかしく、結局負けて夜食をつくるはめになった。「ちぇ。チャーハンでいいか？」と、呆れながら訊く。

「いや、蕎麦《そば》だ！」陸人は言うと、デスクの引き出しから小さな袋を取り出して掲げた。限定の乾麵だった。「先日たまたま魚沼《うおぬま》にいってさ、ついでだから買ってきた。これ、匡海が昔、絶賛しながら食べてたよなあって」

匡海はぴたりと動きを止め、ほんの数秒、陸人を黙って見つめた。

「どうした、この乾麵じゃなかったか？」

「いや、それだけど……」匡海の声がかすかに震える。「十代のころの話だろ、それ。よく覚えてるな」

「おまえらの好物はぜんぶ覚えてるぞ、俺は」陸人は胸を張った。「航はガキのころ、とん汁に蟻んこ入れて食ってただろ。プチプチしてうめえって言いながら」

「そんなわけない」航はまた、笑った。「ていうか、おれをオチに使うのはやめろって」

匡海はいまにも心が折れてしまいそうな自分に気づく。絶叫したい衝動を必死に抑えながら、月見蕎麦をつくった。二人はおいしそうに食べた。

以前、父に能面みたいだと言われたことがあった。思えば、先ほど瑞希と別れる際も匡海は自分を隠していた。罪悪感に歪む顔を素直に表に出せたなら、いくらかラクになったかもしれない。彼女の目には、この期に及んで一匹狼を気どった、おかしな男に映っただろう。

殺人犯の息子として育ち、外を歩くたびに刺さる棘《とげ》の痛みに泣きたくなることもあったが、つねに気丈に振る舞うことで、逆に自分を守ってきた。痛みや苦しみに耐えながら昨日を越え、今日を生き、明日を目指し――そうやって培った自分を、いつしか友のためにいかしたいと思った。チームはバランスが大事だ。それぞれの弱さを、それぞれが補う必要がある。冷静沈着。素早い気持ちの切り替え。俯瞰《ふかん》。一人くらい、そんなやつがいたっていいだろう、たとえ人間くさくなくても。それがオレの役目だ。誇りだ。

しかし、誇りにしていた自分の使い道は、気づけば望まぬものとなっていた。

結局、嘘ばかりの人生になったことに、匡海は面目ない気持ちでいっぱいだった。誰に対して？もちろん彼らと、そして自分自身に。おのれを偽って、他者をあざむいて、それに尽くしてきたふざけた人生だ。泣いたり、怒ったり、あわてたり、やさしくしたり――その瞬間に必要だと思う自分を演じていただけ。

本当の心はいつだって檻《おり》に閉じ込めたまま、オレはオレを殺しつづけてきた。

いや、それでもすべてが嘘だったわけじゃない。彼らとともに過ごした時間の中には、生身の自分だってたしかに存在していたはずだ。ただ、それもいまや彼方へと消えつつある。決断による代償。そして、やがて何も見えなくなるのだろう。大切な友も、本当の自分も、はじめから存在していなかったかのように――。

三日後、匡海はある場所へと足を運んだ。深夜三時を回った長岡市。眼前にはぼろい空家がある。一帯は完全な暗闇ではないものの、身を潜めるには充分だ。その空家に隣接して、居酒屋〈飛魚〉がある。陸人が経営している店だ。密漁ビジネスに使っている、彼の……いやオレたち三人の成功と躍進を象徴するものだ。その〈飛魚〉も、いまはもぬけの殻だ。従業員たちは夜の仕込みを終え、みな帰っている。

匡海はそうっと空家に忍び込むと、持参したバッグからペットボトルを取り出して中身の液体を振りまいた。灯油だ。テンポよくライターで火をつける。ぶわっと広がった炎の明かりが匡海の体を揺らめくように照らした。素早く外に出ると、ついで隣の〈飛魚〉の壁にも灯油を振りかけた。そして最後はライターで火をつける。空家を狙った放火の二次被害をくらったと見られるだろうが、実際は違う。両方とも放火したのだ。

匡海は駆け足で空家から離れると、物陰に隠れ、しばらく火の行方を眺めていた。儚い火の粉がひらひらと闇の中を舞っている。

――オレはこれから、あいつらを……。

あらためて考えた。友の壊れた魂を救うため、といくら自分に言い聞かせても、やはり納得できるはずがなかった。でも誰かがやらなきゃいけない。第二、第三の「瑞希」を出さないために。

ならばオレがやる。みずから生み落とした最悪をここで断ち切る。

＊

「てっきり東南アジアのほうまで逃げてると思っていたけどな、まさか佐渡《さど》にいたとは。灯台下暗しってやつか」

タツは言った。一応、彼とはメールなどで定期的に連絡をとっていたが、実際に会うのはおよそ五年ぶりになる。タツの頬から顎にかけての髭は凄まじいほどぼうぼうで、有名なＮＢＡ選手の真似らしいが、どちらかというとギリシャ神話の神のようだった。

「たんに遠くへ逃げるだけの金がなかったんだ」

と、匡海はこたえた。

天領通《てんりょうどお》りに並ぶ居酒屋のカウンター席で、匡海とタツはそろって背中を丸め、日本酒をちびちびと飲んでいた。タツは冷やしトマトを口に入れ、うん悪くない、とつぶやいた。

「玉山会に警察のガサが入った」タツは一変して、神妙な面持ちになった。「そのせいで界隈はちょっとしたお祭り騒ぎだ。いまは情報の争奪戦が盛んだな」

「どうして」

「殺人と死体遺棄の容疑だ」

「誰が殺されたんだ？」

「おまえのダチだよ。たしか日高っていったか」

「五年前の話だろ」

「少し前にどっかの山から古い焼死体が出たんだ。県内ニュースでもやってたと思うが、観なかったか？」

その報道なら一応目にした。まさかそれが……。

「警察はそいつを調べた。で、どういう経緯でそうなったのかは俺もよく知らねえが、どうやら、いま取り調べを受けているやつがしゃべったらしいな」

「取り調べ？　誰が――」

「おまえじゃないなら、例の女だろ。すべて白状しちまったらしいぜ。玉山の息子殺しも含めてな」

匡海は一瞬目の前が真っ白になった。「……警察は一体どうやって彼女に行き着いたんだ？」

「界隈の情報だと、焼死体から出た遺留品をたどったらしい」

匡海はひたいを押さえた。ようするに航は、瑞希につながる「何か」を所持したまま死んでいた、ということか。一体何を……。

「玉山会だが、一応しらを切ってるみてえだけど状況は苦しいな。昨今じゃ代行出頭だって安易には使えない。幹部の誰かが責任をとることになるだろうが、あるいは死んだ親分のせいにするってのも、ひとつの手かもな」

玉山会長は例の事件のあと、高血圧で倒れた。しばらく入院生活を余儀なくされていたが、およそ半年後に心筋梗塞で亡くなったらしい。もともと高血圧は会長の持病だが、あの息子殺しの出来事がその病を悪化させたことは否めない。

玉山会の名はそのまま引き継いだが、現会長は玉山家とはまったく関係のない人物だという。

タツはつづける。「まあ、よその話は脇に置いて、問題はうちだ。このままいくと、うちにも警察のガサが入りそうでな。たぶん内容はこれだ――沖匡海を殺したのは矢塚組だろう白状しろ」

「なるほど」

「おまえにかんしては、うちは知らぬ存ぜぬを貫くつもりだ。どう足掻いたって死体は出てこねえし、それでかわしきれるだろ。ただ、実際に俺がおまえを殺す場面を玉山会の連中が何人も見てるからなあ。証言のくいちがいがあるぶん、警察の追及は長引きそうだ」

匡海は、五年経ったいまタツがわざわざ直接会いにきた意味を察した。

「つまり万が一、オレが警察に引っ張られた場合、矢塚組との蜜月関係だけは絶対に明言するな、ってことだろ」

「そういうこった」タツは目を細め、日本酒を口に運ぶ。「じゃないと、俺は本当におまえをやらなきゃいけなくなっちまう」

匡海は深くため息をついた。およそ五年前のあの日、玉山会と矢塚組の会合がおこなわれた殺伐とした場で、匡海は一芝居打った。計画どおりだった。

タツにナイフで喉を掻っ切られ、殺されるという芝居――。それは単純な仕掛けで、小さな手動ポンプを使ったのだ。伝手《つて》で入手した輸血パックの血液をペットボトルに移しかえ、ズボンのポケットに入れておいた。それに細長いチューブを通し、みずからの服の内側に忍ばせ、さらにTシャツの胸ポケットに入れた手動ポンプを経由して、噴出する部位を襟裏に安全ピンで固定した。ポンプは入口と出口に分かれており、入口側には逆止弁がついているので、チューブを流れる血液が進行を誤ることはない。

まずはタツがこちらの喉をナイフで掻っ切ったふりをする。素早さが肝心だったが、彼の動きは完璧だった。匡海は両手で喉を覆い隠すと同時に、腕と肘を使って胸ポケットのポンプを服の上から押しまくった。がくがくと体を震わせていたその動きに違和感はなかっただろう。ズボンに入れておいたペットボトルの血液はチューブを通って襟裏の出口からどろっと溢れ出た。それを利用し、いかにも喉を切られたかのように見せかけたのだ。ついで匡海はテンポよくその場に倒れると、さらに悶えるふりをしながら床などを使ってポンプを押した。そうして仕込みの血液が尽きたころ、息絶えた、という演技で終えたのだ。あとは段取りに沿って、矢塚組が運び出してくれるのを待った――。

単純な話だ。匡海自身が生き残るためには矢塚組と結託するしかなかった。

ランズと矢塚組のあいだには縄張り争いの因縁があったし、彼らは密漁ビジネスを成功させた玉山陸人の手腕を怖れているふしがあった。ランズのリーダーは最上級の邪魔者。組のため、どこかで消さねばならない難敵。つまり、匡海はそれを利用した。

最初に話を持ちかけたとき、組長の矢塚吉治は鼻で笑った。次に会って大雑把な計画を打ち明けたとき、彼は顔をしかめた。三回目でようやく交渉に移ることができた。

――おまえが本気なのはよーくわかった。いいぜ協力してやる。まったく、クレイジーな仲間を懐に抱えた玉山陸人にゃあ同情するわ。

「玉山会は、オレが生きていると知ったら、どう動くと思う?」

「さあ。もう会長が違うからな、これればかりはなんとも言えない」

居酒屋を出ると、通りを少し歩いた。秋の夜風が心地よく髪を揺らす。途中、見知った家族とすれ違い、その際に小三の子供から声をかけられた。

「あ、野島《のじま》先生だ。ばいばーい」

匡海はその家族に会釈してから、子供に微笑みかけた。

「今度、割り算のテストするぞー。予習しっかりね」

子供はえーやだー、と言いながら駆けていった。

「野島？」タツは首をかしげた。「ああ、誰かの戸籍を買ったんだっけ」

「まあな」

「先生って、なんだ」

「こっちで小さな塾をやってる。小学生に国語と算数を教えてる」

「ふーん」タツは感慨深げにうなった。「ヤクザのセカンドライフもいろいろだわな」

今夜はビジネスホテルに泊まるというタツと別れると、匡海はだらだら歩きながら自分の家に帰った。賃貸一戸建て。外観は古く、内部も床のきしみや隙間風が悩ましいが、慣れれば愛着もわく。玄関前には学習塾を示すタイル看板を置き、一部屋を教室として使っていた。

匡海はリビングの椅子に腰掛けると、酔いざましにボトルの水をがぶがぶと飲んだ。胃がきりきりと痛むのは、酒のせいではないだろう。何日も前からそうだ。ときどき吐くこともある。しばらくおさまっていた突然のめまいや動悸《どうき》などの症状が、最近またぶり返してきたようだった。

匡海は両手で顔を覆い、すすり泣くような声をもらした。先ほどのタツとの会話が思い返される。ついに裁きを受けるときがきたのだろうか。当然だ。自分はそれだけのことをしたのだから。

すべて、みずから望んでやったことだ。悔やむなど、もってのほかだ。

しかし心はけっして飼い馴《な》らせない魔物のように、否応なく二人の親友を思い出させるのだった。目を閉じると彼らの幼い笑顔が浮かび上がって、そして無邪気に声をかけてくる。匡海はそのたびに嗚咽をもらす。

故郷の海に石を投げて遊んだ、熱い砂浜を跳ねるように駆け回った、嫌いなやつを三人がかりで叩きのめした次の日にあっさりと仕返しされた、はじめて煙草に手をつけたときびびって深く吸わずに吐き出した匡海を二人が笑ってそのあと大喧嘩した、お気に入りのヤン車で走り回っていたら墓地に行き着いて三人で肩を寄せ合って震えた、殴る蹴るの殺伐とした日々がつづいても三人で真剣に語り合うことをやめなかった、怖いとき素直に怖いと言うとかならず誰かが肩を組んでくれた、三人とも昔話をするのが好きだった、とくに子供のころの話、何かにむかつきながらも笑っていた、今日を憂いながらも明日の何かに心を躍らせた。

三人でひとつだったのだ。そのひとつを、全力で生かしきりたかった。ただそれだけ。それだけのはずが、匡海はいま、自分がなぜ生きているのかわからなくなっていた。

深夜零時を回る直前、その訪問者は突然やってきた。

ふいに家のインターホンが鳴り、リビングのテーブルに肘をついてぼんやりとしていた匡海は、びくっと腰を浮かせた。タツだろうか。

「どちら様？」と、玄関のドア越しに匡海は訊く。

「匡海」相手はか細い声で言った。「開けてくれ」

その声を聞いた瞬間、匡海は頭が粉々に砕けるような衝撃を受けた。嘘だ、と首を振りながら、よろよろとあとずさった。

「匡海？」

相手はもう一度、呼びかける。匡海は呼吸を整え、おそるおそる玄関のドアを開けた。

男が一人、立っていた。彼は帽子を深くかぶり、右手に手袋をし、なぜか片足を引きずりながら家の中に入ってきた。そして左手には拳銃を持っていて、こちらに向かって軽く突きつけてくる。

「航……」匡海は消え入りそうな声でつぶやく。「どうして」

「ひどい顔だ。おれが生きてるのが、そんなに都合悪いか」

幻覚、亡霊……いや違う、本物だった。日高航は生きていて、いま、自分に会いにきたのだ。

「少し下がって、動かないでくれ。話がしたい」

航は拳銃をひょいと揺らす。

背筋に冷たい汗を感じながら、あとずさる。異様な空気。匡海は銃口の黒い穴から目をそらすように自分の足元を見つめ、努力して声を出した。

「どうして生きてるんだ」

「気になるのはそこか」航はつぶやいた。「元気だったか、とは訊いてくれないんだな」

匡海は口をつぐんだ。航は右手でこめかみを押さえながら、単純な話だよと言った。

「玉山会長は、おれをすぐには殺さなかった。死ぬ前に、死にたくなるほどの苦痛を味わわせると言ったから。宣言どおり、おれはしばらくのあいだ生き地獄を味わった。だけど幸か不幸か、そのさなかに会長が持病で倒れた」

そういうことか、と匡海は察した。

「みずからの手でおれを葬ることにこだわっていた会長は、自分が回復して退院するまで生かしておけと部下に命じた」

「だけど会長は、そのまま回復することなく死んだ……」

「そう」航は頷く。「くり上がりで会長の座についた――現会長は、べつにおれに恨みがあるわけじゃない。むしろ、おれが陸人を殺したことで、自分がすんなりとトップに躍り出ることができたと内心感謝していた」

「任侠《にんきょう》は……」と、匡海は訊く。

普通ならば前会長の遺志を尊重し、誰かが航を葬る役目を引き継ぐはずである。

「玉山会の中には、以前から会長の横暴に割を食っていた者が何人かいたみたいだ。現会長もその一人。とにかく彼は、旧会長じゃなくて、おれに対してその任俠の心を示してくれた」

　現会長は、ある条件つきで、航をこっそりと逃がしてくれたという。

「ある条件……」匡海はつぶやいたが、その先の説明を促すことがなかなかできない。黙りこんでいると、航が抑揚のない口調で言った。

「玉山会長から受けた仕打ちは、本当にひどかった」

　彼はかすかに足を揺らした。

「まずは左足のアキレス腱を切られた。逃げ出さないようにって」

それから右手の手袋をとった。五本すべての指がなくなっていた。

「変なもんを注入されて、感染症にかかった。自分で切り落とすしかなくて」

ついで航は帽子をとる。頭部の髪は部分的には残っているが、ほぼ抜け落ちていた。その皮膚の部分だが、かぶれたように真っ赤に荒れ、痛々しく表面を散らかしていた。

「ネズミ拷問だ」航は淡々と言う。「体を縛りつけてから、頭の上に三匹のネズミを乗せる。そこへ逆さにした鍋をかぶせ、閉じ込める。頭の上でごそごそとうごめくネズミの不気味さとおぞましさは凄まじかった。おれの頭が熱くなると、ネズミたちは何事かと興奮するんだ。で、しだいにおれの頭皮をかじりはじめる」

　匡海は目をそらした。変わり果ててしまった航の姿を、直視できなかった。

「そのあとは監禁だ。痛みの次は心を殺すと言って。玉山会長は、大型の冷凍庫を用意して、その中に陸人の遺体を保存した。おれは同じ部屋で四六時中、陸人の遺体と向き合わされた。寒い部屋で、最低限の食事しか与えられず、来る日も来る日も陸人と一緒に過ごした。一度おかしくなって……服を使って首吊り自殺を図ったけど、監視役のやつにあっさり阻止された」

心は限界をこえ、ほのかな光すら呑みこむほどの濃い暗闇に沈んだ。何度、早く殺してくれと思ったか知れない。だが、そのさなかに玉山会長が持病で倒れ、やがて帰らぬ人となった。宙ぶらりんとなった航の処遇だが、現会長が条件つきで解放することを決めた。

「その条件っていうのが、陸人の遺体の後始末だった」

「じゃあ、あの焼死体は……」

「陸人だ」

最初は、燃やして灰になったものを海にばらまいて終わる予定だった。しかし遺体は灰にならず、炭化したまま残ってしまった。航はしかたなく予定を変更し、山に埋めた。

「だけど、まさか今更になって遺体が出てくるなんて」航は目を伏せた。「おかげで玉山会は警察の追及を受けている真っ最中だ。結果的に条件を果たさなかったおれの処遇も、そのうち見直されるかもしれない」

「どうしてオレの居場所がわかった」匡海は訊く。「いやその前に……なぜオレが生きていることを?」

「焼死体が出てきたというニュースを見て、正直おれは焦った。でも同時に覚悟を決めたんだ。警察に捕まること……」

航はつづける。「だけど警察はこなかった。おれはつかのまホッとしたけど、突然警察のガサが入ったという知らせを玉山会のほうから受けた。一体どうなってるって。おれだって、ワケがわからなかった」

焼死体が発見された時点で、航は自分が捕まることを覚悟していたという。そのときは当然、事件の背景をすべて伏せ、一人で罪を背負うつもりだった。しかし警察は航の存在をすっ飛ばし、玉山会に捜査のメスを入れた。しかも容疑は日高航の殺害および死体遺棄だ。さらに警察は五年前に航たちが企てた誘拐事件のことも把握しており、玉山陸人の死や沖匡海の消息などについても追及しているという。

「おれは最初にこう考えた、いま生きている者の中であの誘拐のことを知っているのは、おれと平永莉瀬だけだって。だから、あの女が警察にすべて話したんだと思った。その根拠もあった。たしかめるため、彼女が今現在どうしているのかを調べた」

莉瀬は結婚し、姓を変えていた。しかし驚くべきはそこではなく、彼女はまったくの別人だった。航が知る、あの女ではなかった。

「あとは足し算していった」航は言う。「馬鹿なりに目一杯、頭を使って。あの平永莉瀬は偽物だった、つまりおれたちはハメられた、あの女一人に？　いや違う、誰かの協力がなきゃ不可能だ」

誰かの協力――。

「消去法で、オレか」と、匡海は言った。

「確信はなかったよ。おまえだって、あのとき矢塚組の一人に殺されたんだから。おれの目の前で」

航が、拳銃を握る手に力をこめたように見えた。

「ただ、もしも、それすら計画的だったとしたら……」

そう思い至った航は、最近になって、また矢塚組に近づいたという。あのタツという男が何か事情を知っていそうだと当たりをつけ、ひそかに監視と尾行を開始した。

「つまり、案内人はタツか」

航はこくんと頷く。匡海はつづけて訊く。

「いまさっき、あの女が警察にすべて話したと思う、その根拠があるって言ったけど、どういう意味だ」

航はうっすらと笑う。「腕時計」

「腕時計？」

「女を誘拐した夜、陸人が死んで、その遺体をどうするか、女も含めて三人で悩んでいただろ、おまえの実家で」

「ああ」

「おまえが陸人の遺体のそばにいて──おれは、あの女とリビングで二人きりになる瞬間があった。そのとき腕時計を返そうとしたんだ」

「なんの話だ」

「陸人の遺体を事務所から運ぶ前、一応持ち物をチェックしたんだ。そうしたら、あの女の腕時計がポケットから出てきた。中にダイヤが埋め込まれていたから、たぶん陸人が無理やり奪ったんだろう。おれはそれを抜き取って、また女に返そうとした」

匡海ははっと思い出す。あの木製の腕時計か。たしか本物の莉瀬のネームが刻まれていたはず──。

「だけど女は受けとらなかった」航は視線を落とした。「……わたしはどうしても助かりたい、助けてほしい、その時計の中には高価なダイヤが入っている、あなたにあげる、命を懸けてくれるから、せめてもの気持ち……だって」

あれはもともと陸人を騙しきるのに磐石の構えで臨みたいと言った瑞希の意志を汲み、莉瀬から盗ませたものだ。航にあずけるといった計画は当初からなかった。つまり瑞希の独断……。

「こんなものを貰わなくたって全力を尽くすと言ったんだけどな、女は最後まで腕時計を受けとらなかった。おれは彼女が心底かわいそうに思えて……ヒロイズムに酔っちゃったんだ。じゃあ御守《おまもり》にする、なんて言って、自分のポケットにしまった」

　まんまと女にコントロールされたよ、と航は自嘲気味につぶやいた。

「じゃあ、その腕時計を……」

「そう。陸人の遺体を燃やすとき、あいつのポケットに入れた。おれにとっちゃいまわしい出来事を思い出させるもんだったし、どうせなら一緒に燃やそうって。それと副葬品として、あいつが密漁で愛用していた小型ライトも一緒に——三人お揃いで使ってたやつだ」

　匡海はようやく腑に落ちた。あの腕時計は焼死体の中に残りつづけたのだ。そして警察はそれをたどり、平永莉瀬を経由して藤北瑞希に行き着いた——。

「ところで女の目的は一体……。やっぱり何かの恨みか？」

「ああ。彼女は陸人に父親を殺された。寺泊の漁師だったんだ。それで……」

「そうか」航は舌打ちをした。「気の毒に思うけど、同情はできないよ、もう」

「わかってる」

「さて」航はそろそろ本題だ、といわんばかりの鋭い目つきになる。「塾をやってるんだな。玄関前の看板を見たよ」

　匡海は黙ってうつむく。

「三人の夢だったもんな。教える人か正す人になるって」

「航」

「おれと陸人がいたら、その夢は永遠に叶わない。そう思ったのか。こいつらと一緒にいても悲劇しか生まれないって。だから――」

　意図してか、銃口がわずかに上を向いた。

「たしかにそうだったと思う。おれと陸人は、いつしか狂った。それは認めるよ。なんとかしなきゃと、おまえが思ったとしても不思議じゃない」

「航、オレを恨んでいるんだろ」

「うん。殺されかけた、というか、ほとんど死んだから」

「やっぱりオレをやるつもりで、ここにきたんだな」

「ああ」航はそっと、左手の拳銃を前に伸ばした。「何か言い残すことは？」

　匡海はふいに、両手で顔を覆う。声が激しく震えた。

「……ない。何も。やってくれ」

「そっか」

　匡海はきつく目を閉じ、その暗闇の向こうで、航が小さな物音を立てた。瞬間、銃弾が自分のひたいを貫くイメージが脳裏をよぎった。が、実際に聞こえてきたのは航の寂しそうな声だけだった。

「やめた。ばかばかしい」

　匡海がそうっと目を開けると同時に、航は持っていた拳銃を床に投げた。

「オモチャだ。逃げられないようにと思って用意した脅しの小道具だったけど、意味なかったな」

「なんで。オレを殺しにきたんじゃ……」

「わからないんだ、自分でも。どうして会いにきたのか。ただ、おまえが生きているかどうかをたしかめたくて、もしも生きていたら……当然この怒りと恨みをぶつけてやるつもりだったし、勢い余って殺しちゃったら、それでいいやって思ってた」

航は声をつまらせた。

「……だけど、おまえの顔を見たら、懐かしいって思っちまった。すげえむかつくけど、許せないけど、それでも、懐かしいなって……」

——できることなら、また子供のころに戻りたいって。

航はそう言って、目尻を拭った。

「なあ」匡海はこらえきれず、くっと顔を上げた。「オレを殺してくれ、頼む」

航は何もこたえない。

「どうしてだよ、殺せよ、オレを！　おまえにはその資格があるんだ」

航は一瞬たりとも視線をそらさない。微動だにせず、射貫《いぬ》くように、必死に声を荒らげる匡海の顔をのぞきこんでいる。

「なんでだ、ちくしょう！」匡海は膝を折ると、拳を床に強く打ちつけた。と同時に、涙が溢れた。

「頼むから殺してくれ、オレを。頼むよ……」

瞬間、匡海の中で、ごみくずのようになさけなく「殺してくれ」とつぶやいていた父の姿と、自分が重なった。溶けた本心が檻の中からどろりとこぼれ落ちた瞬間だった。

「匡海」航は憐れむような口調で言う。「死にたいのなら一人で死んでくれ。おれに頼るのはよせ。おれたちはもう、終わったんだ。友達でもなんでもないんだよ」

それにさ、と航はつづけた。「あいつは……陸人は、おれたちの目の前で死んだ。もうたくさんだ。あんな思いは、二度としたくない」

匡海はうなだれたまま、思った。きらめく故郷の海を、青く光る鮮やかな光景を、友とともに乗り越えてきた苦難の青春を——そのすべてをみずからの手で燃やし尽くしてしまったことを、強く思った。

「さよならだ、匡海」

そう言い残し、航の気配は静かに消えていった。

エピローグ

溺れる。

ふいにそんな感覚にとらわれた。足がつり、体がかしぎ、振りまわす腕は滑稽なほどスローだ。口からすべての酸素があぶくとなって溶け出し、胸や首まわりに得体の知れない圧迫感を覚える。視界は濁った薄闇の世界しか映さない。そうして、どこまでも揺らめくように沈んでいく。深く深く。

だが、陸人はそれがほんの一瞬の恐怖でしかないことを知っている。実際の手足は水の中とはいえ軽々動かせ、首を上げれば海面の向こうから注がれる、空と陽の淡い輝きを視界に抱くことができる。その光を目指し、イルカのイメージで浮上すればいい。

ぶはあと海面に顔を突き出すと、すぐ近くに匡海の顔があった。ついで、荒々しく頭を振りながら航も浮かんできた。三人とも十四歳の少年らしい、子犬のような忙しなさで顔をこすった。

「見つかった?」航は心なしか青い顔だ。

「だめだ。ない」陸人はこたえる。

「最悪じゃん。あれ、限定のコインだったのに」匡海は表情を歪めた。

先日お祭りの射的で匡海がゲットしたものだ。十二星座のアンティークで不気味な蠍《さそり》の絵が描かれた、屋台の店主いわく値打ちもののコインだった。防波堤の先端で戯れていたら、それがポケットからするりと落ちて、ポチャン。三人ともあわてて服を脱いで海に飛び込んだが、コインは見つからなかった。

ふたたび防波堤に上がって服を着る。匡海はしばらく仏頂面のまま、浮かんでこねえかなあ、と海面をのぞきこんでいた。

陸人はその場に寝転がる。航は近くであぐらをかいて座り、缶ジュースを飲んだ。

学校では午後の授業がはじまったころだろう。陸人のクラスは体育で、今日は短距離のタイム競走だった。いけすかないクラスメートを負かしてやることを一週間も前から楽しみにしていたが、その予定も狂った。

先ほど一人の生徒と激しく揉めて、介入してきた教師とも揉めて、しまいには「ふざけんな！」と声を張り上げて学校を飛び出した。めずらしいことじゃない。濡れ衣を着せられたから怒った。それだけ。航や匡海が当然のごとくあとを追いかけてきたことが唯一の救いだった。

平日の真昼間から外をうろつく陸人たちに怪訝な目を向ける主婦たち、早退の理由をしつこく尋ねてくる駐在さん、公園で煙草を吹かしながら手招きしてくる不良たち――それらを振り払いつつ逃げこんだ、いつもの海だ。

窮屈で、うっとうしくて、悔しさにまみれた日常。いつか抜け出してやると友と一緒に誓いを立てたのは、つい最近のことだ。

「さっき、ちょっと怖くなった。海の中で」ふいに航がつぶやく。

陸人は上半身を起こした。「なにが」

「溺れたらどうしようって」

「おまえ泳ぎ得意じゃん」匡海が言う。

「いや、たとえ話なんだけどさ」航は水平線を見やる。「きっと数えきれないほど、たくさんの人たちがこの海の底に沈んでいるって考えたら」

「ねえよ」匡海は言った。「巨大な船が沈没したわけでもない」

「だから、たとえ話だって」

陸人は黙って話を聞いていた。自分も一瞬、似たような感覚におちいったからだ。

「世界中を見渡したらさ、おれたちだけじゃないと思うんだよ。悲運ていうのかな、そういう境遇に生きる人たちって。だけど、みんな、それぞれの望みを叶えるために旅立つんだ。こんなクソみたいな人生に負けてたまるかって。それこそ、この広大な海を泳いで、向こう側にある楽園を目指すみたいに」

「あっちにあるのは楽園じゃなくて、佐渡だぞ」

匡海は小さく笑った。航はむっとしつつも、つづけた。

「それでも、やっぱり全員が無事にたどりつけるわけじゃないと思う。途中で力尽きて、溺れて、沈む人たちがいる。絶対いる。で、そのまま海底の泥をかぶった薄汚れた白骨になるんだ」

「俺たちがそうなるかもしれないって？」陸人は口を開いた。「それが怖くなった理由かよ、航」

ううん、と航はかぶりを振る。「もしも自分が溺れそうになったとき、思わず二人の足をつかんじゃいそうで、怖くなった」

「そんなことか」陸人は肩をすくめた。「つかめばいいよ。それでも俺たちは沈まないから。おまえ一人くらい、引っ張りながらでも泳げるし」

「まあ溺れないのが一番だけどな」匡海はにやにやする。

「本当にたどりつけると思う？」航はふと、すがるような目を向けた。

「あたりまえだろ」と、陸人は深く頷いた。

先ほど海の中で感じたわずかな恐怖心は、すでに陸人の中にはない。いまは自信に満ちている。かならず泳ぎきれる。そこにたどりつける。けっして溺れはしない。海底の白骨になど、なるわけがない。

闇は光を追い、いつか光になって、次の闇を照らす——。

陸人はそう信じている。

◉参考文献

『サカナとヤクザ　暴力団の巨大資金源「密漁ビジネス」を追う』鈴木智彦著　小学館
『ヤクザと憲法　「暴排条例」は何を守るのか』東海テレビ取材班著　岩波書店

本書は書き下ろしです。
また、フィクションであるため、実在する個人、団体とは一切関係がありません。

装　丁　岩瀬聡
写　真　Photo: MattGrove/DigitalVision Vectors/Getty Images, OVKNHR/shutterstock.com

生馬直樹

1983年新潟県生まれ。
2016年『夏をなくした少年たち』で
第3回新潮ミステリー大賞を受賞。
そのほかの著書に『偽りのラストパス』『雪と心臓』。

フィッシュボーン

二〇二一年九月一〇日　第一刷発行

著　者　生《いく》馬《ま》直《なお》樹《き》
発行者　徳永　真
発行所　株式会社　集英社
〒一〇一-八〇五〇　東京都千代田区一ッ橋二-五-一〇
電話　〇三-三二三〇-六一〇〇（編集部）
〇三-三二三〇-六〇八〇（読者係）
〇三-三二三〇-六三九三（販売部）書店専用
印刷所　凸版印刷株式会社
製本所　ナショナル製本協同組合

ISBN978-4-08-775458-2 C0093
定価はカバーに表示してあります。

集英社　生馬直樹の本

生馬直樹『雪と心臓』

炎の中から助け出された少女は、そのまま男に連れ去られた。さみしさが、ぬくもりが、心に触れる傑作青春ミステリ。

クリスマスの夜。百キロ以上のスピードで暴走する車を、二台のパトカーが猛追していた。

時は二時間ほど前に遡る。その男は、偶然、火事の現場に遭遇する。家の外で助けを求める母親。二階の窓からは、泣き叫ぶ娘の姿が見える。男はこの状況に運命を感じていた。

男が取った行動は、誰も予想しないものだった。燃え盛る家の中へと飛び込んでいったのだ。それから五分足らずで、男は家から出てきた。

胸には十歳の少女をしっかりと抱きかかえている。周囲から、歓喜の声が上がる。しかし、男が次にとった行動に周囲は啞然とした。

男は少女を母親に手渡さず、車に乗せてそのまま逃走したのだ。

一体、何が目的で。